汤倍渔和陈嘉衍落后几步，她刚才在桌上喝了点酒，这会儿晚风一吹，散了几分酒意，她伸手揪住了陈嘉衍的衬衫袖子。
陈嘉衍脚步一停，偏头看她。她喝了酒，脸颊有点红，眼睛亮晶晶的，看他的目光很专注。
汤倍渔清了清嗓子，缓缓道："陈嘉衍，我能追你吗？"
陈嘉衍盯着她看了片刻，半晌后，他撇开眼，看了一眼对面的路灯，然后视线又忍不住落回她的脸上，低声说："随你。"
黄鱼听雷

U0825964

魅丽文化 花火工作室

雪中春信

黄鱼听雷 著

百花洲文艺出版社
BAIHUAZHOU LITERATURE AND ART PRESS

图书在版编目（CIP）数据

雪上一枝蒿 / 黄鱼听雷著. -- 南昌 : 百花洲文艺出版社, 2022.12
ISBN 978-7-5500-4830-0

Ⅰ. ①雪… Ⅱ. ①黄… Ⅲ. ①长篇小说－中国－当代
Ⅳ. ①I247.5

中国版本图书馆CIP数据核字(2022)第227703号

雪上一枝蒿
XUE SHANG YI ZHI HAO
黄鱼听雷 著

出 版 人　陈　波
出版统筹　曾英姿
责任编辑　郝玮刚
选题策划　丏小亥
特约编辑　白　鱼
装帧设计　recns
出版发行　百花洲文艺出版社
社　　址　南昌市红谷滩区世贸路898号博能中心A座20楼
邮　　编　330038
经　　销　全国新华书店
印　　刷　长沙金鹰印务有限公司
开　　本　880mm×1230mm　1/32　印张 9
版　　次　2023年3月第1版第1次印刷
字　　数　230千字
书　　号　ISBN 978-7-5500-4830-0
定　　价　46.80元

赣版权登字：05-2022-253

网址 http://www.bhzwy.com
图书若有印装错误，影响阅读，可向承印厂联系调换。

CONTENTS

目录

第一章 重逢 · 001

第二章 初见 · 023

第三章 吻 · 055

第四章 追求 · 076

第五章 游戏 · 102

第六章 明知做戏 · 122

第七章 恋爱 · 140

目录

CONTENTS

第八章 喜欢 · 162

第九章 报复 · 185

第十章 追求 · 205

第十一章 吃醋 · 232

尾声 回家 · 246

番外 暗恋 · 267

独家番外 只有你一个 · 275

第一章
重逢

01

陈嘉衍今天难得下班早，他在休息室换衣服时，许天平走过来，打开储物柜，边拿手机边说："今晚一块儿吃饭？林耿新喊我们晚上一块儿聚聚。"

陈嘉衍抬眼："都有谁？"

许天平会心一笑，道："放心，何蔓要和林主任上一台手术，就我们三个男的。"

陈嘉衍点头："那行。"

许天平笑了："何蔓不是长得挺漂亮的吗？身材也不错，你就没一点儿感觉？"

何蔓是和他们同批进来的实习生，性子外向大方，她在追求陈嘉衍的事儿，他们这批同时进来的实习生差不多都知道了。

陈嘉衍不置可否。

许天平挑着眉："透个底，你是不是心里有人了？"

陈嘉衍淡笑着合上柜子："你想多了。"

三人没开车，在医院门口拦了辆出租车，毕竟吃完晚饭他们还打算去清吧坐会儿。

晚饭后，三人在清吧坐了不到十分钟，许天平就被一通电话叫走。

许天平出去没两分钟，玻璃推门被拉开，进来了一个女人。

林耿新眼睛一亮，却没想那美女在他们斜对面的一桌坐下，目光悠悠地转了一圈后，落在了他们这一桌，她眉目微动，似乎有几分惊讶。

在汤佳渔第四次看过来时，林耿新拿手肘碰了碰陈嘉衍的小臂，问出了他在心里憋了半个钟头的困惑："她是在看你，还是在看我？都看了半个小时了。"

闻言，陈嘉衍抬头看了一眼，对面的汤佳渔撑着下巴，冲他露出了一抹笑容。

汤佳渔脸上化着精致的妆容，眼尾勾出一条眼线，显得眼睛更亮更大。她身上是红色的抽绳毛衣和高腰蓝色牛仔裤，中间露出一截白皙纤瘦的腰身。

陈嘉衍微微皱了下眉，不动声色地挪开视线。

林耿新还在念叨："你说我要不要上去加个微信好友什么的？"

陈嘉衍拿起杯子，喝了一口酒，淡淡道："随便你。"

林耿新摇摇头，萌生了退缩之意："嘉衍，我要是有你这张脸，我就上了。"

汤佳渔这个月的工资，昨晚刚打入卡里，数额可观，不枉她上个月为了那个案子忙得昏天黑地。

今儿，她原本约了好友丁遥一块儿吃火锅。谁知等她出了门，到达商场顶楼的火锅店，刚在店员的引领下在一张空桌旁坐下，就收到了丁遥发来的信息，说临时有事来不了。

人都坐下了，汤佳渔也不好再抬脚走人，她接过店员递来的平板电脑，按照自己的喜好点了几道菜。

一个人吃火锅，店员还贴心地在她对座放了一只半人高的毛绒玩偶。汤佳渔拍了张毛绒玩偶的照片发给丁遥，丁遥回了一串“哈哈哈”的文字。

从火锅店出来，懒得回酒店，汤佳渔便拦了辆车来到一家清吧，打算消磨消磨时间。原本不过是打发时间，她倒没想过会碰上陈嘉衍。

汤佳渔想起这一年多来陈嘉衍对她不理不睬的态度，有种风水轮流转的挫败感。

陈嘉衍拿过桌面上的手机看了一眼时间，起身：“回了。”

林耿新看了一眼对面的美女，有几分不甘心，他面露迟疑地道：“这就走了？”

陈嘉衍点了点头：“林教授明天找我谈事，得早点儿去医院。”

林耿新叹了口气。

汤佳渔在陈嘉衍出门的下一秒就拿上小包，紧跟着出了清吧。

陈嘉衍和林耿新的住处是两个截然不同的方向，林耿新叫的车来了，他先一步上了车。

陈嘉衍站在街边等出租车，他微微低着头，回复微信消息。

身后有渐近的脚步声，陈嘉衍目不斜视。

远处一辆灰色的车子渐渐驶近，在陈嘉衍面前停了下来。陈嘉衍扭头，目光漠然地扫了一眼身后的汤佳渔，接着，他收回视线，拉开眼前的车门，矮身坐了进去。

他刚关上车门，前面的副驾驶座也坐进来了一个人，紧接着响起“嘭”的一声关门声。

司机看了看副驾驶座上的女人，又看了看后座上的男人，迟疑地问道：“你俩一起的？”

“嗯。”

“不是。”

两道声音一同响起。

司机一脸为难。汤佳渔看了一眼陈嘉衍，两人目光对视，汤佳渔冲他浅浅一笑，对师傅说：“他去哪儿，我就去哪儿。”

陈嘉衍眉头蹙起：“汤佳渔，我没空陪你玩游戏。”

司机师傅开口道：“帅哥，去哪儿？”

陈嘉衍没说话，汤佳渔适时出声：“陈嘉衍，你别耽误人师傅做生意！有什么事，我们回去再说？”

陈嘉衍把手机揣回兜里，克制了下情绪，语气平和地对司机道：“麻烦去东苑小区。”

司机师傅“哦”了一声，把车驶离清吧门口，又从后视镜里打量了两人一眼，八卦地问了一句：“小两口吵架了吧？”

汤佳渔配合道：“哎，师傅，你瞧出来了。你给我出出招，得怎么哄他。”

司机师傅稀奇道：“你哄这帅哥啊？一般小情侣吵架，不都是男的哄女的？我这还是头一遭见女的哄男的，你俩挺有意思的。”

汤佳渔脸不红心不跳地说：“谁让我鬼迷心窍了，偏偏喜欢他，这不是没办法咯，还能怎么着，哄着呗。”

陈嘉衍在输入框里打字的手指微微顿了一下，他垂眸盯着手机屏幕，握在手里的手机振动了一下——林耿新发来一条信息。

林耿新问：“你到家了没？”

陈嘉衍收起心思，回复：“在车上。”

林耿新又发来一条消息：“你说，我要是现在打车回清吧，刚才那美女还在不在？我怎么就没这个胆上去要个微信呢，当事人现在十分后悔……”

陈嘉衍有些心烦气躁，他抬头看了一眼坐在副驾驶座上的人，她没再和司机插科打诨，低着头安安静静地玩着手机。

陈嘉衍伸手往外套口袋里掏了下，掏了个空。他往后重重一靠，想起先前出门时换了件外套，烟也没带出来。

半个小时后，车子停到小区门口。

陈嘉衍下车，在手机上付了车费。这个小区是前几年开发的，离地铁站只有两站公交的距离。荧荧如豆的灯光掩隐在葱郁的植被中，汤佳渔跟在陈嘉衍身后，目光落在他袖口处的几个英文字母上。

她没话找话："这房子是陈叔叔给你买的吗？"

陈嘉衍置若罔闻，汤佳渔碰了个冷钉子，倒也不以为意。

两人先后出了电梯，陈嘉衍拿出钥匙塞进锁孔，转了两下，门应声开了一道缝。他还未动弹，汤佳渔便从他的臂弯下挤了进去，她的发尾扫过他搭在门框上的手，一闪而过的触感。

汤佳渔驾轻就熟地走了进去，陈嘉衍看了一眼她的背影，抬手关上门："我这里没地方给你住。"

汤佳渔从他卧室里出来，说："我不住这里，我就是看看你现在住的地方。"

陈嘉衍走进卧室，脱了身上的外套，正伸手拽住短袖的下摆，便察觉到背后灼热的视线。他回头，就见汤佳渔倚在门口，似乎没有要回避的意思。

他手指微顿："我要换衣服，你不出去？"

汤佳渔不为所动："又不是没看过。"

他就不该多此一举，汤佳渔这人哪里会在意这些。陈嘉衍打开衣柜，从里头翻出一件白色的长袖和一条灰色的休闲裤。

"你回去吧，等会儿我女朋友要来。"

汤佳渔心里一紧，拿起手机把手机屏幕朝向他："我手机没电了，你先让我充会儿电。"

陈嘉衍盯着她看了两秒，片刻后，他说："在电视柜里，你自己找找。"

汤佳渔蹲在地上，拉开抽屉，里面空荡荡的，只放着两根数据线和一个充电头。汤佳渔拿出一根数据线，给手机充上电。

手机开了机，丁遥发来信息，说她下班了，问她在哪儿。

汤佳渔："在陈嘉衍这里。"

丁遥："什么？！"

丁遥："你还敢去找陈嘉衍，陈嘉衍没让你进屋吧？"

浴室里传来吹风机嗡嗡的声音，汤佳渔莫名有了几分心虚，她回："进了。"

过了一会儿，浴室的门开了，汤佳渔拿着手机，转过头看了一眼。

陈嘉衍刚洗完澡，头发松散，显得人清爽又干净，手上的袖子被他折了两道，手腕上戴着一块黑色的运动手表。

他绕到料理台，打开水龙头，接了一壶水，问道："充了多少电了？"

汤佳渔按亮手机屏幕看了一眼，故意往少了说："百分之二十。"

陈嘉衍打开水壶开关，听着静谧的空间里响起烧水的声音，他说："我卧室里有充电宝，你拿去用。"

他作势要去卧室，汤佳渔从沙发上起身："你就这么不想见到我？"

陈嘉衍充耳不闻，从卧室的床头柜上拿了充电宝，折回来递给她。

见他软硬不吃，汤佳渔便缓了态度："我一回曼城就来找你，你还在生我的气吗？"

她不接，陈嘉衍便把手中的充电宝放在茶几上，拿起果篮里的烟盒和打火机。烟是刚买来的，还没拆开。

剥开烟盒上的薄膜，陈嘉衍把塑料纸揉成一团抛入垃圾桶里，他看向汤佳渔，沉声道："汤佳渔，你说这话不亏心吗？"

02

从陈嘉衍住的小区出来，汤佳渔看见旁边就是一家便利店，她走进去，感应门响起了一声"欢迎光临"。

便利店面积不大，只摆了四个货架，贴墙放着冰柜。结账台后面是一个四十来岁的阿姨，一头短发，黑色的长袖外罩着一件红色的便利店短袖。

店里在放一首老歌，是姜育恒的《情难枕》，汤佳渔小时候听梁吟蓉唱过几次。

她打开冰柜，挑了一瓶柚子水，手机就在这时响了起来。汤佳渔按了接听键，把手机夹在肩膀处，腾出一只手关上了冰柜门，对着电话那端道："遥遥，我在付钱，等一下。"

汤佳渔调出付款页面递给阿姨，阿姨拿着二维码扫描枪冲她的手机屏幕扫了下，"嘀"的一声响，顺利付了钱。

汤佳渔再次拿着手机贴到耳边，一边走出便利店，一边问道："我现在在他家楼下便利店，你到了吗？"

丁遥回复："我看到你了，出来吧。"

汤佳渔拿着手机，绕过花坛里那棵梧桐树，看到了停在路边的车子。她挂了电话，抬脚走过去。

丁遥见她上了车，笑着说："嘉衍把你赶出来了？"

系上安全带，想起陈嘉衍先前的态度，汤佳渔一时有些萎靡："没有。"

丁遥见她一副不想多谈的样子，也就作罢，道："晚上去我那儿休息？"

汤佳渔拿着手机说："算了，我还是回酒店吧。"

丁遥瞥了她一眼，道："我还是陪你住酒店得了，反正我明天也不上班。"

汤佳渔："那你顺便陪我喝一点儿。"

丁遥："行啊，反正明天不上班，就是喝醉也没问题。"

陈嘉衍伸手拔掉排插上的充电插头，扔到电视柜的抽屉里。

何蔓干巴巴地笑了声，问道："嘉衍，她是谁啊？"

前两天她和林耿新他们一块儿来陈嘉衍住处玩时，她去洗手间洗手，怕手表沾到水，顺手摘了放在洗手台上，后来就忘了拿回去。下班的时候，何蔓想起这回事，便打算借拿手表的由头去看看他，顺便给他送夜宵。

何蔓没想到会撞上一个女人从他的住处跑出来，而且陈嘉衍的脸色看起来很难看。何蔓和陈嘉衍共事这一年来，还是第一次见他情绪这么外露。

陈嘉衍没有回答她的话，只是淡淡地说道："手表在卫生间里，你等会儿，我去给你拿。"

何蔓站在原地，抬手撩了下散落在脸颊边的碎发，露出一抹笑容："好。"

陈嘉衍从卫生间出来，把手表递给她。何蔓接过，一边低着头戴手表，一边装作随意地说道："今晚你们三个人一起去吃晚饭了吧？"

陈嘉衍表情平淡地"嗯"了一声。

气氛一时有些怪异，何蔓伸手指指门外，识趣地说道："那我先走了，不打扰你休息了。"

陈嘉衍顿了一下："我送你下去。"

何蔓自然愿意，她笑盈盈地说道："好啊。"

两人前后脚出了门，何蔓原本以为陈嘉衍就是送她下个楼。出乎意料的是，到了楼下他也没停下脚步，一直陪着她往小区门口走。只不过他似乎有些心不在焉，何蔓也没深想，当他是累了，毕竟也晚上十点了，于是她没再主动谈起话题。

两人一路无言地从小门走了出去，陈嘉衍双手插兜，微眯着眼睛，四处扫了一圈，似乎在找什么人，过了一会儿，他又状似若无其事地收回视线。

何蔓拿出手机："我叫的车到了，先走了，明天见。"

陈嘉衍点了两下头，看着何蔓上了车，他才折身往回走，边走边从长裤口袋里摸出了烟盒。他原本不喜欢抽烟，不过这一年来抽得有点凶。

酒店房间的茶几上摆着丁遥刚点的外卖，丁遥伸手撕了一块鸡排，问：“你怎么突然跑到陈嘉衍家里去了？”

汤佳渔盘腿坐在沙发上，答道：“我如果说是意外，你相信吗？”

丁遥瞪圆了眼睛：“你来曼城就没想过和陈嘉衍见面？”

汤佳渔喝了口啤酒：“我这不是有点怕他吗？”

丁遥探手从茶几上抽了一张纸巾，擦拭了下油腻的手指：“那你现在究竟是什么想法？”

汤佳渔静了一瞬，迟疑道：“想跟他和好吧。”

丁遥屈起双腿，抱着膝盖道：“说真的，佳渔，我要是陈嘉衍，真要和你老死不相往来了。”

汤佳渔哑口无言了半晌：“有这么严重吗？”

丁遥反问：“不严重吗？”

汤佳渔沉默几秒，仰头，一口气喝光了易拉罐中的啤酒。

丁遥见状，又语重心长道：“你要是真打算跟陈嘉衍重归于好，那你可得好好追他了。”

汤佳渔捏瘪易拉罐，扔到垃圾桶里，她抬手捂着面颊：“听你这么说，感觉我好像一个没心肝的负心人。”

丁遥摇摇头：“佳渔，你自我认知有点错误，我给你纠正一下啊。不是‘好像’，是‘你就是一个没心肝的负心人’。”

汤佳渔：“丁遥，你哪边的啊？”

“我要不是你这边的，早就跟你断了关系。”丁遥似是想起了什么，突然道，“明天不是陈嘉衍的生日吗，你借着这个机会，去好好和人家说说？”

其实丁遥记岔了，陈嘉衍的生日是后天，但第二天，汤佳渔还是去找了陈嘉衍。

去找陈嘉衍之前，汤佳渔先给室友舒圆圆打了通电话。舒圆圆毕业后留在了曼城发展，得知汤佳渔回曼城，昨晚就给她发了信息，两人约了下午六点在曼城的一家烤鱼店吃晚饭。

到了下午五点，汤佳渔收拾好自己，出了酒店。她先去了蛋糕店，订了一个蛋糕，说晚上九点过来取，然后便打车前往那家烤鱼店。

烤鱼店在商场的三楼，汤佳渔到的时间比较早，不需要排号。一时无聊，汤佳渔拿出手机开始刷陈嘉衍的朋友圈。

陈嘉衍不怎么发动态，他最新的一条朋友圈还是两个月前的篮球场的照片。他一直有打篮球的习惯，每周一次，这是他锻炼身体的方式。高中的时候，他还曾是校篮球队的队长。

汤佳渔退出陈嘉衍的朋友圈时，舒圆圆正好推开玻璃门走进来。

舒圆圆放下链条包："路上又堵车了，等久了吧？"

汤佳渔给她倒了一杯水："我也刚到不久。"

舒圆圆说："这家烤鱼店是我同事推荐的，二十几年的老店。我原本就想找个时间来吃，一直腾不出时间，刚好这次和你一块儿来吃。"

汤佳渔笑了下："那我得好好尝尝。"

舒圆圆同汤佳渔虽然半年不见，但两人共同话题不少，边吃边聊，等结账时，时间已经快晚上八点。

陈嘉衍今天原本已经准点下班了，但他离开后不久，急诊收了一个烧伤的小孩，小孩才五岁，因为是头面部烧伤，水肿严重，压迫到气管，引起呼吸困难，因此急需做气管切开手术。

陈嘉衍被林主任一通电话叫回，给他当助手。等下了手术台，已经是晚上十点了。陈嘉衍晚饭也没吃，但这会儿已经没什么胃口了，于是他直接开车回了家。

出了电梯，陈嘉衍从口袋里掏出钥匙，一抬头却看到倚靠着楼道窗口吹风的人，他一怔，而后迅速恢复平静。

汤佳渔已经听见身后的动静，她皱着眉回头问道："你每天下班都这么晚吗？"

陈嘉衍不答反问："有事？"

汤佳渔以眼神示意他看门口，陈嘉衍顺势瞥了一眼，看见门口处放着一个四四方方的蛋糕盒。

"给你过生日啊。"她说。

陈嘉衍拿着钥匙低头开门："你记错了，今天不是我生日。"

"没记错啊。"汤佳渔举起手机看了一眼时间，"现在是晚上十一点，再过一个小时，就是你生日了。"

陈嘉衍转过头，垂下眼睛牢牢盯着她，汤佳渔没移开目光。见他几不可察地皱了下眉，汤佳渔试探道："你不会不让我进去吧？我可是等了你几个小时。"

陈嘉衍抿了下嘴角，没说什么，转身进了屋，门还半开着。

03

陈嘉衍去卫生间洗了把脸出来，看到客厅里没有人，厨房的门口透出一道光亮。他走了过去，在门前停下脚步，就见汤佳渔身上穿着围裙，正在往锅里放调味料。他问道："你在煮什么？"

汤佳渔关了火，回头看他一眼："给你煮长寿面。"

陈嘉衍静默了片刻，又听她问："你在医院实习，是不是很忙？"

他语气淡淡地回道："还好。"

汤佳渔"哦"了一声，从碗柜里拿出一个碗，把面装到碗里。她正要伸手端碗，右边忽然伸来一只手，有肩膀轻擦过她的脊背，陈嘉衍拿走了料理台上的面碗。

汤佳渔愣了愣，看了一眼陈嘉衍的背影，紧跟着也走出了厨房。

陈嘉衍拉开椅子坐下，见她手上空空的，抬了下眉眼："你不吃？"

汤佳渔在他旁边坐下："我不饿。"

陈嘉衍也不多说，他是真饿了。毕竟晚饭就没吃，现在已经快凌晨了。

陈嘉衍吃东西的时候基本不出声，吃相很好。汤佳渔伸手拨弄了一会儿透明蛋糕盒上的彩带，觉得无聊，她转过头，支着下巴目不转睛地盯着陈嘉衍。

陈嘉衍捧着碗喝汤，视线从碗沿上方跃出："你看着我做什么？"

她语气坦然："看你吃东西啊。"

陈嘉衍皱了下眉，耳根泛红："你别盯着我看，会影响我进食。"

汤佳渔眉眼弯了下，见他态度不再像一开始那样冷淡，便打蛇随棍上："昨天我们吵架后，来找你的那个姑娘是谁？"

陈嘉衍放下碗筷，往后一靠："你想知道什么？"

"没什么，我只是随便问一下。"她故作随意。

陈嘉衍起身，收拾着碗筷的间隙，他垂眸看了她一眼，最后说："她是我同事。"

汤佳渔眉眼一亮，陈嘉衍捕捉到她微微上扬的嘴角，忽然有些后悔回答了这个问题。他眉眼微冷，汤佳渔并没有察觉到，只冲着他的背影喊道："你同事长得还挺漂亮的。"

这句话没有得到陈嘉衍的回应。

陈嘉衍从厨房出来时，客厅已经陷入了昏暗，是汤佳渔关了灯。

餐桌上的蛋糕上插了一支蜡烛，烛火摇曳。

"生日快乐，陈嘉衍。"

陈嘉衍一愣，抬手看了下腕表，刚好是零点。

两人分了蛋糕。汤佳渔过了晚上十点，一般都不吃东西，她拿着小叉子戳着软软的黄桃，忽然听到陈嘉衍问："你等会儿怎么回去？"

汤佳渔用试探的语气打着商量："这么晚了，我能不能在你的客房住一晚？毕竟这个点打车也不安全。"

隔了两秒，陈嘉衍淡淡地吐出两个字："随你。"

吃完蛋糕，陈嘉衍收拾了下桌面，将剩下的蛋糕放入冰箱冷藏柜里。汤佳渔去卫生间洗了脸，她没带洗护用品这类东西，只好将就用了陈嘉衍的洗面奶。

陈嘉衍经过卫生间门口时，汤佳渔出声喊住了他。陈嘉衍停下脚步，她刚洗了脸，额前的碎发沾了点水，在卫生间暖黄的光线下，她的皮肤显得白皙又细腻。

陈嘉衍有一瞬走神，然后听到她说："你的衣服借我一套，我穿着这个不好睡觉。"

陈嘉衍"嗯"了一声。

汤佳渔洗漱完，从卫生间出来，就看到沙发扶手上搭着一件黑色短袖和一条灰色的棉质运动裤。

她下意识看了一眼陈嘉衍的房间，卧室的房门紧闭着，唯有门底下有条细长的橙色光线。

隔天早上，汤佳渔六点半便醒来了，见时间还早，她打算再睡个回笼觉，只是躺了半个小时，却仍然毫无睡意。

门外有轻微的声响，估计是陈嘉衍起来了。

汤佳渔打开房门，正好瞧见陈嘉衍弯着腰穿鞋。

陈嘉衍穿完球鞋，单手拎起两只拖鞋，整齐地摆放在鞋柜上，而后一抬头，便撞上汤佳渔看来的目光。

汤佳渔清了清嗓子："你要出门？"

"去楼下买早餐。"

"那我跟你一起，你等我一会儿。"

陈嘉衍还未出声，她扭头进了客房。等了二十分钟，她才从客房出来。

小区楼下，临近便利店的一侧有一排早点店。这个时间来买早餐的人群里都没怎么看见年轻人，他们两个人是例外。

陈嘉衍领着汤佳渔进了一家面店，他侧过脸看她：“你想吃什么？”

汤佳渔有轻微的近视，她微眯着眼睛，仔细地辨认了一会儿墙壁上贴着的红底黄字的菜单，道：“一碗馄饨吧。”

陈嘉衍跟柜台小妹要了两份馄饨和一份煎饺。

小妹问他：“帅哥，打包还是在这里吃？”

陈嘉衍扭头看了一眼身后的汤佳渔，汤佳渔伸手指了下旁边的空位：“这不是有位置，在这里吃吧。”

两人在空桌边坐下，通往后厨的门上挂着的布帘子被掀起，老板林叔走了出来，瞧见陈嘉衍，随口招呼了一句：“嘉衍，带女朋友来吃早点啊？”

陈嘉衍还未搭腔，林叔已经风风火火出了门，他抬眸看了一眼汤佳渔，只见她神色自若，脸上没有丝毫异样。

汤佳渔从竹筒里拿了双一次性筷子：“你和老板挺熟的，经常来这家店吃早餐？”

陈嘉衍拿出手机：“差不多。”

过了一会儿，小妹端上两碗馄饨，汤佳渔拿过旁边的醋，倒了点到碗里。

两人面对面地坐在一张桌上，安静地吃着早餐。

吃完早餐，陈嘉衍要去结账，汤佳渔已先他一步，拿手机扫了结账台上放着的收款码，随口道：“就当昨晚的留宿费了。”

陈嘉衍看她一眼，而后垂下眼不再多说什么。

两人回到家里，汤佳渔边脱鞋边问：“你今天不用去医院吗？”

“不用。”

陈嘉衍拧开一瓶矿泉水，站在餐桌边喝了两口。

汤佳渔坐在沙发上，又道：“那你今天有什么安排吗？”

“中午要回去一趟。”

汤佳渔抿着嘴唇，声若蚊蚋地“嗯”了一声，又去翻茶几上的医学杂志。

陈嘉衍见她这副波澜不惊的模样，喉结滚动了一下，没忍住道："你不打算回去看梁阿姨？"

汤佳渔伸手捏住页角，翻过一页杂志，低声道："算了，她也不想见到我。"

陈嘉衍回家之前顺便送汤佳渔回酒店。

车子距离酒店还有一段路的时候，陈嘉衍手握着方向盘目不斜视地问道："你在曼城要待几天？"

汤佳渔正低头回丁遥的信息："还有三天的假期。"

恰逢红灯，陈嘉衍停下车子，从外套里掏出一把钥匙递给她："这几天先住我那儿，不然我爸知道，我不好交代。"

其实汤佳渔在曼城有房子，只是太久没住，而且她这次只回来几天，也就懒得去打扫卫生。

汤佳渔盯着他看了两秒，陈嘉衍略有些不自在，下颌收紧："不想要？"

汤佳渔忍住上扬的嘴角，伸手接过了钥匙："怎么不要，还能省下一笔钱呢。"

陈嘉衍继续开着车，面上看不出什么情绪。

到了酒店门口，汤佳渔挥别陈嘉衍下了车。回到房间，她洗了个澡，然后给丁遥发信息，约她一块儿吃午饭。

丁遥一通电话打了过来："你昨天不是住在陈嘉衍那儿了吗，不和他一起吃？"

"他中午要回家。"

丁遥八卦道："你俩昨晚怎么样？"

汤佳渔放松地坐在床上，装傻充愣："什么？"

丁遥意味深长道："都是成年人，就没有发生点什么？"

“你想多了，我昨晚睡客房呢。”

丁遥打趣道：“你这语气听起来怎么有点遗憾？”

汤佳渔探手去够床尾的包包，从里面找出陈嘉衍家的钥匙，道：“来日方长，我不着急。”

丁遥没再和她瞎扯，两人订了吃饭的餐馆。汤佳渔去洗漱化妆时，临时想起一件事，她拿过手机给陈嘉衍发了条信息。

陈嘉衍收到汤佳渔的信息时，人刚坐到餐桌旁。梁吟蓉盛了一碗鸡汤端给他，陈嘉衍接过，道了声谢。放在裤兜里的手机振动了下，他伸手从兜里掏出手机，解锁了屏幕，看了一眼信息。

汤佳渔：“别告诉他们我来曼城了。”

陈嘉衍神色微暗，陈启和出声：“吃饭怎么还看手机，你梁阿姨特意给你熬的鸡汤，尝尝看。”

陈嘉衍收了手机，揣回裤兜里。

他拿起勺子，喝了两口鸡汤，说了句：“味道不错。”

04

汤佳渔和丁遥约了吃烤肉，丁遥开车来酒店门口接她，见她拎着一只大箱子，带着几分意外道：“准备回苏城了？”

“不是。”

“那你这是？”

汤佳渔如实道：“陈嘉衍让我这两天住他那儿。”

丁遥愣了下，独自消化了一会儿她这句话的意思，还是不得其解：“这是什么意思，你俩没和好，他还让你上他那儿住？”

“嗯。”

“等会儿，让我捋一下。”丁遥皱眉，“你俩的事，陈叔叔不知道？”

汤佳渔歪头看向丁遥，嘲讽道：“你觉得我妈会告诉陈叔叔吗？”

丁遥对汤佳渔的母亲梁吟蓉有所了解，她“嗯”了一声，点点头，道：“也是，我要是你妈妈，也一定不会让陈叔叔知道。”

汤佳渔扯了下嘴角。

丁遥把车开了出去：“那陈嘉衍回去，你确定他不会提起你回来的事？”

“我和他说了，别提我来曼城的事儿。”

丁遥“哦”了一声，没再继续这个话题。

汤佳渔和丁遥吃完烤肉，两人又去看了一场电影。从电影院出来，丁遥开车送汤佳渔回陈嘉衍的住处。

汤佳渔原本以为陈嘉衍应该要很晚才会回来，毕竟今天是他的生日，倒没想开了门后，玄关处放着他的球鞋，客厅的电视开着，但不见他的身影。

汤佳渔关上门，就见陈嘉衍从卧室出来，身上是灰色的帽衫和黑色的运动裤，她提着行李箱，说：“我以为你要吃了晚饭才回来。”

事实上，陈启和确实留他吃晚饭，但陈嘉衍推说有事，吃了午饭就开车回来了。虽然猜到她不会那么早回来，但见到屋里空荡荡的那一刻，陈嘉衍仍不可避免地滋生出一股失落。

“他们还有事。”

汤佳渔的余光落在烟灰缸里的烟头上，她佯装轻松道：“我记得你以前不怎么抽烟。”

陈嘉衍抬头看她：“你教我的。”

汤佳渔自知理亏，干巴巴地笑了笑，转移话题：“晚上一块儿吃饭，我亲自下厨。”

“又是抵住宿费？”

“不是。”她说，“我只是想亲自下厨，给你做顿饭。”

陈嘉衍没作声，汤佳渔又说：“放心，我这半年没少做饭，厨艺长进不少。”

陈嘉衍抓住了重点，问："你给谁做？"

汤佳渔打开冰箱，奇怪地看了他一眼："给我自己做啊，还能给谁做？"

陈嘉衍点了两下头，避开她的目光，拿出手机。

冰箱里的食材倒不少，汤佳渔粗粗看了几眼，便打算好了做什么。陈嘉衍也没做甩手掌柜，去厨房给汤佳渔打下手。

陈嘉衍想起了什么，开口："冰箱里还有鸡汤。"

汤佳渔抿着唇"嗯"了一声，没再说话。

陈嘉衍转过头看她，这么多年，她的头发始终是这个长度，长及手肘，发丝微卷。她低垂着眼眸，正在剥一颗蒜头。

陈嘉衍关了水龙头。

汤佳渔忽然开口："她没有给你安排相亲对象吗？"

陈嘉衍诧异地抬头："什么意思？"

汤佳渔扭头看他，用半开玩笑的口吻说："我以为她怕你再跟我纠缠在一起，肯定会着急为你物色女朋友。"

陈嘉衍洗西红柿的手一顿，皱起眉："梁阿姨没有这个闲工夫。"

汤佳渔不放心地问了一句："你没和他们说我来曼城了吧？"

"没有。"

一顿晚饭做了将近一个小时，两人吃完后，陈嘉衍主动揽了洗碗的活，汤佳渔从行李箱里拿了衣服，到浴室洗澡。

第二天早晨，汤佳渔醒来的时候，陈嘉衍已经去医院上班了。她拿过手机看时间，微信里有一条未读短信。

陈嘉衍："早餐在厨房，你醒了热一下再吃。"

接下来的一整天，汤佳渔直到入睡前，也没见到陈嘉衍。

晚间八点，陈嘉衍又发来一条信息："值夜班，锁好门窗。"

丁遥发来信息，问两人的进展，汤佳渔回："他这两天都在医院，见不到人。”

丁遥：“得，你该不会又惹到嘉衍弟弟吧？”

汤佳渔：“他这两天比较忙，我们目前相处得还算愉快。”

陈嘉衍这两天确实挺忙的，除了跟手术台，准备课题研究资料，月底还得同他的带教导师林伯霖前往苏城参加学术会议。

林耿新：“老林是真打算培养你，这么重要的会议都叫你去。”

林伯霖是西中大附属医院烧伤科的主任，在临床和科研方面颇有成果。西中大的学生，不少人是冲着林伯霖来的。

陈嘉衍有些心不在焉，林耿新抬手碰了碰他的胳膊肘：“何蔓去你家里拿手表那天，说见到个姑娘从你屋里出来，那姑娘是谁啊，你不会交女朋友了吧？”

“没有的事。”

林耿新：“我就说嘛，你交女朋友，我不能不知道啊。”

陈嘉衍敷衍地“嗯”了一声，想起还在他住处的汤佳渔。他这两天没时间回去，除了在微信上他发了那两条信息，她回复之外，两人再无交流。

林耿新：“晚上徐教授请我们吃饭，你来吗？”

陈嘉衍看了一眼手机，手机很安静，没有消息，他把手机放回裤兜里：“来吧。”

汤佳渔从超市买了水果回来，拿出钥匙开了门，就见玄关的球鞋横七竖八地放着，这不是陈嘉衍的作风。陈嘉衍这人家教良好，连鞋子都要摆放齐整。

卧室的门半开着，里头没开灯。

汤佳渔试探地叫了一声，屋里没有回应。

她走进房间，卧室的窗帘没拉上，窗外的灯光照进来，半明半暗的房间里，床上隆起一道身体的轮廓。

陈嘉衍一只手搭在眉眼处，胸膛微微起伏着，呼吸均匀。

汤佳渔靠近他，闻到了他身上淡淡的烟酒味，看见他脖子到耳朵的那块肌肤泛起红潮。别人喝酒上脸，他例外，喝醉了这处皮肤就容易泛红。

她低声叫他的名字，陈嘉衍没有反应，好像没有听见。

汤佳渔轻叹了一口气，伸手要去拿旁边的被子，下一秒，她被陈嘉衍握住了手腕。汤佳渔一愣，垂下眼睛看他。他的眼神晦暗难明，牢牢地锁住她。

汤佳渔动了动唇，试图开口打破这沉默。

他突然伸手按住了她的后脑勺，欺身吻了上来。汤佳渔一怔，反应过来，要别开脸："你不是有女朋友吗？不怕她知道？"

陈嘉衍双目通红："你会在乎吗？"

汤佳渔弯唇笑了下，把问题抛给他："是你女朋友。"

陈嘉衍的笑容淡了下去，捏住她的下巴，吻住她的唇，声音里隐隐透着几分气急败坏："汤佳渔，你怎么这么没良心？"

"谁让你骗我说你有女朋友。"她拆穿他的谎言。

次日，汤佳渔醒来的时候，以为陈嘉衍一早就去医院了，也就没放在心上，她在床上赖了一会儿，才磨磨蹭蹭去卫生间洗漱。

汤佳渔弯腰，扑水洗脸的时候，客厅传来开门声。

汤佳渔心下一紧，抽了几张纸巾，擦干净脸上的水珠，抬脚走出卧室。看见陈嘉衍手上拎着早餐正准备关门，她长舒一口气："吓死我了，我还以为又是我妈呢。"

她话一出口，两人都愣了下，不可避免地想起一年前，被梁吟蓉撞破两人之间关系的事。

陈嘉衍脸色微变。

汤佳渔也意识到失言，心虚地咬着唇："你今天不用去医院吗？"

他没什么情绪地说："九点去。"

陈嘉衍提着早餐，走到厨房，从橱柜里拿出碗筷。

汤佳渔站在他旁边，伸手从碟子里拈了个煎饺："你昨晚和谁喝酒，喝得那么醉？"

陈嘉衍正在解塑料袋的结，低声解释道："医院教授请实习生吃饭。"

汤佳渔想到先前手机收到的信息，一时不知该如何同他开口，她话到唇边，又转了一道弯："这饺子还挺好吃。"

陈嘉衍侧过身子看她，面色平静："昨天早上你刚吃过这家的饺子。"

她装傻："哦，是吗？"

两人吃完早餐，陈嘉衍收拾好桌子，回到房间拿了外套。临要出门时，陈嘉衍停下脚步，看了一眼沙发上的人："我今晚还要值夜班，你睡前注意下门窗。"

汤佳渔正低头翻看杂志，闻言头也没抬地应道："好，知道了。"

汤佳渔等陈嘉衍出门后，回到客房，把化妆品收拾到行李箱里。她早上收到律所发来的信息，说刚接了个案子，让她回去一趟，这意味着她的假期提前结束。

汤佳渔刚才在厨房想同陈嘉衍说这事儿，但又不知道该如何开口。

思来想去，汤佳渔还是在登机前给陈嘉衍发了条信息。

汤佳渔："忘了跟你说，我的假期提前结束，得回苏城了。你家里的烟我都收了，少抽烟，我还是喜欢你身上干干净净的，没有烟味。"

陈嘉衍看到这条信息时，刚下手术台。他打开柜子拿出手机，映入眼帘的就是这样一条短信。

陈嘉衍看了两秒，抬手捏了下眉心，把手机扔回柜子里。

她不过是又耍了他一次。

第二章

初见

01

2016年，盛夏。

窗外日头灼人，蝉鸣聒噪，曼城的地表温度接近四十三摄氏度。每年夏季，曼城都牢牢占据全国四大火炉城市的首位。

将客厅的立式空调机温度调到十五摄氏度，依旧不见丝毫效果，汤佳渔低着头，长发垂散下来，闷出了一脖子的湿汗。她耐着性子摆弄了一番，依旧感受不到丝毫冷气。

汤佳渔被热得心烦气躁，就抬脚轻轻踹了下立式空调机，小腿传来痛意，她瞬间蹙起了眉，想起了自己腿上有伤的事。

扶着冰箱，汤佳渔慢慢在地板上坐下，打开冰箱的冷冻层，冷气扑面而来。她双手往后一撑，仰着头，舒服地长呼一口气。

这时，放在地板上的手机，“嗡嗡”地振动起来。

汤佳渔偏头，伸手将手机拿了过来。

是丁遥打来的慰问电话：“在新住处待得怎么样了？”

两周前，汤佳渔因为摔伤了腿，被梁吟蓉送到她朋友陈叔叔的住处。汤佳渔拿手指触碰冰柜上凝结的一层冰霜：“一个人待在这个房子里，除了阿姨来煮饭，大多数时候都见不到人，我快闷死了。”

丁遥幸灾乐祸：“那个陈叔叔的儿子呢？”

汤佳渔把手机开了免提，又放回地板上。她从冷冻柜里翻出一盒朗姆酒葡萄干冰激凌：“没见到人，好像这几天他的学校才放假。”

“什么大学的，放假这么晚？”

“好像是西中大的。”汤佳渔挖了一勺冰激凌送到嘴里，“我也记不太清了。”

“高才生啊。”丁遥惊呼。

汤佳渔轻哼了一声：“有那么厉害吗？”

“反正你那种二本学校是没法比的。”

汤佳渔咬了下勺子：“拜托，我现在也是C大的研究生了。丁遥，你这是赤裸裸的学历歧视。”

丁遥没理会她的义愤填膺：“陈叔叔的儿子大几了？”

“大四。”

话音刚落，门外传来拧转把手的开门声，汤佳渔咬着勺子，循声看去。

门被外头的人打开，来人似乎也没料到屋里会有人，愣了两秒。

陈嘉衍身上穿着白色圆领的T恤和深灰色的长裤，五官英俊，平直的肩头上挂着黑色的背包。他歪头对着赵晔回了一句：“没门。”转过头看到冰箱前的汤佳渔时，他停住了脚步。

汤佳渔身上是一件吊带长裙，领口处的布料有点空，微卷的长发披散在肩膀上，露出莹润白皙的肩头。

丁遥没有听到汤佳渔的回应，叫了她两声。

汤佳渔回过神，压低声音道：“曹操到了，不和你说了。”

赵晔见陈嘉衍杵在门口不动，抬手推了下他的肩头：“赶紧进去，热死我了。”

汤佳渔挂了电话，冲他露出笑容：“嗨。”

陈嘉衍微微点了下头，拦住要进来的赵晔，伸手指了下搭在沙发扶手上的灰色帽衫："我有朋友要进来，你要不要穿上外套？"

汤佳渔瞬间反应过来，她脸颊微红，伸长手臂去取沙发上的灰色外套，囫囵套上。

陈嘉衍侧过身，让赵晔进来。

赵晔见到汤佳渔，又惊又喜，胳膊肘碰了碰陈嘉衍："这美女谁啊？"

汤佳渔把外套拉链拉上，也顾不上热了，抬起头笑了下，落落大方道："你好，我叫汤佳渔。"

"我叫赵晔，陈嘉衍的发小。"

赵晔还在追问汤佳渔是谁，陈嘉衍却绕过客厅上了楼。赵晔朝汤佳渔挥了挥手，忙不迭地跟了上去。

直到他瘦高的背影消失在楼梯的拐角处，汤佳渔才松了口气，她躺倒在沙发上，又低头看了下领口，懊恼地扶着额头。

其实在这之前，汤佳渔和陈嘉衍有过一面之缘。

那会儿陈嘉衍高考刚结束，摘取了曼城理科状元。陈启和给儿子办了谢师宴，也叫上了梁吟蓉。

谢师宴定在曼城的一家高档饭店。

陈嘉衍高中毕业那个暑假，汤佳渔被梁吟蓉叫来吃晚饭，除了她，连带她外婆梅溪也出席了。

那一阵子，汤佳渔和梁吟蓉的关系闹得正僵。汤佳渔压根就不愿意出席这样的场合，但挨不过外婆梅溪晓之以理动之以情的劝说，最后还是出席了陈嘉衍的谢师宴。

那会儿陈嘉衍也是这般，手里拿着酒杯，高高瘦瘦的身影在一桌桌客人间周旋，脸上不见半点不耐烦之色。

等转到他们这桌时，他手里拿着杯子，另一只手虚虚搭着杯壁，同梅溪碰了下杯，叫了声"外婆"，然后冲她也微微颔了下首。

赵晔跟着陈嘉衍回了房间，不死心地追问："那美女是谁啊？"

陈嘉衍把背包丢在椅子上，拿过架子上的遥控器，开了空调："梁阿姨的女儿。"

赵晔说："长得还挺好看的！"

陈嘉衍微微皱了下眉头。

赵晔又问："她有男朋友没？"

陈嘉衍抬眉："你问这个做什么？"

"当然是想追她呗。"

陈嘉衍随手拿过床头柜上的一本平装书，扔向赵晔："不怕施霖找你麻烦？"

赵晔伸手，在半空中接住那本以抛物线路径飞来的书。他爆了句粗口："你想砸死我啊，这么重的书。"他不过是要耍嘴皮子，毕竟是有女朋友的人，不至于真的去追汤佳渔。

赵晔一点也不生分，大大咧咧地躺在陈嘉衍的床上："太渴了，下去拿瓶水？"

陈嘉衍也觉得有些口渴，他从床上起来，打开房门，下了楼。

汤佳渔坐在沙发上，后背被闷出湿汗，但她没再好意思脱外套，以防楼上的人下来，又发生刚才那一幕。

她拿着一本杂志扇着风，直到手腕渐渐发酸。楼梯口传来脚步声，汤佳渔背后一紧，下意识扭过头。

两人的目光冷不丁地撞上，陈嘉衍下楼梯的脚步微顿。他的手落在原木扶手上，看到她额前的碎发因为汗湿卷起一绺，搭在脸颊边，问道："怎么不开空调？"

"好像坏了，开了一会儿，没冷气出来。"

陈嘉衍快步下了楼梯，走到立式空调前，微微低头，按了开关，伸手在出风口感受了一会儿，的确毫无制冷效果。他从裤兜里拿出手机，一边拨出一串号码，一边转头对汤佳渔道：“我让人上门来看一下，你要不先上楼吹会儿空调？”

“我等会儿再上去。”

陈嘉衍点头，没再多说什么，径直走进了厨房。

汤佳渔看了一眼他的背影，他身上的白色短袖因为汗湿，已经染上了点点汗渍。

陈嘉衍打开冰箱，拿出两瓶矿泉水，临要上楼时，似是想起了什么，又停下脚步，看向汤佳渔，客气地问了一句：“需要我扶你回房间吗？”

“不用，谢谢。”

“客气。”

陈嘉衍抬脚上了楼。

汤佳渔在客厅又待了一会儿，最后热得实在受不了，她扶着楼梯，单脚跳了上去。

短短的十几层楼梯，汤佳渔用了足足五分钟，最后累得气喘吁吁。

汤佳渔回到房间的第一件事便是打开空调，冷气瞬间充盈整个房间，她仰面躺在柔软的床铺上，舒服地闭上眼睛。

卧室里只有空调的运转声，汤佳渔眼皮发沉。

再次醒来，她是被门外的敲门声吵醒的。

她原本以为是错觉，竖着耳朵听了一会儿，而后确定是门外有人在敲门。敲门声响起短促的三下便停止，克制而礼貌。

陈嘉衍屈起手指，正准备再敲一次，门骤然被里头的人打开，他的手停在半空中，目光落在汤佳渔的脸上，她左边脸颊有一道弧形的印子。

汤佳渔在空调房里睡了三个小时，喉咙有点干涩，她清了下嗓子：“有事吗？”

陈嘉衍一只手插在裤兜里：“阿姨做好了晚饭，喊你下楼。”

“好，谢谢。”

汤佳渔关上门，从衣柜里拿出一件内衣穿上，又套上那件灰色帽衫，规规矩矩地把拉链拉上，才放心下楼。

客厅的立式空调机恢复了功能，冷气丝丝地往外送。

汤佳渔顺口问道："空调好了？"

阿姨端着饭菜出来，回答道："刚才维修师傅上门来修了。"

汤佳渔"哦"了一声，走进厨房。

阿姨看见她脸上的红印子，和蔼地道："刚才睡着了吧，脸上压了道红印子呢。"

汤佳渔抬手摸了下脸，表情茫然："很深吗？"

"你去照下镜子，瞧瞧看。"

楼下卫生间的门是开着的，汤佳渔进去时，陈嘉衍刚好洗完手出来。她灰色的帽衫长袖擦过他的手肘，陈嘉衍下意识顿住了脚步，扭头看了一眼。她双手撑在洗手台上，正把脸凑近到镜子前。

还好，印子不太深。

汤佳渔伸手揉了两下，那道印子消退了不少，她又开了水龙头，顺便洗了手。

回到餐厅，汤佳渔的座位上已经摆好了一副碗筷，她拉开椅子坐下，冲陈嘉衍说了句："谢谢。"

陈嘉衍正在看手机，闻声，抬头道："不客气。"

汤佳渔舀了一碗排骨萝卜汤，阿姨还在汤里放了几颗枸杞。汤佳渔只舀汤水，陈嘉衍收了手机，余光瞄到她的汤碗，清汤寡水，没有一块肉或萝卜。

两人吃完晚饭，阿姨收拾了碗筷，从厨房出来，同陈嘉衍说家里有事，要请两天的假。

陈嘉衍站在桌边喝水，闻言点点头，答应了。

阿姨从沙发上拿起自己的包包，临出门前，她又叫住准备上楼的陈嘉衍："嘉衍，那你等会儿帮阿姨同佳渔也说一声。"

"好。"

走廊外传来脚步声，汤佳渔原本在用手机外放音乐，她屏息听了一会儿，觉出大概是陈嘉衍上来了。她关掉音乐播放软件，下一刻，就见丁遥发来信息："和你那个陈叔叔的儿子相处得还愉快吗？"

汤佳渔拿了只抱枕垫在背后，回道："客气有礼，确实和我妈说的一样，很有教养。"

丁遥："好像长得也挺帅的？"

汤佳渔："你好像没见过他吧？"

丁遥一通电话打了过来，汤佳渔按了接听键，听到丁遥说："见过一次，你忘了？有一次他喝醉了，在你外婆家休息来着。"

经过丁遥这么一提，汤佳渔想起来了。

谢师宴那天中途，陈嘉衍喝醉了，而陈启和还要招待客人，脱不开身。那天来的人，除了陈嘉衍的老师和一些亲戚，还有一些是陈启和商场上的朋友，自然得好好招待一番。

汤佳渔和梅溪准备回去时，梁吟蓉喊住了汤佳渔，说陈叔叔让她顺便带陈嘉衍去外婆家借住一晚，怕他喝多了，晚上要是不舒服，没人照顾。

汤佳渔有点模糊的印象，陈嘉衍上车不久后便沉沉睡去，她无意间扭头看了一眼，他靠着车窗，睡颜安静，耳朵到脖子那一块皮肤泛起一抹红。

丁遥又说："过两天就是汤叔叔的忌日，你这样子也不好出门，我到时候陪你去吧？"

"没事，我后天去医院拆石膏。"

两人又说了几句，直到丁遥要去洗漱，才挂了电话。

这一通电话结束后，汤佳渔玩了一会儿手机，还是毫无困意。她拉开床头柜，拿了烟和打火机，到阳台上去抽烟。每到临近父亲的忌日，汤佳渔的心情便不太好。

来这套房子有两周，这还是汤佳渔第一回抽烟。汤佳渔已经有三年的烟龄，但因为住在陈启和的房子里，多少有些收敛。

陈嘉衍去卫生间洗了澡出来，发现那件白色短袖忘了收进来，他一时也没多想，裸着上半身去阳台收衣服。

汤佳渔的胳膊肘架在栏杆上，对面是鳞次栉比的大楼，几户窗格子里亮着光，她刚抽了口烟，就听见身后传来脚步声。

阳台的灯，稀薄微弱，像是被罩了一层白纱。

汤佳渔下意识回头，两人打了个照面。隔着晾晒的衣服那稀稀疏疏的缝隙，汤佳渔的目光下移，陈嘉衍穿上衣服，看起来高高瘦瘦的，脱了衣服，身材没有想象中的单薄，肩膀线条宽直，身板笔挺。她的目光直接大胆。

陈嘉衍看了一眼她手上的烟，收回视线。他抬手拿过衣架上的白色短袖，翻了个面，兜头套上。穿完衣服，头发稍显凌乱，他抬手拨弄了两下。

汤佳渔拿过栏杆上的烟，微微侧过脸看他："要不要抽一支？"

陈嘉衍走近，汤佳渔闻到他身上沐浴露的味道，很好闻，清冽干净，像大海的味道。

很快，她听到他说："我不抽烟。"

汤佳渔语气平静地"嗯"了一声，她转过头，目光再次落在对面林立的大楼上。她身上是中午的那件黑底的碎花吊带裙，纤瘦的肩颈上，挂着一条细细的雪纺吊带，吊带下还压着一条透明的内衣肩带。

陈嘉衍率先挪开视线，正欲开口，他裤兜里的手机响了起来，是梁吟蓉打来的。

陈嘉衍按了接听键，把手机放在耳边："梁阿姨。"

梁吟蓉声音温柔："嘉衍啊，佳渔在家里吗？"

陈嘉衍低眉瞧了一眼身边的汤佳渔，她正在吞云吐雾。她抽烟的姿势娴熟，想必有不下两年的烟史。

陈嘉衍一只手插在裤兜里，淡声道："嗯，她在我旁边，要把电话给她吗？"

汤佳渔下意识扭头看他，两人目光对视，陈嘉衍的眼睛深黑，里头好像藏了她看不懂的情绪。

汤佳渔的心跳忽然乱了一拍，她略显不自在地挪开视线。

陈嘉衍又说了两句："行，我知道了。"

等陈嘉衍挂了电话，汤佳渔掐灭了烟头，手肘抵在栏杆上，不紧不慢地问道："我妈说什么了？"

"梁阿姨让我后天送你去医院拆石膏。"

汤佳渔兴致索然地"哦"了一声，道："那麻烦你了。"

陈嘉衍对她的道谢似乎不甚在意，他缓缓道："吴阿姨家里有事，要请两天假。这两天的三餐需要我们自己解决，你明天想吃什么？我负责去买早餐。"

汤佳渔懒懒地回道："我现在也不知道明早要吃什么，要不我们加个微信，我明天想到了，再发给你。"

陈嘉衍点头。

汤佳渔说："我的手机在床上，我去拿一下。"

她转身回了屋里，烟和打火机还留在栏杆上。陈嘉衍顺手拿下来看了一眼烟盒，是韩国的一款女士爆珠烟。

汤佳渔睡的是客房，这间客房几乎没人住过，床上原本的白色被套被换成粉色碎花的样式，房间依然整洁干净，除了床头柜上放着两根黑色头绳。

汤佳渔拿上手机，重新走到门口，点开微信二维码。陈嘉衍将摄像头对准二维码，两人离得有点近，陈嘉衍能闻到她身上的烟味，还掺杂一丝奶油的香甜。

"嘀"的一声响，手机提示两人已成功加了好友。

陈嘉衍收了手机，还不忘替她带上房门。

02

因为刚加了微信好友，跟陈嘉衍的聊天窗口被置顶。陈嘉衍的微信头像是一张遛狗的照片，狗是金毛。他牵着狗绳，身上是白色短袖和黑色运动裤，不过没露出他的脸来。

汤佳渔点进他的朋友圈。陈嘉衍不怎么发朋友圈，但里头有一段小视频，他穿着宽松的黑色短袖和白色的短裤，面容白皙，微微弯着腰，单手运球上篮，视频不太长，也就十秒。

两人的聊天窗口空荡荡的，汤佳渔为显礼貌，给他发了个“嗨”的表情包，两秒后，陈嘉衍回复个干杯的图案。

陈嘉衍靠着床头，也在看汤佳渔的朋友圈。她的朋友圈相对他而言，发的频率挺高，都是一些生活日常。

陈嘉衍滑着手机屏幕，看到了一张汤佳渔的自拍照，她一只手捧着一束红艳艳的玫瑰，眉眼微弯，冲着镜头比了个“耶”的手势。陈嘉衍看了一眼这张自拍照发出的时间，七夕节，玫瑰花大概是她的男朋友送的。

陈嘉衍退出了汤佳渔的朋友圈。

汤佳渔躺了一会儿，觉得唇干口燥，她按亮灯，掀开被子下了床。

走廊里静悄悄的，汤佳渔下意识地看了一眼隔壁的房间，房门紧闭，门缝底下没有亮光，估计陈嘉衍已经睡下了。

她轻手轻脚地挪下最后一层台阶，看到客厅里的落地灯亮着。

陈嘉衍靠在沙发上，膝盖上放着一台笔记本电脑，屏幕上的光照着他英俊的眉眼。

汤佳渔弯了下嘴角，主动开口：“这么晚你还没睡啊？”

“在写课题论文。”

“怎么不在房间里写？”

陈嘉衍合上电脑，把笔记本电脑放在一边，解释道：“楼上网络信号不太好，你呢？”

“下来倒水喝。”

汤佳渔走进厨房，壶里还有一半的水，她拿手贴了下壶壁，温度刚好，估计是陈嘉衍刚才烧的。她倒了一杯水，见陈嘉衍走了进来，手上拿着玻璃杯。

汤佳渔让出位置：“我先回房间了？”

陈嘉衍拿起烧水壶，点了两下头。

汤佳渔似是想起了什么，脚步一停，又转回头跟陈嘉衍说了一声：“晚安。”

陈嘉衍愣了片刻，回了声：“晚安。”

汤佳渔回到房间，手机上收到梁吟蓉发来的微信，大意是说她已经同陈嘉衍说过，让他后天送她去医院拆石膏，陈启和也同医院里的熟人杜医生打过招呼。

汤佳渔拿着手机，想起两周前因为她摔伤了腿住院，梁吟蓉来医院看她的事。

其实在这之前，汤佳渔一直同外婆梅溪一块儿住。后来陈启和听说了她受伤的事，开口让汤佳渔住他家，说她出院后还要休养，而且梁吟蓉近期又要出差，没人照顾多少有些不方便。梁吟蓉其实不大乐意，碍于陈启和多次劝说，梁吟蓉才勉强松口同意。

汤佳渔给梁吟蓉发了一条信息：“妈，过两天，我爸的忌日，你要跟我一起去吗？”

汤佳渔趴在床上，支着下巴，等了十分钟，没收到回复。

她抬手揿灭开关，房间里暗了下来。

次日，陈嘉衍醒来时，微信上没收到汤佳渔的信息。下楼前，他去客房敲了两下门，里头没有动静，估计还在睡。

陈嘉衍拿了钥匙，径直下了楼。

他回来的时候，汤佳渔正扶着楼梯下楼，陈嘉衍关上门："不知道你喜欢吃什么，随便买了点早餐。

汤佳渔说："我不挑，吃什么都可以。"

两人吃了早饭，汤佳渔帮着收拾了碗筷。

过了一会儿，外头日光渐盛，温度渐渐升高。汤佳渔觉得有些闷热，她开了空调，坐在风口处纳凉。

陈嘉衍从楼上下来，手里拿着车钥匙，他看了一眼沙发上的汤佳渔："我得出门一趟，可能得午饭后才回来，你一个人可以吗？"

汤佳渔："没事，我可以点外卖。"

陈嘉衍点点头，手刚覆上门把，汤佳渔又叫住了他："你回来的时候能帮我带两盒冰激凌吗？"

陈嘉衍当然不会拒绝："什么牌子的？"

"七喜。"汤佳渔又补充了一句，"朗姆酒葡萄干口味的。"

陈嘉衍："回来给你带。"

他话音落下，伴随着一声关门声。

汤佳渔拿着遥控器一连换了几个台，都没什么兴趣，她只好关了电视，上楼去收阳台上的衣服。

陈嘉衍是下午三点才回来的，那时汤佳渔还在午睡。他回到房间，冲了个澡出来，就见汤佳渔的房门开了。他走到她的房间门口，抬手叩了下房门，汤佳渔循声看来。

陈嘉衍刚洗过澡，头发湿淋淋地搭在额头上，他道："冰激凌给你放冰箱冷冻柜里了。"

"谢谢，多少钱？"汤佳渔说，"我转账给你。"

陈嘉衍："不用，也没多少钱。"

汤佳渔去医院拆石膏那天，刚好遇上暴雨天。接连几日的高温因为一场大雨，温度降了不少，难得带着一丝凉爽。

陈嘉衍开车送她去医院，因为陈启和同医院的骨科杜医生打过招呼，给两人提供了不少便利。等汤佳渔拆了石膏出来，雨已经停了。

汤佳渔看了看天，提议：“我们找个地方吃饭吧？”

吴阿姨请假，两人回去也是点外卖，陈嘉衍问：“你想吃什么？”

“这附近有什么好吃的吗？”

陈嘉衍思忖片刻：“有一家牛肉面店，味道还行。”

“那就去你说的那家店。”

那家面店在一所中学附近，这会儿正放暑假，校园很安静，也没人打球。陈嘉衍把车停在面店隔壁的奶茶店门口，他看向汤佳渔：“要喝奶茶吗？”

汤佳渔摇头：“不用。”

这会儿温度渐高，从车上下来走了没几步，两人就出了一身汗。

面馆里开着空调，客人不少，刚好空出一张桌子。结账的柜台旁边放着冰柜，里头有不少饮料，汤佳渔看了一眼冰柜：“你想喝什么饮料吗？”

陈嘉衍反问：“你想喝什么？”

汤佳渔抽了两张纸巾，擦拭了下桌沿：“汽水吧。”

陈嘉衍起身，他今天穿了件黑色的短袖，后背有一片深色的汗渍。陈嘉衍打开冰柜，拿出一罐汽水和一瓶矿泉水，还同结账台后面的小妹要了根吸管。

汤佳渔接过他递来的汽水和吸管：“谢谢。”

“不客气。”

陈嘉衍拉开椅子坐下，拧开盖子，喝了口矿泉水。汤佳渔没用那根吸管，直接拿易拉罐喝了口，她的嘴唇被汽水冰过，显得湿润红艳。

陈嘉衍将手肘搭在桌沿，不动声色地移开目光，去看旁边的那一桌父女。小女孩扎着羊角辫，父亲耐心地喂她吃面条，一根面条挂在唇边，小女孩鼓着腮帮子，快速吸入嘴里。

隔壁桌有两个女生，频频看向这边，短发的女生拿手指戳长发女生，小声道："去嘛。"

汤佳渔看在眼里，觉得有些好笑。

过了一会儿，长发女生拿着手机走到他们这桌，她看向汤佳渔，小心翼翼地问道："请问你是他的女朋友吗？"

"不是。"汤佳渔说，"他姐。"

陈嘉衍拿着手机，正在回复赵晔的信息，闻言，他下意识地看了一眼汤佳渔。

长发女生眼睛一亮，忙说了一声："姐姐好。"而后，女生将目光落到陈嘉衍身上："你好，我朋友想要和你加个微信好友。"

陈嘉衍态度从容地回绝："抱歉。"

女生面露失望，也说了一声："抱歉。"然后走了。

汤佳渔勾起嘴角："是不是经常有人和你搭讪啊？"

陈嘉衍抬眉："没有很经常。"

汤佳渔压根就不信。

吃完面条，两人开车回去。院子里有两个停车位，现在有一个已经停了一辆黑色的福特。

汤佳渔总觉得那辆福特有些眼熟，她同陈嘉衍一块儿下了车，问他："陈叔叔回来了？"

陈嘉衍关上车门，看了一眼那辆车："应该是。"

汤佳渔和陈嘉衍前后脚进了门，梁吟蓉在厨房，听见开门声，探出头来望了一眼，微笑着道："回来啦。嘉衍，麻烦你跑一趟了，你们午饭吃了没？"

"吃过了。"陈嘉衍看了一眼汤佳渔，见她额头冒着湿汗，便拿过空调遥控器调低了点温度，"佳渔姐请的客。"

“是该她请客。”梁吟蓉笑笑，说，“毕竟麻烦你开车送她去一趟医院。”

汤佳渔微微一愣，这还是陈嘉衍第一次叫自己姐，她转过头去看他。两人视线交汇，陈嘉衍略显不自在地移开眼，将空调遥控器放回圆桌上：“梁阿姨，我爸呢？”

“在书房。”

“梁阿姨，我先上楼了。”

等陈嘉衍一走，梁吟蓉便叫住汤佳渔：“你请嘉衍吃什么了？”

“牛肉面。”汤佳渔随口道。

梁吟蓉嗔怪道：“请人吃饭，也不请吃点好的。”

汤佳渔置若罔闻，径直打开冰箱，冷冻柜里放着六盒冰激凌，除了朗姆酒葡萄干口味的，还有两盒草莓口味的。汤佳渔拿了一盒草莓口味的，关上冰箱：“他要吃这个，我有什么办法！”

梁吟蓉却换了话题：“昨晚你是不是在阳台抽烟了，那栏杆上的烟灰是你弄的吧？”

汤佳渔冷笑一声：“就不能是他弄的吗？”

“我认识你陈叔叔这么久了，嘉衍抽不抽烟，我还能不知道？”

汤佳渔口吻嘲弄：“也是，你对他比对你亲女儿还亲。妈，他不会真是你亲生的吧？”

梁吟蓉面色一变，她下意识地看了一眼楼上，压低声音道：“汤佳渔，你非得要在这里给你妈难堪吗？”

汤佳渔冷了脸色，原本的好心情瞬间烟消云散。

她将还未吃完的冰激凌扔到垃圾桶里，按捺着脾气道：“并不是我非要来这里。我石膏也拆了，过两天，我会跟陈叔叔说一声，先搬回去。”

回到房间，汤佳渔把自己摔在床上。她拉开床头柜，烟和打火机完好地放在抽屉里，没有被动过的痕迹。

抽出一支烟，汤佳渔拿在手上把玩了片刻，放在床边上的手机屏幕亮了下，她拿过来，按了接听键，是丁遥打来的电话。

丁遥："明天几点出发？"

汤佳渔："早上七点出发，不然太热了。"

丁遥："好，到时候我去接你，别睡过头。"

汤佳渔失笑，她怎么可能会睡过头。

同丁遥又聊了将近半个小时，汤佳渔才挂了电话。

从床上下来，她准备去洗个澡。去阳台收了衣服进来，经过陈嘉衍的房间门口，汤佳渔看见他的房门虚掩着，他的声音飘了出来："在家，还能在哪儿？"

那端不知道说了什么，汤佳渔听到他的声音隐隐透着几分笑意："知道了，不会迟到。"

陈嘉衍的目光落在门口，就见一道纤瘦的身影走了过去，耳边赵晔还在絮叨个不停。

最后，赵晔无奈地问了一句："晚上真不来打球？"

陈嘉衍心不在焉地回道："不去。"

汤佳渔洗了澡出来，将头发擦得半干，也就懒得再拿吹风机去吹。她把换下的衣服拿到阳台，打开洗衣机，衣服分类装入洗衣袋，按了开启键。

楼下，梁吟蓉在喊他们吃晚饭，汤佳渔没什么胃口，但还是下了楼。

陈启和见到汤佳渔，关心地问了句："今天去医院了吧，杜医生怎么说？"

汤佳渔笑了笑："恢复得挺好，没什么大碍。"

陈嘉衍下了楼，经过客厅沙发，不经意间扫到垃圾桶里的那盒草莓味的冰激凌，粉色的冰激凌已经融化成一摊液体。

陈嘉衍喉结微滚，下意识地去看餐桌上的人。

汤佳渔正同陈启和谈笑，神色自若。

梁吟蓉端着一盘饭后水果，道："嘉衍，来吃饭啊。"

陈嘉衍点头，拉开椅子，在汤佳渔身边的空位坐下。她的头发发尾还半湿着，陈嘉衍拿起筷子时胳膊肘擦过她半湿的发尾，感受到了几分凉意。

梁吟蓉解了围裙，看了一眼汤佳渔，皱着眉问："怎么不把头发吹干？"

汤佳渔低头喝汤，语气冷淡："太热了。"

碍于陈启和和陈嘉衍，梁吟蓉不便发作，收了声。

陈嘉衍看了汤佳渔一眼，她脸上神色如常，不见丝毫异色。

03

第二天早晨，汤佳渔早早醒来了，她心里搁了事，压根睡不着。早上八点半，她洗漱完毕从卫生间出来，手机收到一条短信，丁遥说她已经在楼下等着，她便轻手轻脚地下了楼。

汤佳渔出了小区，便看到不远处丁遥的车。

她走过去，抬手打开车门："等会儿顺便去花店买一束花。"

丁遥示意她看后座："早给你买了，现在这个时间点，也不知道花店开没开门。"

汤佳渔："谢谢你啊，遥遥。"

"我们之间还客气什么。"丁遥说，"阿姨今年会去看叔叔吗？"

汤佳渔笑容淡了几分："你觉得她会去吗？我爸去世后，她就没去过一次。我有时候会想，我骨子里会不会也和我妈一样。"

丁遥同汤佳渔一块儿长大，对于梁吟蓉的那些事也从自个儿母亲嘴里听到不少，她宽慰汤佳渔："说什么呢，你和你妈压根就不一样，我和你从穿开裆裤就一起玩，能不了解你。"

两人到达林园墓地时，刚好十点。

山上气温较低，清幽寂静，这个点几乎也没什么人。

汤佳渔在父亲的墓碑前放下花，又絮絮叨叨地跟他说了一会儿话，便同丁遥一起下了山。

丁遥拿出手机看了一眼时间，道："你早饭也没吃吧？我们去吃午饭吧，等会儿再一块儿去看场电影。"

汤佳渔："怎么不找你男朋友陪你去？"

"他最近不是在他学长的公司兼职嘛。"丁遥理直气壮，"不然我怎么会叫你陪我去。"

"重色轻友。"

丁遥看了汤佳渔一眼，八卦道："最近那个林驿还有没有联系你？"

林驿是汤佳渔在朋友的聚会上认识的一个富二代，追了汤佳渔半年之久，汤佳渔始终不为所动，林驿也就打消了念头，两人成了朋友。

汤佳渔忽然看向丁遥："你没告诉他我摔伤了腿的事吧？"

"哪能啊。"丁遥开着车，半开玩笑道，"我要是说了，你住院第一天，他就得打飞的来看你。"

汤佳渔松了口气。

丁遥笑着说："林驿条件还挺好的，人有钱，相貌也不赖。"

汤佳渔低头玩着手机，漫不经心地说道："那你可以考虑一下。"

"那孟骁不得杀了我？"丁遥做了个"抹脖子"的动作。

孟骁是丁遥的男友，两人高中毕业后就在一起了，感情一直维系到现在。

回到市区，汤佳渔同丁遥吃了午饭，又去看了场电影。从电影院出来时已经将近下午四点，丁遥接到了孟骁的电话，两人约了吃晚饭。汤佳渔不愿去当电灯泡，自己打车回到住处。

汤佳渔拿出钥匙开了门，陈嘉衍刚好从厨房出来，玄关处没看见梁吟蓉他们的鞋子，汤佳渔顺口问了一句："我妈和陈叔叔呢？"

"出去吃饭了。"

汤佳渔脸色微变，陈嘉衍捕捉到她神色的变化："怎么了？"

汤佳渔回神，借低头穿鞋的动作掩饰自己的情绪：“没什么。”

早上起得早，又在外头走了一天，汤佳渔这会儿有点累。回到房间，她躺在床上补眠，迷迷糊糊眯了半个钟头，被门外的说话声吵醒。

然后有人来敲她的房门，汤佳渔掀开被子，趿拉上拖鞋去开门。

门外站着赵晔，他身边还站着一个卷发姑娘：“佳渔姐，一起看电影吗？”

汤佳渔迟疑片刻，还是道：“行。”

赵晔介绍他身边的姑娘：“我女朋友，施霖。”

汤佳渔冲施霖浅浅一笑：“汤佳渔。”

汤佳渔在这儿住了一段时间，还不知道这套房子有个小型的观影厅。赵晔看起来比她熟悉，驾轻就熟地带着她们往楼下走。

三人一块儿下楼，直到进了影厅，也没见陈嘉衍，汤佳渔下意识问了一句：“陈嘉衍呢？”

施霖开了灯：“他在洗澡，等会儿就下来。”

汤佳渔坐在沙发上，拿了个抱枕放在腿上：“你们和陈嘉衍是大学同学吗？”

赵晔正在翻找影片，没有听见汤佳渔的问话。

施霖回答道：“不是啦，我们是高中同学。”

汤佳渔点点头。

施霖对汤佳渔有些好奇：“佳渔姐，你是哪个学校的？”

汤佳渔说了个学校名字，施霖眼睛一亮：“哎，我知道你们学校，你们学校帅哥还挺多的。”

两人说着话的时间，赵晔已经挑好影片。

关了灯，这处空间瞬间暗了下来，唯一的光线来源是墙壁上挂的投影幕布。

陈嘉衍是在电影进度条播到第五分钟时进来的，他身上是黑色的圆领长袖和灰色的休闲裤，手上拿着手机。

赵晔："得，精彩部分，你错过了。"

陈嘉衍不以为意地抬了下眉："没事。"

接下来的观影过程，没有人出声，唯有施霖探身去拿茶几上的薯片时，包装袋发出的窸窣响声。

陈嘉衍似乎对赵晔挑的这部爱情片不怎么感兴趣，不时拿起手机看一眼。

这部电影，汤佳渔以前看过一次，但再看第二次，她还是看得认真。看了一会儿，她觉得有些口渴，伸手去拿茶几上的水杯。

陈嘉衍的眸光先是落在她手中的玻璃杯上，而后又落到她脸上，她神情专注，视线依旧停留在投影幕布上，似乎并没有察觉到错拿了他的杯子。

汤佳渔启唇抿了口温水，又将杯子放回去。玻璃杯底轻轻磕在茶几上，声音微乎其微，杯沿有一抹浅浅的红印，是她的口红沾染在了上头。

一部电影，将近两个钟头。电影结束，赵晔开了灯，影厅灯光大亮。

赵晔伸了个懒腰："一块儿出去吃夜宵吗？"

汤佳渔回来后还没洗过澡，这会儿觉得身体黏腻，她婉言拒绝："我要去洗个澡，就不去了。"

赵晔看向陈嘉衍："嘉衍，你不会也不去吧？"

陈嘉衍把手机揣回裤兜里，朝汤佳渔道："需要给你带点儿什么吗？"

汤佳渔摇头一笑："我不饿。"

汤佳渔上楼，先去阳台收了晾晒的衣物，然后回到房间洗澡。洗完澡出来，她手机收到一条短信，是她前两天购买的包裹到了。

汤佳渔拿出手机，给陈嘉衍发了条信息。

陈嘉衍看到信息时，正同赵晔他们在小区对面的烧烤店里。

施霖还在问赵晔："佳渔姐有男朋友吗？"

赵晔抬抬下巴，示意施霖去问陈嘉衍："这我哪里清楚，要问你也得问这位啊。"

施霖转过头去看陈嘉衍，陈嘉衍摇头："不清楚。"

施霖支着下巴："佳渔姐长得这么好看，应该有很多人追。"

陈嘉衍拿起一次性塑料杯喝了口水，放在裤兜里的手机振动了下，他拿出手机，看到汤佳渔发来的信息。

汤佳渔："你回来的时候，能顺便帮我在小区楼下的快递寄放柜那里拿个快递吗？"

陈嘉衍："可以，提取码发给我。"

汤佳渔找出那条快递信息，截了屏，发给陈嘉衍，又补上一句："谢谢。"

陈嘉衍回："客气了。"

赵晔喝了口啤酒，拿手敲了敲桌子："你在和谁发信息呢？"

陈嘉衍收了手机，看了一眼还在吃羊肉串的赵晔，说："吃完了没？"

"着什么急，家里又没人等你。"

陈嘉衍没有多说，拿着手机扫了桌上贴着的付款二维码，结完账后，他起身，对着施霖道："你俩慢慢吃，我先走了。"

施霖："谢谢老板请客。"

楼下传来车子驶近的声音，汤佳渔走到窗前，看见梁吟蓉和陈启和从车上下来。梁吟蓉的手里捧着一束玫瑰，即便在晦暗的夜色里，也十分打眼。

陈启和不知说了什么，梁吟蓉捂着嘴笑起来，又抬手嗔怪地拍了下陈启和的胳膊。

汤佳渔神色微冷，抬手关上窗户，一回头，就见陈嘉衍站在门口，正准备抬手敲门，另一只手上还拿着她的包裹。

汤佳渔快步走到门口，接过他手里的包裹，又道了声谢。

陈嘉衍垂眼看她："我爸他们带了夜宵回来，让我来问你吃不吃。"

"麻烦你跟他们说一声，我不饿，谢谢。"

04

汤佳渔昨晚贪凉，空调温度调得太低，第二天醒来，鼻子像是被塞了一团棉花，格外不舒服。她到卫生间洗漱完毕，下楼时，发现客厅电视机柜上的花瓶里，已经换成了昨晚那束鲜艳的玫瑰。汤佳渔的视线在上头停留了两秒，面无表情地走进了厨房。

在汤佳渔等待水烧开的工夫，外面传来脚步声，她只当是梁吟蓉醒了，靠着料理台，低头有一搭没一搭地划拉着手机屏幕。

察觉到那人走进厨房，汤佳渔下意识地抬头，一愣，而后开口道："早。"

陈嘉衍刚洗漱过，衣服的领口处有深色水渍："早。"

汤佳渔："是要喝水吗？还没烧开，估计要等一会儿。"

陈嘉衍："好。"

两分钟后，烧水壶"嘀"的一声响，水烧开了。

汤佳渔拧开一瓶矿泉水，倒入烧水壶里，冷热参半，温度刚好能入口。她拿出两只玻璃杯，倒了一杯温水递给他。

陈嘉衍接过水杯，喉结滚了滚："谢谢。"

"不客气。"

两人相对无言，汤佳渔喝完半杯水，冲陈嘉衍点头示意，又回到房间上床窝了一会儿，直接睡过了早饭时间。

汤佳渔再次醒来，已经接近十一点。鼻塞感没有丝毫缓解，人也觉得绵软无力。

门外传来敲门声，是吴阿姨喊她下楼吃午饭。

汤佳渔瓮声瓮气地应了一声，又去卫生间洗了把脸。她下楼时，发现吴阿姨只做了她的饭菜。

汤佳渔走进厨房：“阿姨，我妈他们呢？”

吴阿姨开了水龙头洗抹布：“他们今天有饭局，嘉衍和朋友出去了。”

汤佳渔“嗯”了一声，没有再多问什么。她身体不太舒服，也就没什么食欲，吃了半碗的米饭便搁下了筷子。

吴阿姨看了看餐桌上几乎没怎么动过的饭菜，关心地问：“佳渔，阿姨今天做的菜不合胃口吗？”

汤佳渔笑吟吟道：“不是，阿姨，是我自己的问题，我今天不大舒服，没什么胃口。”

吴阿姨又说：“要不，我给你下碗面条？”

“不用，我等会儿饿了，可以自己解决，您快吃饭吧。”

汤佳渔回到房间，手机进来一通电话，是她外婆梅溪打来的。

汤佳渔一只手按了接听键，另一只手拿了个枕头竖在背后靠着，她吸了下鼻子：“外婆。”

梅溪语气责备：“你怎么没告诉外婆，你腿摔伤的事？”

汤佳渔轻描淡写道：“只是一点小伤，我现在都好了，您怎么知道这事儿的？”

“好了以后也得好好调养。”梅溪又说，“前两天和你妈通电话，你妈提起的。听说你最近住在你妈那里？”

“嗯。”

“住你妈那里也好，有个人照应，外婆也放心。”

汤佳渔同梅溪又说了几句，眼看到了梅溪午休的时间，她才挂了电话。

接完这一通电话，汤佳渔越发觉得人不太舒爽，她想了想，还是打算去医院拿点药吃。

换了衣服下楼，吴阿姨还在厨房忙碌，汤佳渔跟吴阿姨说了声，便出了门。

到医院拿了药回来，已经是三个小时之后的事。

汤佳渔抬手按门铃，毫无动静，估计吴阿姨收拾好碗筷后便出门了。她刚才出门走得急，忘了带钥匙。

汤佳渔拿出手机，手指停在通讯录界面上，最后还是决定给陈嘉衍打一通电话。

等了几十秒，电话才被接通，汤佳渔清了清嗓子："我是汤佳渔。"

"我知道。"他的声音低沉。

汤佳渔轻声说："你在哪里？我忘带钥匙，被锁门外了，你方便回来吗？"

陈嘉衍安静了一瞬，道："我现在走不开，你能过来一趟吗？"

汤佳渔迟疑："远吗？"

"不远，也就二十分钟的路程。"

汤佳渔说："那你把地址发给我吧。"

陈嘉衍挂了电话，身边的朋友许炀撞了下他的胳膊肘，半是调侃的语气："女朋友打电话来查岗？"

陈嘉衍把手机放回白大褂口袋里："不是。"

许炀说："她要过来？"

"来拿钥匙。"陈嘉衍为避免等会儿许炀乱开腔，还是解释了一句，"是梁阿姨的女儿，你等会儿别乱说话。"

许炀意味深长道："那也算你姐了，长得漂亮吗？"

陈嘉衍懒得搭理他这问题。

汤佳渔打车到陈嘉衍所在的地方，刚好二十分钟的路程。她下了出租车，给陈嘉衍发了条微信，告知他自己已经到了。

过了一会儿，她收到了陈嘉衍的回复，一个简洁的“好”。

汤佳渔站在阴影处，躲避灼人的日光。

等了大概五分钟，远远地，有一道白色的身影朝她走来。汤佳渔眯着眼细瞧，才发现是陈嘉衍，他身上穿着白色的大褂，身姿笔挺如松。

汤佳渔这才想起来，他好像是医学专业的。

等人走到近前，就见他身上白大褂的扣子规规矩矩地扣着，只从领口露出里头的那件白色短袖。

陈嘉衍从白大褂口袋里掏出钥匙，余光无意间瞥到她手上的药袋子，袋子上印着蓝色的“市第一医院”几个字样，他眸光微动：“你刚才去医院了？”

“有点发烧，我可以进去歇歇吗？”

陈嘉衍：“可以。”

汤佳渔在这儿站了一会儿，热得后颈都是汗，她现在急需到有冷气的地方缓一下热意。

陈嘉衍领着汤佳渔往林荫道走，好在路程并不远。几分钟后，两人进入一处灰色的建筑物，走廊旁铜色的牌子上写着“人体解剖实验室”。

汤佳渔脚步微顿：“陈嘉衍，你上过解剖课吗？”

陈嘉衍：“上过。”

汤佳渔好奇道：“那你会害怕吗？”

陈嘉衍说：“一般上解剖课，只是把需要解剖的地方暴露出来，看不到脸。”

陈嘉衍在一处实验室门口停下，里头有一个男生，穿着和陈嘉衍一样的白色大褂，脸上戴着口罩，见两人进来，他摘了手上的塑胶手套，眼含笑意：“来了。我是陈嘉衍的发小，许炀。”

汤佳渔也自报家门：“汤佳渔。”

十分钟后，汤佳渔同陈嘉衍从实验室出来。即便已经将近下午五点的光景，空气里也仍然泛着燥热。

两人上了车，陈嘉衍开了冷气，汤佳渔舒服地长舒一口气，把披在身后的长发拿发绳扎了起来。

手机上收到一条信息，是许炀发来的，刚才两人在实验室加了微信，汤佳渔回了他一句，又看向陈嘉衍："能把空调温度调低点儿吗？"

陈嘉衍："你感冒了。"

汤佳渔扭头看他，用玩笑的口吻道："所以这是不能的意思吗？"

陈嘉衍抬手，调低了冷气温度。

车子开出一段距离，汤佳渔一直在低头回消息。许炀这人社交能力挺强，话题不断。

她看向驾驶座上的人，问："许炀这人是不是女生缘很好？"

陈嘉衍言简意赅："还行。"

汤佳渔又低头去看手机，陈嘉衍看了她一眼，想了想，还是说了句："他在感情方面会比较随意。"

"什么？"

"许炀要是在微信上找你，你可以不用理他。"

汤佳渔算是明白过来，她侧了侧头，目光灼灼地看着他："你是怕我被他玩弄感情？"

陈嘉衍先一步挪开目光，他不太自在地看向前方的路况："没有，只是告诉你一声。"

汤佳渔勾起嘴角，笑了笑："他不是我喜欢的类型。"

两人到家的时候，吴阿姨还没回来。陈嘉衍拿出钥匙开了门，两人前后脚进了家门。

抬手关上门，手机进来一通电话，陈嘉衍按了接听键，是吴阿姨打来的。陈嘉衍站在客厅听了两句，说了声"好"，便挂了电话。

汤佳渔问他："谁打来的电话？"

"吴阿姨，她的孙子生病了，说等会儿就不过来了。"

"所以晚餐需要我们自己解决？"

陈嘉衍把手机放回裤兜里："你想吃什么？我来点外卖。"

汤佳渔犹豫了两秒，道："我没什么胃口，还是喝粥吧。"

回到房间，汤佳渔去卫生间洗了把脸。没一会儿，手机振动，是丁遥发来信息，约她出去玩。

汤佳渔回她："身体抱恙，不出去了。"

丁遥一通电话打来，汤佳渔一边走出卫生间，一边接了电话："没事，小感冒而已。"

丁遥放了心，两人又说了几句，直到听见那边孟骁在叫丁遥，汤佳渔才挂了电话。

过了一会儿，楼下传来按铃声，估计是外卖送到了。

汤佳渔拿着手机下楼，就见陈嘉衍从外卖员手中接过外卖，随后他走进厨房，拿了两只碗出来。

拉开椅子坐下，汤佳渔的微信收到一条消息，许炀邀请她去参加下周日的露营。

汤佳渔抬眸看向陈嘉衍："你们下周要出去露营？"

陈嘉衍低眉看她："许炀和你说的？"

"他邀请我去玩。"汤佳渔抿了抿唇，"你介意我去参加吗？"

陈嘉衍在拆外卖的塑料袋子："我没什么问题。"

汤佳渔露出个笑脸，拿起手机，给许炀回了个"好"。

陈嘉衍揭开盖子，将粥盛出来，递给汤佳渔一碗。两人在餐桌两端相对而坐，安静地吃着晚饭。

晚饭过后，汤佳渔倒了一杯开水，准备等会儿服药。陈嘉衍将外卖盒装进袋子里，扔入厨房的垃圾桶。

门外有人按铃，汤佳渔去开门，是赵晔："佳渔姐，我来找陈嘉衍，他人呢？"

"在厨房。"

陈嘉衍闻声从厨房出来。

赵晔说："等会儿一块儿打球啊，说好的。"

陈嘉衍淡淡道："等天黑再去，这会儿外面温度太高。"

赵晔打开冰箱，拿了一瓶矿泉水："行啊。"

赵晔又和汤佳渔说："佳渔姐，等会儿一块儿去玩吗？"

汤佳渔问："这附近有篮球场吗？"

"有一所中学，去那儿打球就可以。"

三人在客厅坐了一会儿，看了会儿电视，直到外头的天色暗了下来，几人才一块儿出门。中学就在附近，走个十来分钟就到了。

因为是暑假，校园里很安静，只有篮球场上偶尔传来篮球砸在地上发出的沉重声音。

陈嘉衍没有换上篮球服，他的身上是白色短袖和同色运动短裤，膝盖上戴着一截白色的护膝。

赵晔同汤佳渔聊天："佳渔姐，你会打篮球吗？"

"你看我像会的样子吗？"

赵晔嬉皮笑脸："是不太像。"

陈嘉衍和赵晔两人拿着球，热了会儿身，便加入了其他几个男孩中，玩得热火朝天。

玩了十几分钟，对面几人停了下来，他们次次临要投篮，就被陈嘉衍截下，只得无奈讨饶："哥，放个水呗，这球打得哥几个都没什么意思。"

陈嘉衍闻言，眉眼间露出张扬的笑意："行，等会儿给你们放个水。"

话是这么说，但下半场陈嘉衍依旧玩得认真。他从对方手里拦下球，单手变向运球，突进小圈，一个起跃跳高，抻直了手臂，稳稳地将球抛入篮筐里。白色的短袖下摆因为这个动作扬起，露出劲瘦的腰身。随着他落地的动作，那紧实的肌肉线条又消失在衣服间。

瞬间，汤佳渔想起了阳台上的那一幕，他裸着上半身，平直的肩膀线条一览无余。

汤佳渔把刚才拍的陈嘉衍打篮球的视频传到了朋友圈。

丁遥点了个赞后，给她发来信息：“照片里的帅哥是谁？”

汤佳渔：“陈嘉衍。”

丁遥：“这么帅的吗？！感觉比高中的时候更好看了，有女朋友没？”

汤佳渔警告她：“小心孟骁看到。”

丁遥说：“真挺好看的，我要是没男朋友，就准备下手了。”

汤佳渔：“信不信我把我们的聊天记录截图发给孟骁。”

丁遥回了个“求放过”的表情包。

汤佳渔忍不住“扑哧”笑出声。

陈嘉衍和赵晔没打太久，一个小时后，两人就下来了。

汤佳渔收了手机，把刚才去超市买的水递给两人。陈嘉衍接过水，拧开盖子，灌了一口，咽下后问：“会无聊吗？”

“不会，看你们打篮球还挺有意思的。”

赵晔拿胳膊抹了下额头上的汗，调侃道：“这话是真的，看你打篮球，哪个女生会觉得没意思？”

陈嘉衍听了这话，没什么太大反应。

赵晔：“我还想玩半个小时，佳渔姐，你介意吗？”

陈嘉衍也看向汤佳渔，汤佳渔接触到他的视线，莞尔道：“你们继续玩啊，我不着急回去。”

“行嘞。”赵晔又抱怨，“施霖要是陪我来打球，待上半个小时就得喊我走。怎么这女的跟女的，还不一样呢。”

汤佳渔笑笑。

说是半个小时，其实两人又玩了一个小时才结束。

赵晔直接打车走了，陈嘉衍同汤佳渔步行回去。

陈嘉衍刚打了球，后背的衣服被汗打湿，贴在脊背上，勾勒出薄薄的肩胛骨。他伸手绕到后面，抓起衣服布料抖了抖，想散散热气。他似乎是怕身上的汗味熏到她，回去的路上始终和她保持着一段不远不近的距离。

汤佳渔心想，陈嘉衍确实是个让人感觉舒服的人。

两人到了家，陈嘉衍去阳台收了衣服后回房间洗澡，洗完澡出来，听到敲门声。

他擦着头发去开门，就见汤佳渔站在门口，问："我卫生间的花洒好像坏了，出不来水，借用你的卫生间洗个澡方便吗？"

陈嘉衍顿了一下，侧过身子让她进来："你用吧。"

"我先回房间拿下衣服。"

汤佳渔折回房间，从衣柜里拿出换洗的衣服，装在一只小袋子里。

来到陈嘉衍的房间，他正坐在书桌前看书，桌上搁着一个笔记本，还有一本烧伤学的书籍。

汤佳渔抬脚进了卫生间，卫生间挺干净的，估计他刚才清理过。

卫生间的镜面上，因为他先前刚洗过澡，蒙了一层雾气，汤佳渔抬手抹开，对着镜子把头发解开。

开了花洒，温热的水流浇在皮肤上，汤佳渔长舒了一口气。

陈嘉衍翻了两页书，有点静不下心来，只觉耳边全是淅淅沥沥的水流声。他转过头，下意识地看了一眼紧闭的卫生间的玻璃门，想了想，还是打算去阳台待会儿。

陈嘉衍拿上手机，走出房间。

赵晔给他发了个游戏邀请，闲着也挺无聊，陈嘉衍便接受了他的邀请。

两人开了语音，赵晔听到陈嘉衍这边的车声，问：“你在哪里？我怎么听到了车声？”

陈嘉衍靠着栏杆低头玩游戏，漫不经心地道：“阳台。”

两局游戏结束，旁边传来开门声，陈嘉衍抬眼望去。

汤佳渔站在阳台门口，对着他指了指卧室的方向，道：“我洗完了。”

陈嘉衍看着她，点了下头。

赵晔耳尖，听到汤佳渔的声音，问道：“佳渔姐刚才说什么了？”

陈嘉衍淡声回答：“没什么。”

一局游戏结束，陈嘉衍退出游戏，回到房间。卫生间的门开着，里头水迹淋漓，热气氤氲，还残留着沐浴露馥郁的香味，洗手台上遗落着一条黑色的发绳。

第三章 吻

01

当晚，汤佳渔接到了林驿的电话，林驿不知道打哪儿知道了她腿受伤的事儿，一开口便嚷嚷道：“妹妹，不把我当朋友啊，腿受伤的事儿怎么也不跟我说？”

汤佳渔打马虎眼：“这不是不想让你担心吗？”

林驿没领情，嗤笑一声：“这话说的，你当哥哥我会信？”

汤佳渔：“爱信不信。”

林驿叹了口气：“行了，我明天来曼城，一块儿吃顿晚饭，这你可不能再拒绝了。”

“好啊，到时候我请客。”

汤佳渔挂了电话，躺在床上刷朋友圈，发现陈嘉衍点赞了她先前拍的那个打篮球的视频。

她再次点开视频，视频里光线有些昏暗，但他英俊的五官并没有因此而逊色几分，再加上他高瘦挺拔的身材和行云流水般顺畅自如的起身跳跃投球的动作，更添了几分魅力。

汤佳渔想，确实如赵晔所言，看陈嘉衍打篮球并不会觉得无聊。

入睡前，汤佳渔忘了拉上窗帘，因此第二天还未到七点，她便醒了过来。下了床拉上窗帘，汤佳渔想再睡个回笼觉，却辗转反侧，始终无法顺利入眠。躺了一会儿，她还是决定起床。

打开门下楼，梁吟蓉在厨房忙活。汤佳渔刚倒了杯水，门便被外头的人打开，走在前头的是陈启和，陈嘉衍跟在身后，手上还拎着早餐。

汤佳渔放下杯子，露出个笑脸："陈叔叔早。"

"早。"陈启和和蔼道，"快来吃早点，这家的早点味道不错，嘉衍从小吃到大的。"

汤佳渔抬眼看陈嘉衍："是吗？"

陈嘉衍点点头："味道还不错。"

梁吟蓉把早餐拎进厨房装盘后，又一一端出来，喊他们上桌吃早点。汤佳渔夹了一只蒸饺咬了口，里头加了鱼子，有种别样的味道，她嘴角微弯："真的挺好吃的。"

陈启和笑眯眯道："好吃吧，多吃几个，你太瘦了。"

汤佳渔嘴里还有食物，含糊地说："好。"

吃完早饭，汤佳渔同梁吟蓉在厨房清洗碗筷。

梁吟蓉难得语气温和："你昨天去医院了？"

汤佳渔"嗯"了一声。

梁吟蓉又说："等会儿记得把药吃了。"

汤佳渔不咸不淡地应道："行，知道了。"

下午三点的时候，林驿给汤佳渔发来信息，问要不要过来接她。汤佳渔想起他那辆惹眼的跑车，一口回绝了。林驿也不强求，给她发了个地址，让她到了地方给他打电话。

林驿发来的地址是一处别墅区，那块地方的别墅是专门租给年轻人聚会玩乐的。

汤佳渔一直等到太阳不那么晒才出门，她拦了辆出租车，没想到刚好碰上下班高峰期，一路走走停停，直到晚上六点半才到达目的地。

汤佳渔付钱下车，给林驿发了条信息。

五分钟后，林驿从别墅出来，直嚷嚷："我说开车去接你，你又不愿意，看这车堵的。"

汤佳渔戏谑地说道："你那车要是开去接我，我妈还当我被人包养了。"

林驿轻笑出声，没皮没脸道："奇了，你怎么知道我打算包养你来着。"

汤佳渔有些无语："别乱说，我可不想思婻找我麻烦。"

"早掰了。"林驿轻飘飘道。

汤佳渔看他一眼，微微蹙眉："你这换女朋友的速度未免也太快了，就不能好好谈个女朋友吗？"

林驿散漫道："太能折腾了，那姑奶奶我可伺候不起，谁爱伺候谁伺候去。"

林驿来参加朋友的生日聚会，在场的人不少，有七八个，其中有几个生面孔，好在汤佳渔性格外放，社交很有一套，没多久就同他们打成一片。

几个年轻人挤在厨房里，打算下厨做拿手菜。

汤佳渔去厨房冰箱拿水时，有人开她玩笑："林哥，佳渔姐不下厨来一道吗？"

"你不怕吃了她做的菜后上医院去，尽管让她下厨，我没意见。"林驿笑道。

一行人忙活到晚上七点多，才正式坐下来吃晚饭，他们一边喝着酒，一边胡扯。

汤佳渔喝了不少酒，结束时，林驿送她出去："真不用我开车送你回去？"

“不用。”

林驿：“你喝酒了，坐车也不安全。”

汤佳渔把碎发勾到耳后：“我打电话让人来接我。”

她拨出一串号码，等了几秒，电话被接通，那端传来一声温和的“喂”，还有些低喘，似乎是刚运动过。

汤佳渔莫名耳热，她抿了下嘴角：“是我，我喝了点酒，你方便开车来接我一下吗？”

那端有篮球砸在地面上的声响，估计陈嘉衍和朋友在打球。

汤佳渔嘴唇微动，正要开口说不方便就算了，便听到陈嘉衍低声说：“好，把位置发给我。”

看着汤佳渔挂了电话，林驿挑了下眉，饶有兴致道：“有人了？你那天发的那段视频里的那个男的？”

汤佳渔偏头看他：“干吗？你不会真的对我情根深种吧？”

林驿微眯着眼睛：“看不出来，你喜欢这种类型？”

“哪种类型？”

“乖男孩。”

汤佳渔不置可否地笑了笑：“我发现乖男孩也挺有意思的。”

“没劲。”林驿忽然凑近她，声音暧昧，“难不成在床上，还得你教他？”

汤佳渔蹙眉，眼神带上了警告的意味：“行了啊，林驿，你有点越界了。”

林驿双手插在裤兜里，轻呵一声。

林驿没有陪汤佳渔等陈嘉衍来，他站了一会儿，抽完一支烟，就折回了别墅。

别墅对面有一家咖啡店，汤佳渔走进去，挑了个靠窗的位置坐下，她又点了杯咖啡，用来打发时间。

四十分钟后，陈嘉衍的车子停在了咖啡店门口。

汤佳渔起身，推开玻璃门走了出去。

陈嘉衍上下打量了她一眼，见她眼神清明，不像喝多了的样子。

汤佳渔："我打电话给你的时候，你是不是在打球？"

陈嘉衍点头。

汤佳渔又说："我是不是打扰你打球了？"

"没事，你打电话来的时候，刚好要结束。"

两人上了车，陈嘉衍发动车子，他的手臂上还戴着护腕。

汤佳渔的手机振动了下，是林驿发来的微信："那乖弟弟来接你了没？"

汤佳渔："已经在车上了。"

林驿没再回复。

车子开出一段距离，遇到红灯，陈嘉衍把车子停了下来。他偏头去看副驾驶座上的人，汤佳渔靠着椅背，正闭眼休息。

窗外的路灯照在她的脸上，因为喝了酒，她两颊酡红，就连嘴唇都是红的，衬得面容更为白皙。

陈嘉衍看了一会儿，将视线转向窗外。

汤佳渔一直睡到了家，直到陈嘉衍把车子开进小区，轮胎压过减速带，整个车身轻微震颤了下，她才被惊醒："到了？"

"嗯。"

两人前后脚下了车，一进家门，刚好碰到喝完水正准备上楼的梁吟蓉，梁吟蓉看两人一眼，说："回来了？"

汤佳渔应了一声。

梁吟蓉经过他们身边，闻到一股烟味，她皱眉看向汤佳渔："抽烟了？"

汤佳渔扯起领口闻了闻，她的身上确实有股烟味，刚才聚会的时候，林驿的朋友有不少抽过烟。

她正要开口，就听到身后的陈嘉衍淡淡地开口道：“梁阿姨您误会了，是我身上的味道。”

汤佳渔下意识回头，对上陈嘉衍漆黑的眼眸，视线相撞，他移开了目光，低头拿过拖鞋换上。

梁吟蓉笑容微僵，没再说什么，只是淡淡地嘱咐了一句“早点睡”，便上了楼。

汤佳渔盯着他：“你是怕我妈骂我吗？”

陈嘉衍抬了下眼，反问：“你想被骂？”

“不想。”汤佳渔弯唇，“谢谢你。”

陈嘉衍走到桌边，倒了杯水：“不用谢。”

02

回到房间，汤佳渔换下身上的衣服，拿起来闻了闻，味道确实挺大的。她把衣服放进脏衣篓，现在时间太晚，只能等明天再洗。

丁遥发来信息：“你今晚和林驿出去吃饭了？”

汤佳渔疑惑道：“你怎么知道？”

丁遥：“林驿发了朋友圈。”

汤佳渔点开朋友圈，一个小时之前，林驿发了九宫格照片，里头有一张集体照，自然也有她出镜。

汤佳渔回丁遥：“他朋友生日，他来曼城玩，喊我一块儿吃饭。”

丁遥：“喝酒了？”

汤佳渔：“嗯。”

丁遥：“林驿送你回家的？”

汤佳渔想起先前在楼下，陈嘉衍替自己背黑锅的事，她回：“没让他送，毕竟我现在还住在陈叔叔这里，要是让我妈看到林驿那车，估计又得吵一架，我让陈嘉衍去接的我。”

丁遥回了个“坏笑”的表情：“你们感情这么好吗？”

汤佳渔笑了下："嗯，姐弟情深。"

丁遥没有再回她信息，汤佳渔涂完护肤品，又点开陈嘉衍的朋友圈看了看。一时睡不着，她趁着酒意给他发了条信息："你头像的那张照片里的金毛，是你养的吗？"

等了两分钟，陈嘉衍才回复："不是，是赵晔的。"

汤佳渔："哦。"

陈嘉衍："你现在会觉得头晕吗？"

汤佳渔笑了下："你是怕我喝多了？"

聊天框上端显示着"正在输入中"，汤佳渔等了一会儿，对方的消息还是没发送过来，她主动转移话题："虽然是有点不舒服，但在车上睡了一觉好多了，晚安。"

两秒后，陈嘉衍迅速回道："晚安。"

也许真是喝了酒的缘故，汤佳渔这一觉睡得并不安稳，半夜口渴醒来了一次，她下楼去喝了水再回床上，一看时间，是夜里三点。

汤佳渔拿过手机，又点开她和陈嘉衍的聊天记录。其实两人在微信上没怎么聊天，除了那天她发了个"打招呼"的表情包，他回了个"干杯"的表情包，就是她发的定位图，以及睡前她主动提起话题，两人才聊了两句。

他行事方面挺有教养，但性格上其实还是有点偏清冷。

汤佳渔胡思乱想着，最后不知道什么时候睡着了。一觉睡到十点才醒来，她有些意外，梁吟蓉竟然没来喊她起床。

汤佳渔打开房门的时候，陈嘉衍刚好从他房间出来，他拿着手机在讲电话，似乎是要出门。

听见开门的声音，陈嘉衍转过头看了汤佳渔一眼，冲她微微颔首，算是打招呼。

汤佳渔也笑了笑，跟在他身后迈下台阶。

陈嘉衍又说了两句，便挂了电话。

汤佳渔开口问道："要出去？"

陈嘉衍点了点头："去实验室。"

汤佳渔"嗯"了一声，又道："我妈他们出去了？"

陈嘉衍："公司有点事，需要他们去处理一下。"

"哦。"

陈嘉衍在玄关处换鞋，似是想起了什么，抬头道："厨房里留了早餐，你热一下再吃。"

汤佳渔回头露出个笑脸："好，我知道了。"

汤佳渔走进厨房，听到客厅传来关门声，她揭开锅盖，里头有一份小米粥，还有几碟小菜。

汤佳渔热了小米粥，端到饭桌上，一边喝着粥，一边滑着手机刷微博。这时微信进来一条消息，是她的前男友谭绪发来的信息。

汤佳渔和谭绪算是和平分手，两人分手后，倒是没有互相拉黑，成了偶尔能约饭的朋友。

谭绪："出来喝杯酒吗？"

汤佳渔："大中午的找我喝酒？"

谭绪："那晚上？"

汤佳渔："不约。"

谭绪："不是吧，难道有人管着？"

汤佳渔敷衍："嗯，别给我发信息了，我男朋友看到会吃醋。"

谭绪："你还会怕男朋友吃醋？我们交往那会儿，你可半点都不担心我会吃醋。"

汤佳渔："我们分手已经一年了，能别提这茬吗？"

谭绪："真不来？"

汤佳渔："不来。"

晚上七点，陈嘉衍回来时客厅一片黑暗，他愣了下，才想起昨天物业通知今天会停电到晚上十点。

陈嘉衍换上拖鞋，把门关上，拿出手机打开手电筒。经过汤佳渔的房间，看见房门大开着，他扫了一眼，里头没有人。阳台传来音乐声，应该是她在外放音乐，陈嘉衍向音乐的方向走去。

汤佳渔靠着栏杆，手上拿着一罐啤酒，听见身后的脚步声，她扭头看来，又递过来一罐啤酒："要喝一点吗？"

陈嘉衍眸光微动，还未开口，她伸出一根手指晃了晃："你可别告诉我你不会喝酒，你办谢师宴那天，我可看到你一桌桌地敬酒。"

陈嘉衍没有否认，接过她手里的啤酒，单手拉开拉环喝了口酒，他喉结滚了滚，道："你还记得？"

"嗯，记得，而且你喝醉了，从耳后到脖子那一块的皮肤都会泛红。"

汤佳渔拿手指了下他的脖子，原本是想虚虚指一下，没想到没控制好距离，指腹从他脖颈处滑过。

两人都愣住了，一瞬间，仿佛有人按了暂停键，整个画面突然定格。

这沉默的间隙里，阳台的氛围一时有些微妙，原本因为停电而萦绕不散的热意似乎在升腾。

陈嘉衍觉得身上的温度有些高，她指腹触碰到他皮肤上的触感似乎还残留着，他别开脸，不动声色地调整了下呼吸。

汤佳渔反应过来，忙不迭道歉："抱歉。"

陈嘉衍神色如常，低头喝了口啤酒，他捏了下啤酒罐，声音低了两分："没事。"

汤佳渔将视线移向面前的大楼，对面的窗格子里也是黑魆魆的，她抿抿唇，转移话题："有说什么时候来电吗？"

"十点左右。"

话音落下，陈嘉衍放在栏杆上的手机亮了起来，是一条微信消息，看昵称似乎是个女孩。

汤佳渔随口道："是女朋友？"

“不是。”陈嘉衍把啤酒罐放在栏杆上，没有去拿手机查看信息的意思，“高中同学。”

汤佳渔靠近他：“陈嘉衍，你谈过恋爱吗？”

“没有。”

“你骗我？”汤佳渔目不转睛地盯着他，打趣说，“你这长相会没人喜欢你吗？那天我们去吃饭，不是还有姑娘向你搭讪吗？”

“没有骗你。”

阳台的灯光亮了起来，看着陈嘉衍渐深的眸色，汤佳渔有一瞬间的失神，片刻后，她移开视线，语气含糊道：“我相信了。”

陈嘉衍看她一眼，没再说话，两人静静地喝着啤酒。

汤佳渔说：“谢师宴那天，你一桌桌敬酒，不会觉得不耐烦吗？”

陈嘉衍回想起那天的事，皱了下眉，如实道：“有一点。”

汤佳渔扬扬眉梢，半是调侃道：“你隐藏得很好，我可是没看出一点不耐烦。那你现在回答我一个问题。”

陈嘉衍看向她：“什么？”

汤佳渔侧过头，问：“你会不会烦我？”

陈嘉衍皱眉：“为什么会这么问？”

汤佳渔突然转过身，两人的距离一下子拉近，她身上的气息近在咫尺：“你就回答我，你有没有烦我？”

陈嘉衍目光落到她的脸上，压低声线：“真没有。”

03

楼下传来车子驶近的声音，一道白色的光照亮了黑魆魆的林荫小道，是陈启和和梁吟蓉回来了。

汤佳渔盯着那辆车看了片刻，直到车子停下，她抬手点了点放在栏杆上的啤酒罐：“‘犯罪证据’是不是得收起来？”

陈嘉衍手插在裤兜里，语气有几分认真：“等会儿可以说是我喝的。”

汤佳渔忍不住弯了下嘴角，又听到他问：“许炀和你说了露营活动取消的事吗？”

“说了，他说改成去他叔叔的温泉山庄玩。”

陈嘉衍：“要在那儿待两天。”

“到时候我们自己开车去吗？”

陈嘉衍点头。

“几个人？”

“六个。”

汤佳渔开玩笑：“难不成是三男三女？”

陈嘉衍一愣，最后抿着唇，“嗯”了一声。

汤佳渔失笑：“没想到我猜得这么准。”

在梁吟蓉他们上楼前，两人收拾了啤酒罐，各自回到房间。

时间已经过了十点，汤佳渔一回到卧室，便打开空调。她躺了一会儿，听到走廊上传来梁吟蓉同陈启和低低的说话声。

汤佳渔拿过手机，给梁吟蓉发了条短信：“妈，过两天我打算回自己的住处。”

等她洗完澡出来，手机上才收到梁吟蓉的回复：“到时候记得和你陈叔叔打声招呼，不要失了礼数。”

汤佳渔没再回梁吟蓉的信息，把手机丢在枕头边，翻了个身侧躺着，看了一眼雪白的墙壁，墙壁的另一端就是陈嘉衍的房间。

隔天，汤佳渔是被微信消息吵醒的。昨晚临睡前，许炀拉了个群，群里的成员都是一起去小谭山温泉山庄玩的人。还未到八点，群里的消息便开始刷屏。

汤佳渔拿过手机看了两眼，陈嘉衍基本没怎么发言，只在赵晔问他她醒了没时，他回了句没醒。

有个叫童小斐的姑娘问：“佳渔姐是谁呀？”

赵晔：“嘉衍的家属。”

童小斐：“什么？！”

汤佳渔看到这里，微信上弹出一条消息，是陈嘉衍发来的：“你醒了吗？”

汤佳渔在输入框打字：“醒了，稍等我一会儿。”

汤佳渔回完信息，掀开被子，开始洗漱化妆。因为有人等着，汤佳渔也没磨蹭，二十分钟就拾掇好自己。

赵晔先看到下楼的汤佳渔，冲她打了个招呼：“早，佳渔姐。”

陈嘉衍正从厨房出来，转过头来看她，视线在她唇上停留了片刻。她今天似乎换了个口红颜色，显得唇瓣水润润的。汤佳渔注意到陈嘉衍的目光，扭头去看他，两人的视线堪堪对上时，他又面色如常地挪开了视线。

汤佳渔：“早啊，不小心睡过头了，让你们等久了。”

赵晔从果盘里挑了颗糖果扔到嘴里：“没事，我们也刚到。”

施霖瞧见汤佳渔嘴唇上的口红，夸道：“佳渔姐，你的口红颜色好好看，推给我呗。”

“等会儿微信发给你。”

赵晔低头看了看手机，道：“许炀他们已经出发了，我们也走吧。”

几人收拾完毕出门，赵晔和施霖直接坐到后座，汤佳渔自然去坐副驾驶座。

车子开了一段距离，出了市中心。

赵晔开口：“佳渔姐，你和许炀是怎么认识的？”

汤佳渔喝了口矿泉水，轻声解释：“去找嘉衍拿钥匙的时候，在实验室见过一面。”

赵晔恍然大悟道：“昨天许炀拉你到群里，我还想他怎么会认识你。”

汤佳渔笑笑。

等到了小谭山，已经是三个小时后的事。小谭山人流量不小，露天停车位上停了不少私家车。陈嘉衍绕着停车场开了一圈，才勉强找到个停车位。

赵晔下了车，伸了个懒腰道："终于到了。"

许炀和童小斐昨天就到了，因为这温泉山庄是许炀叔叔开的，每年的寒暑假，他们一家子都会来住上几天。这次许炀叔叔的公司事务繁忙，腾不出时间，许炀便向他叔叔拿了别墅的钥匙，说带朋友来玩玩。

他们刚下车，陈嘉衍就接到许炀的电话，问他们到了没。

陈嘉衍："刚停好车。"

"我出来接你们。"

山上的气温没有市中心高，还种了不少绿植，偶尔有微风拂来，让人凉爽不少，不像在市中心，就连风都透着一股热意。

许炀头上戴着黑色的渔夫帽，身上穿着黑色的短袖和白色的运动裤，脚下踩着一双拖鞋，整个人看起来十分轻松懒散，他冲汤佳渔一笑："饿了没？坐了这么久的车。"

赵晔调侃他："许炀，你这个重色轻友的，怎么不问我们饿了没？"

许炀笑笑，捶了他肩膀一拳："佳渔姐第一次来玩，算是个客人，我不问她，难不成还问你啊。"

几人说说笑笑进了山庄，走了五分钟，才到达那栋三层楼的小别墅。许炀推开门，赵晔问："童小斐呢？"

"还在睡呢。"许炀摘了帽子，随手丢在沙发上，"还剩三间房，你们自己挑。"

施霖挽着汤佳渔的手，半真半假道："我和佳渔姐一间。"

赵晔："想得美，别打扰人佳渔姐，她晚上要是想跟男朋友打个电话什么的，你在多不方便啊。"

汤佳渔弯了下唇：“不好意思，我单身。”

陈嘉衍掏手机的手一顿，下意识地看了汤佳渔一眼。

楼梯口传来脚步声，童小斐从楼上下来，语调轻快：“陈嘉衍。”

童小斐是许炀的表妹，和陈嘉衍等人是同一所高中毕业的。

陈嘉衍点了点头。

汤佳渔打量了童小斐一眼，杏眼圆脸，一头长发，看起来和微博上某个以清纯甜美出名的博主有点像。

童小斐又看向汤佳渔，露出一抹甜甜的笑容：“你好，你就是佳渔姐吧，我叫童小斐。”

汤佳渔笑了一下：“你好，汤佳渔。”

许炀从厨房出来，示意：“各位，来搭把手吧，一起把东西拿到院子里烧烤。”

院子里已经备好了烧烤架，女生负责把肉和蔬菜穿到签子上，男生负责烧烤。

陈嘉衍站在烤架前，他低着头，骨节分明的手指翻转着烤架上的肉串。汤佳渔发现他不管做什么事都很认真，不像赵晔和许炀他们，烤一会儿就跑过来同她们说话。

童小斐见状，为陈嘉衍打抱不平：“哎，你们别让嘉衍一个人烤啊。”

赵晔还开玩笑：“你心疼啊，那你去帮嘉衍吧。”

童小斐捡起桌上的抽纸扔到赵晔身上，娇嗔道：“赵晔，你怎么这么讨厌啊。”

赵晔可怜巴巴地同施霖告状：“老婆，她打我。”

施霖笑嘻嘻道：“谁让你嘴贱。”

陈嘉衍烤了两盘肉串端过来，汤佳渔拿了一串品尝，味道不错，不输外面烧烤店烤的。

解决完一根牛肉串，汤佳渔余光扫到童小斐起身。

童小斐走到陈嘉衍的旁边，将手上的羊肉串递到他的嘴边。

陈嘉衍皱了下眉，偏头躲开童小斐递来的羊肉串。

童小斐咬了咬唇。

施霖察觉到汤佳渔的目光，凑到她的身边，悄声道：“童小斐追了嘉衍好久，但嘉衍硬是没松口。”

汤佳渔好整以暇地瞧着这一幕：“他这么难追吗？”

施霖想起以前不少女生给陈嘉衍递情书都被拒的事，深有同感道：“确实挺难追的。”

等烤得差不多了，陈嘉衍走了过来，他自然地坐在汤佳渔旁边的空位上。汤佳渔看见他额上的汗迹，抽了两张纸巾递给他，陈嘉衍伸手接过。

童小斐瞧见两人这默契的样子，表情一时有些怪异，她拿起汽水喝了口，佯装好奇道：“佳渔姐，你几几年的呀？”

汤佳渔觉得好笑，落落大方道：“大陈嘉衍两岁。”

施霖觉得童小斐这问题多少有些冒犯，怕汤佳渔会生气，她柔声解围：“那也不算大啊。佳渔姐，你要是不说，我还以为你是嘉衍的妹妹呢。”

汤佳渔：“是因为我比他矮吗？”

施霖被她逗笑，连连笑着说不是，说她这个身高在女生里不算矮的了。

几人坐了一会儿，许炀等人嫌外面太热，躲进客厅吹空调，一时院子里只剩下两人。

空气里充斥着聒噪的蝉鸣声，听得人越发昏昏欲睡。

汤佳渔喝了口水：“童小斐是不是喜欢你？”

他顿了下：“不是。”

汤佳渔什么人啊，他那片刻的迟疑她都看在眼里：“我发现了一个秘密。”

陈嘉衍看向她：“什么？”

汤佳渔朝他笑了笑，缓缓道：“弟弟，原来你也会说谎啊，看来你也没那么乖。”

陈嘉衍皱眉，淡声道：“我对她没那个意思。”

04

汤佳渔看着他的眼睛：“你是不是很难追？”

陈嘉衍凝视她，不解其意：“什么意思？”

“施霖说童小斐从高中就追你了，她追了你这么久，你都没松口答应。”汤佳渔言语直接，“所以陈嘉衍，你是很难追吗？”

陈嘉衍喉结滚了滚，低声说：“要看人。”

两人视线相碰，焦灼的日光下，耳边鸟的啁啾声，头顶树叶摇晃的沙沙声响仿佛在一瞬间远去，时间好像停止了流动。

突然，院子的落地玻璃门被粗鲁地拉开，闹出一阵响动。

静谧被打破，陈嘉衍抬手捏了下眉心，面色如常地看向赵晔。

赵晔神经比较粗线条，完全没察觉到院子里怪异的气氛，大大咧咧道：“这外面也太热了，你俩还不进来，许炀准备放电影了。”

陈嘉衍起身，往室内走。

汤佳渔落后一步，注意到灼热的日光下，陈嘉衍的耳廓有点红，不知是被晒红的，还是因为别的什么。

许炀挑了一部前年上映的喜剧片。

童小斐不爱看这种类型，撇撇嘴：“这片子哪里好看了？”

许炀：“先看我们喜欢的，等会儿你想看什么，自己一个人看个通宵，没人阻拦你。”

童小斐拆开一包薯片，没再同许炀打嘴仗，她将手里的薯片递给陈嘉衍：“嘉衍，你要吃点吗？”

陈嘉衍原本在低头看手机，闻言抬了下头，接着摇摇头：“不用，谢谢。”

汤佳渔拿了一颗话梅糖，拆开送到嘴里，味道不算太酸。吃完一颗，她探手去拿第二颗时，陈嘉衍瞥了她一眼。

汤佳渔拿了两颗，递了颗给陈嘉衍：“吃吗？”

陈嘉衍接过，拆开了外层的包装纸，放入嘴里，他几不可察地皱了下眉。

汤佳渔：“酸吗？”

“有点。”

汤佳渔笑笑，将目光落回眼前的投影幕布上。

电影结束已经是下午一点多。

汤佳渔有点困，便准备回房间睡个午觉。赵晔他们几人没有午睡的习惯，打算在楼下玩纸牌。

汤佳渔回到房间，关上门，把空调温度调低，便上床歇下。一觉睡到下午三点，汤佳渔被闹钟吵醒，她打了个哈欠，探身关掉闹钟。

下楼的时候，只有施霖在客厅看电视。

“他们人呢？”

施霖努努嘴：“去游泳了。”

汤佳渔倒了一杯水喝：“你怎么没去？”

“我是旱鸭子，不敢下水。”施霖吐吐舌头，“佳渔姐，你会游泳吗？”

汤佳渔摇摇头：“我也不会。”

施霖换了几个台，都没有什么好看的节目，她关了电视，道：“一起去看看吗？”

“远吗？”

“不远，就五分钟的路程。”

汤佳渔颔首，两人从后院出发，经过绿荫小道，可以透过一面玻璃墙看到里头的景象，倒是没有多少人。

两人从入口进去，赵晔先看到了她们，在水里冲她们挥了挥手。

童小斐一身浅蓝色的泳衣，她身材不错，这套泳衣穿在身上，更添几分少女的清纯。

汤佳渔在泳池边蹲了下来，许炀游到她们跟前："下来玩吗？"

汤佳渔嘴角微扬："算了，我和施霖一样，都是旱鸭子。"

她四处扫了一眼，没看到陈嘉衍，随口问了一句："陈嘉衍呢？"

赵晔："去更衣室换衣服了。"

汤佳渔点点头，就见陈嘉衍从更衣室出来了，他刚淋浴过，身上是白色的短袖T恤和黑色的运动短裤，头发似乎只是草草地用毛巾擦了下，还湿漉漉地滴着水。

许炀等人在泳池里又游了一个小时，眼看快下午四点了，几人才从游泳池离开。

施霖问："等会儿吃什么？"

赵晔："许炀已经点了香辣蟹锅，估计快送到了。"

几人回到别墅时，外卖刚好送到。

赵晔把餐桌上的零食放到茶几上，腾空了餐桌，打开外卖袋子，将东西一一摆放在餐桌上。

童小斐摘了颗葡萄扔到嘴里。

陈嘉衍从橱柜里拿出碗筷，放在水龙头底下清洗一遍。

汤佳渔看了一眼他的头发，见发尾还未干透："你不去吹干头发吗？"

陈嘉衍侧过头瞧她："没事，已经干得差不多了。"

汤佳渔轻轻"嗯"了一声，没有再劝。

吃完晚饭后，几人在陈嘉衍房间玩游戏。赵晔几人酒量都不错，他们唯一不清楚的是汤佳渔的酒量。

赵晔试探道："佳渔姐，你能喝吗？等会儿要是喝不了，可以让陈嘉衍代你喝。"

汤佳渔笑道："我酒量还行。"

陈嘉衍的目光从汤佳渔的脸上掠过，汤佳渔捕捉到他的视线，说："弟弟，你是怀疑我的酒量吗？"

陈嘉衍往后靠着沙发，不自在地撇开目光："没有。"

汤佳渔今晚运气不太好，连玩几局都输了，被罚喝了三杯酒后，她的脸颊顿时一片酡红，看起来有些微醺。

陈嘉衍微微皱眉："不能喝的话，我可以帮你。"

汤佳渔已经喝嗨了，整个人看起来变得轻松活泛了些，她勾了下嘴角："不用，我酒量还不错。"

游戏玩到一半时，汤佳渔趴在床沿睡着了。

赵晔一行人从陈嘉衍房间离开时，汤佳渔还是没有醒来的迹象。

童小斐临出门前看了一眼还在睡的汤佳渔，她不知想到了什么，突然说："要不，还是叫醒佳渔姐吧。"

施霖手搭在她的肩头，将她往门口推："让陈嘉衍处理呗，大不了，让陈嘉衍和佳渔姐换个房间睡。"

门被关上，房间恢复了静谧。

陈嘉衍将桌上的啤酒罐和零食包装袋收拾好，扔到了垃圾桶里，有个啤酒罐滚落到汤佳渔腿边，她被这动静吵醒，睡眼惺忪地抬起头，脸上露出了几分迷茫："他们人呢？"

陈嘉衍蹲下身，去捡啤酒罐："他们回房间了。"

汤佳渔"哦"了一声，也没多想，抬手摸了下他的头发，他发质很好，并不是粗硬的手感，她眯着眼笑了一下："还好已经干了。"

陈嘉衍身体僵住，似乎没料到她会做出这样的举动。

汤佳渔醉醺醺道："下次洗头发后，记得把头发吹干。"

虽然她现在已然是酒醉的状态，但陈嘉衍想了想，还是解释了一句："淋浴房没有吹风机。"

汤佳渔手肘离开柔软的床沿上，忽然朝他靠近，陈嘉衍能感觉到她身上烘人的热度，他呼吸一紧，就听到她说：“陈嘉衍，我可以亲你吗？”

陈嘉衍垂眸看她：“可以。”

汤佳渔慢慢向他靠近，直到近在咫尺，她又故意停了下来，听见陈嘉衍呼吸重了两分，她扬唇一笑，接着便毫不迟疑地吻上了他的嘴唇。

他的唇又软又热，汤佳渔有点醉糊涂了，吻了一会儿，见他没什么反应，她皱着眉，似乎有些失落：“你不喜欢我吻你吗？”

陈嘉衍的嗓音是哑的：“喜欢。”

她指责道：“可你看起来好冷淡。”

陈嘉衍眸色渐深，眼看她撑着他的肩膀要起身，他伸出手握住了她的手，将她拉到怀里，低头去吻她，非常轻柔的一个吻。

第四章 追求

01

陈嘉衍从卫生间出来，就见汤佳渔背对着卫生间的方向，裹着被子睡着了。他伸手摸到墙上的开关，关了房间的灯，视野里暗了下来。

轻手轻脚地走到沙发边，陈嘉衍拿起薄毯，抖开盖在身上。这沙发对他来说其实有点小了，陈嘉衍躺得并不太舒服，他拿手枕在脑后，盯着空调机上那一点猩红色的光圈。

空调运转的声音，提醒着他今晚的这一切是真实发生的。

翌日，汤佳渔醒来时，房间里只有她一个人。

沙发上的毯子随意放着，上面有人躺过的迹象，大概陈嘉衍昨晚在沙发上将就了一夜。

汤佳渔下床，去卫生间洗漱时听见了开门的声音。

她洗了脸，随意扯了两张纸巾擦脸，走出卫生间，道："早。"

陈嘉衍拿毛毯的手一顿，他转头看了她一眼，目光在她脸上停留了片刻："早。"

汤佳渔把纸巾扔进垃圾桶，低声问："你昨晚是在沙发上睡的吗？"

陈嘉衍应声："嗯。"

果然醉酒误事，沙发这么小，想必他昨晚睡得很不舒服，汤佳渔面露抱歉之色：“不好意思，我昨晚有点喝醉了。”

陈嘉衍淡声道：“没事。”

汤佳渔盯着他看了一会儿，觉得他态度有点冷淡，也不好再待下去，便说先回房了。

陈嘉衍站在沙发边，神情淡淡地点了下头。

等汤佳渔离开，陈嘉衍看了一眼开着的房门，没了收拾毛毯的心思，将之随意丢在了沙发上。

汤佳渔回到房间，洗了个头，又吹干头发才下楼。

施霖在客厅玩游戏，关心地问了一句：“佳渔姐，你有哪里不舒服吗？”

汤佳渔摇头：“还好。”

童小斐：“佳渔姐，昨晚我们要走的时候，原本想叫你，不过你醉得太厉害了，我们便没叫你了，你昨晚在哪儿睡的？”

童小斐的心思昭然若揭，汤佳渔也没戳破她：“你们走了后，我就醒了，然后回房间睡了。”

童小斐神色微缓，拉长声音“哦”了一声。

陈嘉衍正好从厨房出来，闻言，他掀起眼皮看了汤佳渔一眼。

汤佳渔察觉到他的视线，正要转过头看他，陈嘉衍已经走开了。

赵晔道：“早饭做好了吗？”

童小斐：“嘉衍熬了粥。”

赵晔：“什么粥？”

施霖回答：“虾仁粥。”

赵晔装了一碗出来，对坐在餐桌上的陈嘉衍道：“嘉衍，你也太贤惠了，兄弟我都想娶你回家。”

陈嘉衍听了这话，也没什么太大的反应，只语气平常地回了一句：“滚蛋。”

汤佳渔从厨房出来，手里端着一碗粥。昨晚喝了酒，一口温热的粥下肚，倒是舒服不少。

赵晔同汤佳渔聊天："佳渔姐，你吃过陈嘉衍煮的东西吗？"

汤佳渔抿了下唇，笑着说："今天还是第一次。"

赵晔道："味道不错吧，你们女生是不是都希望自己的男朋友会下厨？"

汤佳渔舀一勺粥，吹了吹热气，送到嘴里："我不知道别的女生是怎么想的，不过我是挺希望有个会下厨的男朋友的。"

陈嘉衍抬头看了她一眼。

赵晔兴致上来，说话也就没有了分寸，直接道："佳渔姐，你的前男朋友会下厨吗？"

"不会。"汤佳渔半真半假道，"所以我才和他分手了。"

赵晔知道汤佳渔是在开玩笑，于是接道："那我嘉衍哥长这么帅，又会下厨，大概只有他甩别人的份儿了。"

几人又在山庄待了一天，隔天开车下山。

赵晔和施霖同他们不顺路，便去坐许炀的车，因此回去的路上，车上只有陈嘉衍和汤佳渔两人。

没有了赵晔这个话痨，车上的气氛冷清了不少。

汤佳渔能察觉到陈嘉衍态度的冷淡，但她因为生理期提前到，身体也不太舒服，基本上都是闭着眼休息，也没什么精力同他说话。

三个小时的车程，两人没说几句话，只有中途她想喝水，拧了几下瓶盖，拧不开时，陈嘉衍拿过她的矿泉水瓶替她拧松了，她说了一句"谢谢"，陈嘉衍侧过头看着她，回了句"不客气"。

到家时是中午十一点，刚好是饭点。

吴阿姨在厨房煮饭，汤佳渔同吴阿姨打了声招呼，之后便径直回了房间。

陈嘉衍盯着汤佳渔的背影看了一会儿，便听吴阿姨问："嘉衍，那地方好玩吗？阿姨想着改天有空，带我孙子去玩。"

他喝了口水，道："还可以。"

汤佳渔回房后，便上床躺着，小腹传来一阵阵的抽痛，让她颇不舒服，就连午饭也没下去吃。她吃了止痛片，然后一觉睡到了下午三点。

小腹处的疼痛感减轻不少，汤佳渔闷出了一身的汗。去卫生间冲了个澡出来，她把衣柜里的衣服一一收拾了出来。好在她带过来的衣服也不多，一个行李箱就可以装满。

汤佳渔给丁遥发了一条消息："遥遥，晚上有空吗？来接我一趟呗。"

丁遥："闲着呢。"

发完消息，汤佳渔下楼倒热水喝。陈嘉衍的房门紧闭着，玄关处也没有他的鞋，估计是出门了。

她喝完一杯水，给陈启和发了条微信，大意是谢谢陈启和对她的照顾。直到汤佳渔上了丁遥的车，才收到陈启和回复的微信，让她以后多来，就当自己的家一样。

丁遥开着车，好奇道："你和谁发微信呢？"

"陈叔叔，和他说一声。"

丁遥："就没和陈弟弟说一声？我看你们关系不错，都一起去小谭山玩了。"

汤佳渔退出微信："给他发了，但他没回我。"

丁遥调侃："陈弟弟不会生气了吧？"

汤佳渔："可能没看到吧。"

陈嘉衍收到汤佳渔的信息时，正和从澳洲回来的好友一块儿吃晚饭。曾旻给他递了一罐啤酒，说："听说前几天，你和许炀他们去小谭山玩了？"

陈嘉衍喝了口啤酒，神色寡淡地“嗯”了一声。

曾旻夹了块鸡翅，调侃道：“童小斐是不是还在追你？我看赵晔发的朋友圈，她好像也在。要我说，嘉衍你干脆从了她呗，人家追你够久的。”

陈嘉衍有些烦心，淡声道：“我又不喜欢她。”

曾旻：“赵晔朋友圈里，有个面生的女孩是谁啊？长得有点像明星，就最近很火的那个《夜梦》的女主角。”

陈嘉衍皱着眉想了一会儿，像吗？他并不觉得，只是两人都是长发的造型。

“不会是许炀的女朋友吧？那小子可真有艳福。”

陈嘉衍摇了下头：“不是。”他放在餐桌上的手机屏幕亮了下，陈嘉衍拿过手机，看了一眼信息。

汤佳渔：“我今天搬回自己的住处了。”

陈嘉衍看了太久，神色都变了，曾旻好奇地瞥了一眼他的手机屏幕：“看什么呢？”

陈嘉衍把手机揣回兜里：“没什么。”

曾旻又跟陈嘉衍吐槽起在澳洲留学的事儿，陈嘉衍听得有些心不在焉。

吃完晚饭，陈嘉衍因为喝了酒，没法开车，于是叫了辆车回去。

梁吟蓉和陈启和还没回来，家里一片黑暗，他抬手按下开关。鞋柜里已经没有了汤佳渔的鞋子，经过客房时，门也是关着的。

陈嘉衍脚步未停，回到自己的房间，打开衣柜，拿了换洗衣服去洗澡。洗完澡，他拉开抽屉，打算拿吹风机吹干头发，看到抽屉里躺着一条黑色皮筋。

陈嘉衍一愣，这是那天她在这里洗完澡后遗落的，后来他忘了还给她。

从卫生间出来，陈嘉衍裸着上半身打开衣柜，拿了件白色 T 恤套上。手机放在床头充电，他拿过手机看了一眼，十分钟前，汤佳渔给他打来了一通电话，他在洗澡，没有接到。

陈嘉衍拔了充电器，拨出她的号码。

等了十几秒，电话才被接通，她那端有女生的说话声，而后她似乎换了个安静些的地方。陈嘉衍听到她叫了一声他的名字："陈嘉衍。"

陈嘉衍低声应道："嗯。"

"你怎么没回我信息？"

陈嘉衍沉默片刻，又听到她轻声问："陈嘉衍，你是在生我的气吗？"

02

陈嘉衍停顿了一下："没有。"

汤佳渔把被风吹乱的头发拨到耳后，明显不太相信："是吗？"

陈嘉衍拿起书桌上摊开的医学期刊，收到书架里，他转移话题："你打电话来就是为了这个？"

"嗯。"她语气诚恳，"怕你生气。"

陈嘉衍眉目微动，听到电话那端有男人的声音在叫她的名字，他一顿，开口道："你朋友在叫你。"

"我知道。"

两人又陷入沉默。

汤佳渔手指轻轻敲击着栏杆："你怎么不说话？"

"要说什么？"

汤佳渔突然福至心灵，轻声解释道："你刚才听到的男人声音是我朋友的男朋友，我朋友今天帮我搬家，时间太晚了，她男朋友来接她。"

陈嘉衍应声："嗯。"

身后传来孟骁的大嗓门，他在问丁遥："汤佳渔在和谁说话，男朋友吗？"

这句话陈嘉衍估计也听到了，汤佳渔抿了下唇，清了清嗓子道：“那我先挂了，外卖到了，我要去吃晚饭了。”

陈嘉衍皱了下眉：“你这么晚才吃晚饭吗？”

汤佳渔听出他话里的意思，笑了一声：“是啊，回来一直在打扫卫生，现在才有空给你打电话。”

陈嘉衍语气好了点：“你快去吃晚饭。”

汤佳渔笑着道：“好，那我挂了。”

汤佳渔挂了电话，从阳台进来，孟骁揶揄她：“怎么着，又有苗头了？瞧你接电话这温柔的样子。”

丁遥正站在餐桌旁拆外卖，闻言笑了一声：“那是她前段时间去她妈那儿认识的弟弟，你可别乱点鸳鸯谱了。佳渔，商家好像忘拿一次性筷子，你从厨房拿三副筷子出来。”

孟骁讶异地挑了下眉：“就是那个什么陈叔叔的儿子？”

“对呀。”丁遥笑嘻嘻道，“大帅哥一个。”

孟骁拿起电视机柜上的手办把玩了下：“多大啊？”

丁遥看向从厨房出来的汤佳渔：“陈弟弟多大来着？”

汤佳渔拿了筷子放在桌上：“小我两岁。”

孟骁言之凿凿：“就冲汤佳渔刚才打电话的样子，她要是对那个陈弟弟没心思，我才不相信。”

汤佳渔拿起汤匙舀了口汤，毫不避讳地承认：“我确实对他存了点心思。”

孟骁拿手肘撞了撞丁遥，有几分得意地说：“你看我说什么来着？”

丁遥瞪着眼睛：“你认真的？”

汤佳渔垂着眼喝汤，轻轻地“嗯”了一声。

丁遥看了一眼汤佳渔安静喝汤的侧脸，欲言又止：“算了，你开心就好。”

丁遥和孟骁解决完夜宵，两人便开车回去了。

汤佳渔把餐桌上的外卖盒子收拾好扔到垃圾桶里时，已经是晚上十点，幸好先前丁遥同她一块儿打扫了卫生，不然她一个人不知道要收拾到多晚。

汤佳渔拿了衣服，去卫生间洗澡。

洗完澡出来，手机收到一条短信，是陈嘉衍先前发来的，只有简单的“晚安”两个字。

汤佳渔给他回：“晚安。”

赵晔这几天来找陈嘉衍打球都不见汤佳渔的人影，他实在憋不住，便问：“佳渔姐呢？”

“回她自己的住处了。”

赵晔：“佳渔姐在这儿住得好好的，怎么就回去了？”

陈嘉衍皱着眉答道：“你可以自己去问她。”

赵晔抓起球服下摆，擦了擦脸上的汗水：“我去问佳渔姐算是怎么一回事，她又不是住在我家。”

陈嘉衍拿过赵晔手中的球，单手运球，然后高高跃起，扔了一个三分球。篮球砸在篮筐上，发出一声闷响，篮球打了个旋，才掉落。

赵晔眯着眼打量他，神态悠闲道：“陈嘉衍，你今天不太对劲啊。”

陈嘉衍双手抱着球，扔给赵晔：“你想多了。”

打完球，曾旻打来电话，约两人去吃夜宵。

陈嘉衍出了一身汗，打算先回去洗个澡再出去。赵晔家离得远，于是他也将就着去陈嘉衍家里冲了个澡，换上了陈嘉衍的衣服。

曾旻约的地点是徐记烧烤店，位于犄角旮旯处，车子开不进去。陈嘉衍花了点时间才在远处找到一处停车位停了车，而后同赵晔一块儿下车，步行进去。

夏日的夜晚，人潮涌动。

两人进了门，经过大厅时，赵晔眼尖，撞了下陈嘉衍的手肘："那个是不是佳渔姐？"

陈嘉衍顺势转头看去。

靠墙角的一桌，坐了不少男男女女。汤佳渔穿着白色的吊带上衣和蓝色的长裤，一只手撑着下巴，她左手边的穿着黑色T恤的男人凑到她耳边不知说了什么，她眉眼微弯，笑得十分愉悦。

赵晔开口："过去打个招呼？"

陈嘉衍没什么表情地收回目光，抬脚往前走。

赵晔跟了上去："真不去打个招呼？"

"你想去就去。"

赵晔摸了下后脑勺："你这个做弟弟的看到姐姐都不去打招呼，我去做什么？"

两人往楼上走，曾旻已经在等着了，见到两人，他抬手招了下："这里。"

曾旻已经点了一些食物，道："你们看看还想吃些什么，自己点。"

赵晔手机响了，是施霖打来的电话，问他在哪里，赵晔解释："和嘉衍、曾旻一块儿吃夜宵，我骗你干吗？这样，我让曾旻跟你说句话。"

赵晔点开手机的扬声器，曾旻道："施霖，赵晔真的和我在一起。"

施霖："那行吧，不打扰你们吃夜宵了。"

赵晔关了扬声器，把手机贴到耳边："你想吃什么，我等会儿回去给你带点儿。"

两人又说了几句，赵晔才挂了电话。

赵晔看着菜单，点了秋刀鱼和牛油，他把菜单递给陈嘉衍，陈嘉衍摇头，打开一罐啤酒："这些够了，吃完后再点。"

赵晔点头："也行。"

曾旻喝了口啤酒："你俩最近都在哪儿打球？"

赵晔拿了一串羊肉塞嘴里，含混不清道："就陈嘉衍家附近那所中学，清净，也没那些乱七八糟的人打扰。”

吃完夜宵，陈嘉衍去楼下的柜台结账。

经过大厅时，他下意识地看了一眼墙角的那一桌，那里现在坐的都是陌生的男女，不是先前那一拨人。

陈嘉衍收回视线，接过店员递来的小票。

谭绪送汤佳渔回去，车子停在汤佳渔家楼下，他一只手搭在方向盘上，半真半假道：“不请我上去坐一会儿？”

汤佳渔解开安全带，施施然道：“太晚了，就不请你上去坐了。”

谭绪叫住她：“佳渔，真不打算复合吗？”

汤佳渔蹙眉，神色认真道：“谭绪，你要是存了这样的心思，我觉得我们以后还是少见为好。”

谭绪扬眉：“这么绝情？”

汤佳渔不置可否。

谭绪耸了耸肩：“行了，我也是要面子的，这话我不会再说了，你上去吧。”

汤佳渔拉开车门，下了车。她走进单元门，按了上行键。电梯刚上去了，还得等一会儿，汤佳渔百无聊赖，拿着手机刷朋友圈。

赵晔十分钟前发了朋友圈，配了几张烤肉的照片，边角处的碟子上有几个蓝色的“徐记烧烤”字样，除了烤肉照片，还有一张陈嘉衍的照片。

陈嘉衍身上是白色T恤，胸口处有个三叶草的图案，他往后靠着椅子，正低头看手机，侧脸轮廓干净清俊。

汤佳渔给赵晔点了个赞，在底下留言：“东城区的徐记烧烤？”

赵晔此时正坐在车上，他看了一眼手机，碰了碰陈嘉衍：“佳渔姐给我留言了。”

赵晔把手机递到陈嘉衍眼前，陈嘉衍扫了一眼，没什么太大的反应。赵晔拿过手机，回复了汤佳渔的留言。

电梯门“嘀”的一声开了的时候，汤佳渔收到了赵晔的私聊：“对的。刚才我跟嘉衍看到你了，本来想跟你打个招呼，但怕打扰到你们。”

汤佳渔一边给赵晔回信息，一边进了电梯。

电梯到了十三楼，汤佳渔走出电梯，给陈嘉衍发了条消息：“你今晚也在徐记？”

她刚进屋，手机便振动了下，是陈嘉衍回复的信息：“嗯。”

汤佳渔：“你没看到我吗？”

陈嘉衍：“看到了。”

汤佳渔想问他，既然看到了，为什么不和她打招呼呢，想了想，她改变了主意，直接给他打了个电话。

等了一会儿，那端传来陈嘉衍清越的嗓音，但不是对着她说，似乎是跟开车的师傅道：“麻烦把他们送到临湖小区。”

接着，那边传来关车门的声音，汤佳渔柔声开口道：“陈嘉衍，你是不想见到我吗？”

陈嘉衍脚步一顿，眉心收紧：“没有。”

汤佳渔：“那你今晚看到了我，为什么不过来和我打招呼？”

陈嘉衍声音低沉：“怕打扰你和你朋友吃饭。”

汤佳渔不太相信，但也不想再继续这个话题，她转了话锋：“过两天是我的生日，你要来吗？”

陈嘉衍答应了。

汤佳渔眉目舒展：“我刚看到了赵晔发的朋友圈，他发朋友圈为什么要带上你的照片？这是什么奇怪的行为，他该不会拿你的照片撩妹吧？”

陈嘉衍笑了：“不会。”

汤佳渔也跟着一笑：“不过那张相片拍得还挺好看的。”

陈嘉衍顿了片刻，不知该如何回答，又听到她说："那张照片，我能保存吗？"

陈嘉衍低声说："随你。"

03

汤佳渔关上门，把钥匙放在鞋架上，她柔声问："你喝酒了吗？"

"喝了一点儿。"

"喝醉了吗？"

"没有。"陈嘉衍牵起嘴角，解释，"我酒量还可以。"

汤佳渔听到他那边传来电梯开门声，还伴随着女人喊小孩的声音，直到他进了电梯，电话里的嘈杂声才逐渐消失："徐记烧烤的包浆豆腐，你吃了吗？"

"没有。"

汤佳渔语气遗憾："他家的包浆豆腐味道不错，算是我吃过的里面最好吃的，下次有机会，我们可以一起去吃。"

"好。"他声音温柔。

汤佳渔忍不住弯了下嘴角："我要去洗澡了，先挂了，后天见。"

陈嘉衍应声："后天见。"

陈嘉衍挂了电话后，刚将手机揣回长裤口袋，又感觉它振动了一下，他拿出手机，是赵晔发来的信息。

赵晔："佳渔姐有找你聊天吗？"

陈嘉衍："有。"

赵晔："她有生气吗？"

陈嘉衍："生什么气？"

赵晔："你这个做弟弟的看到她都没过去打招呼，她没生气？"

陈嘉衍沉默片刻，往后靠，肩膀抵着轿厢壁，想起刚才她问他为什么不过去打个招呼，或许她多少是有点生气的。

汤佳渔洗完澡出来，收到丁遥的信息：“你后天生日，打算在哪儿过，要不去饭店订个包间？”

汤佳渔头发湿漉漉地披在肩膀上，她拿过手机回道：“在我家里办吧。”

丁遥：“你确定？”

汤佳渔：“确定。”

丁遥：“行吧，只要你不嫌弃到时候收拾麻烦就可以。”

汤佳渔：“没事儿，到时候有人会帮我。”

丁遥猜测：“谁？总不会是陈弟弟吧？”

汤佳渔回了个“奸笑”的表情。

刚回完丁遥的信息，汤佳渔就收到了陈嘉衍发来的一条消息：“你喜欢什么东西？”

汤佳渔失笑：“你想给我买礼物吗？”

陈嘉衍：“不需要买吗？”

汤佳渔故意逗他：“你买什么我都喜欢，即便你空手而来，我也很高兴。”

陈嘉衍半靠在床头，耳根有些发烫，他在输入框里删删减减地打完字，还未发出去，两人的聊天界面又弹出一条信息。

汤佳渔：“你现在脸红了吗？”

陈嘉衍：“没有。”

汤佳渔：“或许，我们可以视频一下。”

陈嘉衍还未做出反应，手机屏幕便弹出视频邀请，他有些措手不及，深吸一口气才按了接通键。镜头里，她身上是一件黑色的吊带睡衣，领口有点低，背景是在阳台，衣架上挂着她换下的内衣。

陈嘉衍轻咳了一声，便听到她说：“我以为你会拒接。”

陈嘉衍坐直身体，正要开口，又听到她隐隐带着笑意道：“你耳根好像红了，陈嘉衍，你怎么这么乖啊？”

陈嘉衍拿过床头旁的抱枕，垫在身后，轻轻皱着眉：“我没有你想的那么乖。”

“是吗？”

陈嘉衍瞧见她半湿不干的长发，问：“你刚洗头了？”

“对。”

“怎么不吹头发？”

现在轮到汤佳渔皱眉了，她抬手拨弄了下披在肩膀上的长发：“太热了，在阳台吹一会儿就干了。”

陈嘉衍一时晃神，想起那天在小谭山，她喝醉后，伸手来摸自己的头发，醉醺醺地叮嘱他要把头发吹干。

镜头画面有些晃，汤佳渔走进卧室，说：“你真不用给我带礼物，你来我就很高兴，这不是客套话。”

“嗯。”

陈嘉衍卧室的房门被敲响，汤佳渔听到了，怕是梁吟蓉，她说：“挂了。”

陈嘉衍还没作声，视频通话便中断，他顿了一下，掀开被子，下床去开门。

梁吟蓉站在门口，微笑着道：“你爸爸买了几斤樱桃回来，阿姨给你洗了点儿。”

陈嘉衍接过：“谢谢。”

梁吟蓉：“早点儿睡。”

陈嘉衍点点头，关上门。他把水果盘放在床头柜上，拿过手机看了一眼，汤佳渔发了条信息：“晚安。”

陈嘉衍喝了口水，也回了一条：“晚安。”

汤佳渔生日那天是周四，她朋友多，自然来了不少人，男男女女加起来有七八个。汤佳渔特意请了个阿姨来下厨，做了几道家常菜，然后点了个椰子鸡火锅外卖。

人陆陆续续来了，只有陈嘉衍还未到。

丁遥看向汤佳渔："陈弟弟人呢，不会放你鸽子了吧？"

汤佳渔低头洗葡萄，洗着洗着拿了颗扔到嘴里，她含糊道："他说他堵在路上了，会晚点儿到。"

丁遥笑着说："谭绪也来了，这旧人和新人在一起，也就你毫无压力。"

"拜托，我和谭绪都分手一年多了。"汤佳渔关了水龙头，"我们现在只是朋友。"

"嗯，朋友。"丁遥也伸手从碗里拿了颗葡萄，看热闹不嫌事大道，"那陈弟弟不会介意吗？"

汤佳渔："我们现在还没在一起，我没必要和他说这么多吧？"

话音刚落，客厅传来门铃声。

汤佳渔走出厨房去开门，就见陈嘉衍站在门外，他身上是灰色的薄款卫衣和黑色的运动裤，肩膀处有水渍。

汤佳渔皱眉："外面下雨了吗？"

"刚下了点儿雨。"

客厅里正在玩游戏的姑娘见到陈嘉衍，眼睛放着光："佳渔，这个帅哥是谁啊，你男朋友？"

汤佳渔把陈嘉衍让了进来，没有否认也没有承认，只是简单地介绍了下："陈嘉衍。"

谭绪原本在和几个男生打游戏，闻言，他抬头看了一眼，又收回目光，继续手中的游戏。

汤佳渔对着陈嘉衍道："你找个位置坐下，等会儿就可以吃晚饭了，还是你和我一起去厨房？"

陈嘉衍摇头："我在客厅就可以。"

汤佳渔原本还怕陈嘉衍性子清冷，也许和她的朋友们没什么话题。

她不放心，推了推丁遥："要不你出去，帮我陪陪他。"

丁遥诧异道："这还没追到手呢，你要不要对他这么好？"

汤佳渔："我怕他一个人不自在。"

丁遥叹了口气，妥协道："真是服了你了。"

丁遥走出厨房，见陈嘉衍坐在沙发上，有个男生同他说着话，他微侧着头，偶尔笑着回应两句，看起来没有半点不自在。

丁遥又折回厨房："你的陈弟弟和他们相处得很好，一点儿也没有你说的那么怕生好吗？"

"是吗？"

"不信你可以自己出去看。"

丁遥面对着厨房门口，两人正说着话，她突然停了，露出个笑脸："你好，帅哥，我是佳渔的朋友，丁遥。"

陈嘉衍走进厨房，微微一笑，自报家门："陈嘉衍。"

丁遥识趣地将洗好的水果端了出去，把空间留给他们两人。

汤佳渔看向陈嘉衍："怎么样，你不会不自在吧？"

"不会。"陈嘉衍摇头，"你朋友挺好相处的。"

汤佳渔勾了勾嘴角，笑道："也许是他们看你长得帅。有人加你微信吗？"

陈嘉衍一顿："有。"

汤佳渔挑了下眉："男生还是女生？"

"都有。"陈嘉衍又补充了一句，"是你朋友。"

他这话有点没头没尾，但汤佳渔听懂了，他的意思是指加他的人都是她朋友，他自然不好拒绝。

汤佳渔抿唇一笑："我没说不可以啊。"

陈嘉衍移开视线："你朋友挺多的。"

汤佳渔边收拾着案板边道："都是来凑热闹的。"

陈嘉衍盯着她的眼睛，忽然道："叫我来也是凑热闹？"

汤佳渔停下手中的动作，关了水龙头，转过头看他，语气认真："不是，是我想见你。"

陈嘉衍愣了下，大概没想到她这般直接。

孟骁走了进来，抬手敲了两下厨房的玻璃门："寿星，能开饭了吗？大家都饿了。"

汤佳渔若无其事地移开视线，朝着孟骁道："可以。"

汤佳渔同陈嘉衍走出厨房，原本在客厅四处散坐的人，纷纷往餐桌走来。

餐桌上，大家七嘴八舌，有好事的朋友问陈嘉衍："陈弟弟，你有女朋友吗？"

陈嘉衍拿起饮料，给汤佳渔倒了杯椰奶："没有。"

"没天理，长这么帅还没有女朋友。"

"帅哥要求高吧？"

陈嘉衍笑了笑，解释道："没遇到合适的。"

"排斥姐弟恋吗？"

"不排斥。"

汤佳渔给一直盘问陈嘉衍的小丁倒了杯红酒："行了，别再问了，把人问跑了，你给我哄回来啊。"

小丁连啧几声："瞧你这护犊子的样子，没眼看。"

吃完晚饭后，汤佳渔切了蛋糕，有人还往她脸上抹了块蛋糕。闹到快晚上十点，朋友们才离开她家。

丁遥挽着孟骁的手臂，冲陈嘉衍挥了挥手："陈弟弟，今天就麻烦你帮她一块儿收拾下了。"

陈嘉衍点头。

孟骁和丁遥离开后，客厅安静了下来。

汤佳渔从洗手间洗了脸出来，陈嘉衍正背对着她，躬身收拾餐桌上的一次性碗筷。他的灰色卫衣也沾了些奶油蛋糕，即便拿纸巾擦了，还是留下了痕迹。

汤佳渔说："别收拾了，我明天让阿姨来弄，你不是感冒了吗？"

陈嘉衍有些意外，不知道她是怎么看出来的，他说："先把桌子稍微收拾一下。"

汤佳渔没反对，同他一块儿收拾。两人弄了半个小时，勉强把餐厅恢复干净，将碗筷都堆在洗碗池里，等着明天阿姨来收拾。

汤佳渔感叹："下次再也不在家里过生日了。"

陈嘉衍深有同感，他看了一眼门口，说："我先回去了。"

汤佳渔："我送你下去。"

"不用。"陈嘉衍拿着纸巾擦手，解释了一句，"不然等会儿我还得送你上来。"

汤佳渔盯着他："难道你不想和我多待一会儿吗？"

陈嘉衍低头看她，似乎有些无奈："你向来说话都是这么直接吗？"

04

汤佳渔笑了笑："是，你不习惯吗？"

陈嘉衍："不习惯。"

汤佳渔脊背贴着墙壁，转移话题："你送我的是什么礼物？"

"香水。"

汤佳渔有些意外，她挑起眉梢："你自己挑的？"

陈嘉衍如实说道："问了施霖，她觉得送香水比较合适。"

汤佳渔脸上露出明晃晃的笑意，她轻声说："那我应该很喜欢。"

陈嘉衍凝视着她，淡声道："你都没拆开看，怎么就知道一定会喜欢？"

她从容应对："不管你送什么，我都很喜欢。"

陈嘉衍眉梢一扬，他动了动唇，正要说话，裤兜里的手机响了起来，是陈启和打来的。陈嘉衍说了两句，便挂了电话。

汤佳渔紧跟着开口：“我送你下去。”

见她一副铁了心要送的样子，陈嘉衍没再阻拦。两人出了门，进入电梯，这个时间段，电梯里没有旁人，只有他们两人。

汤佳渔忽然问：“你刚才在餐桌上说的话，是真的？”

陈嘉衍侧头看她，嗓音低沉：“什么？”

“不排斥姐弟恋？”

陈嘉衍抿了下嘴角：“对。”

汤佳渔意味不明道：“那我知道了。”

陈嘉衍肩膀靠着轿厢壁，目光凝在她的脸上：“你知道什么了？”

汤佳渔扭头看他，两人对视，她眼里浮起一层笑意，意味深长道：“知道你不排斥姐弟恋啊，不然还能是什么。”

陈嘉衍喉结滚了滚，他手插在裤兜里思忖片刻，觉得她似乎特别爱撩他。不知道她以前的那些感情里，她是不是也是这样占据主导的一方，若有似无地撩拨人心，还是她只是把他当成消遣的对象。

电梯到达一楼，电梯门向两边缓缓打开。

两人刚走出单元门，陈嘉衍便停下脚步：“就送到这里吧，外面还下着小雨。”

“开车小心。”

陈嘉衍把卫衣的帽子兜头戴上：“你上去吧。”

汤佳渔“嗯”了一声：“到家给我发条信息。”

陈嘉衍应声：“好。”

汤佳渔回到家里，她先前送陈嘉衍下楼，没有带上手机，此刻拿起手机，就看见丁遥发来的一条信息：“收拾完了吗？”

汤佳渔：“差不多了，碗筷没洗，等阿姨明天来收拾。”

丁遥：“陈弟弟还在？”

汤佳渔：“回家了。”

丁遥打来电话，言语间尽是调侃："我以为你会留人家住下。"

汤佳渔笑了一声："我倒是想啊。"

"那你怎么不留？"

汤佳渔随口道："怕进度太快，吓跑他。"

丁遥不以为然："我看陈弟弟今晚那态度，对你也不是没那个意思，你就没打算把这层窗户纸捅破？"

汤佳渔似是想起了什么，说："再等等吧。"

外头又下起了大雨，雨点敲打在玻璃窗上，清脆作响。

汤佳渔同丁遥说了两句，才挂了电话。她起身，走到窗户前，把窗子关上，又去阳台收了换洗衣服进卫生间洗澡。

洗了澡出来，汤佳渔拿过在床头充电的手机看了一眼，没有收到陈嘉衍的信息，只有梁吟蓉和外婆梅溪各给她发了一个生日红包，汤佳渔分别给两人回了个表情包后，转而给陈嘉衍发了一条信息："你到家了吗？"

过了十五分钟，汤佳渔揭了面膜，又洗了脸，才收到陈嘉衍发来的消息："到家了，刚才在洗澡。"

汤佳渔："我还以为你忘了要给我发信息。"

陈嘉衍："没忘。"

汤佳渔："香水味道很好闻，我很喜欢。"

陈嘉衍："你喜欢就好。"

眼看时间不早，汤佳渔同他说了句"晚安"，便没再继续聊天。

汤佳渔一个人住，没人管她，睡眠也无规律，因此第二天一直睡到上午十点才醒来。她今天打算坐车去小镇，去看看外婆梅溪。

原本暑假一开始，梅溪就打来电话，让汤佳渔去她那儿住几天。汤佳渔因为找了个律所兼职，便拒绝了，只是后来她摔了腿，兼职干不下去干脆辞职了。时间空了出来，她便打算去外婆那儿住几天。

一直到上了车后，汤佳渔才给梅溪打了通电话，说过会儿就到家。

两个小时后，车子到达小镇。

乡下的这栋三层别墅，还是陈启和买下的，特意找人精装修了一番，就为了让外婆住得舒服。

汤佳渔对陈启和的印象一直挺好。

想到陈启和，她不免就思绪跑远，又想到了陈嘉衍。

汤佳渔推门进去时，梅溪正在厨房做梭子蟹粉丝煲。汤佳渔打小就爱吃梅溪做的这道菜，以前每回她过生日，梅溪总要做这道菜。

听到开门声，梅溪探出头来看了看："来了啊。"

汤佳渔走进厨房："外婆，您在做什么呢？"

梅溪带推了下鼻梁上架着的老花镜："给你做梭子蟹粉丝煲，这梭子蟹外婆刚刚买的，特意做给你吃。"

汤佳渔从背后搂着梅溪的腰："您对我最好了。"

梅溪拍了下她的手背："多大的人了，还跟小孩子一样，你妈昨天给你打电话了吗？"

"没有，就微信上给我发了个红包。"汤佳渔打开水龙头洗手，准备给梅溪打下手，不咸不淡地说道，"还是因为您给她打了电话吧。"

"这话说的，毕竟是你妈，你的生日她怎么会不记得，你别把你妈想得太坏了。"

汤佳渔笑笑不语，梅溪一直在有意无意地缓和她们母女俩的关系，她哪里看不出来。

梅溪见她不搭腔，又换了个话题："昨天你是和遥遥他们一块儿过的生日吗？"

"嗯。"

"我看你发的朋友圈，嘉衍是不是也在？"

汤佳渔停下手中的动作："您还记得他啊？"

"怎么不记得，之前过年的时候，他都会和他爸一块儿来给我拜年呢。”

汤佳渔仔细想了想，压根就没有这个印象，她蹙眉：“我怎么都没碰到过？”

“你哪里会碰到？”梅溪叹了口气，“那两年你和你妈的关系闹得那么僵，一听你妈要来，你就躲出去，怎么会碰见？”

“嘉衍那孩子真挺懂事的，不管是做事还是说话，都看得出是一个沉稳的孩子，挺有礼数的。你要是找男朋友，就找这种男孩，外婆也能放心。”

汤佳渔故意说：“那我直接找他，不就可以了。”

梅溪佯装嗔怪道：“胡说八道什么呢，你这孩子，讲话越来越没边了。”

汤渔在梅溪那里住了三天，打算回去的那天，她刚坐上车，丁遥就打来了电话：“晚上出来玩吗？去酒吧喝点酒。”

汤佳渔看了一眼窗外：“我现在在回市区的路上，太晚了，还是不去了。”

丁遥压低声音：“真不来，陈弟弟也在呢，你确定不来？”

“他怎么会在那里？”汤佳渔有些意外，陈嘉衍看起来不像是爱去酒吧的人。

丁遥解释：“自从上次你的生日后，我家那位就跟陈弟弟打得火热，他们这几天不是一块儿打游戏，就是一起打球。”

汤佳渔随口道：“让孟骁别带坏人啊。”

“你这话说的。”丁遥不同意了，“陈弟弟二十二岁的人了，又不是单纯的初中生，即使没来过酒吧这种地方，清吧也应该去过几回了。”

“我开个玩笑。”汤佳渔说，“行，我等会儿就到。”

丁遥打电话来的时候，汤佳渔已经快到市区了，她看了看窗外，给陈嘉衍发了条信息：“你在酒吧？”

过了一分钟，陈嘉衍回复："丁遥姐告诉你的。"

汤佳渔瞥见"丁遥姐"三个字，笑了："怎么不见你叫我姐？"

陈嘉衍："你想让我这么叫你？"

汤佳渔没再继续这个话题，她叮嘱道："别喝醉了，我还有一个小时才能到。"

陈嘉衍："嗯。"

汤佳渔到的时候，陈嘉衍确实没喝醉，他低着头在玩手机，和这样闹哄哄的场所显得有些格格不入。酒吧光线昏暗，孟骁递给他一杯酒，陈嘉衍接过，浅尝了一口，就放回桌上。

汤佳渔走到他旁边的位置坐下，轻声道："这酒很烈。"

陈嘉衍侧头看向她，解释道："我知道，我没多喝。"

汤佳渔一笑："好喝吗？"

"还不错。"

汤佳渔招来服务员，也点了杯一样的。她目光落在舞池里，孟骁和丁遥正搂在一起跳舞。她看了一会儿，收回目光看向陈嘉衍："你最近经常和孟骁一起打球？"

陈嘉衍"嗯"了一声。

服务员把汤佳渔点的酒送了上来，她抿了一口，说："看来你更喜欢和孟骁待在一起。"

陈嘉衍皱眉看向她，汤佳渔缓缓道："你这几天都没联系我。"

她语气温和，陈嘉衍有点捉摸不透她这话里的意思，他神情淡淡地道："你也没联系我。"

汤佳渔嘴角微翘，饶有兴致地看着他："所以你这几天都在等我联系你吗？"

陈嘉衍还没回答，丁遥就从舞池回来了，她神采奕奕道："要不要下去玩？"

汤佳渔觉得口渴，又拿起那杯长岛冰茶，一口气喝了一半："算了，我今天太累了。”

丁遥看向陈嘉衍：“陈弟弟，你看着她点儿，别让她喝醉了。”

陈嘉衍拿着手机在看，闻言微微颌首。

汤佳渔一只手托着下巴，一只手拿着杯子慢慢地啜饮着手里的酒。陈嘉衍提醒她：“当心喝醉。”

汤佳渔转过头看他：“我想走了，你送我回去吗？”

陈嘉衍点头。

两人出了酒吧，汤佳渔问：“你应该不常来这种地方吧？”

“这是第二次。”

“是吗？你看起来不像是会来这种地方的人。”汤佳渔有些好奇，“你和谁一起来的？”

“赵晔，高中毕业后他说想来看看，就拉着我一起来了。”

汤佳渔：“大概能猜到。”

陈嘉衍叫的车来了，两人上了车。

汤佳渔想起梅溪先前说的事，转头问：“以前每年春节的时候，你都和陈叔叔去我外婆家拜年吗？”

陈嘉衍愣了下：“对，怎么突然说起这个？”

汤佳渔笑了笑：“我前两天回我外婆那里，她看到我发在朋友圈的合照，认出了你，提起了这件事。”

陈嘉衍又听到她说：“好可惜，不然也许我们会更早见面。”

半个小时后，车子停到小区楼下。

汤佳渔看向他：“你要上去坐坐吗？”

话音落下，坐在前排的司机透过后视镜打量了两人一眼。陈嘉衍语气自如：“我送你上去。”

两人先后下了车，陈嘉衍在手机上付了车费。

汤佳渔：“你是怕我喝醉了吗？”

陈嘉衍反问：“你没醉吗？”他觉得她多少有点醉了，不然不会说出那句让他上去坐坐的话来。

所幸电梯里没什么人，两人走了进去，径直到了十三楼。

汤佳渔脚下有些发飘，她拿出钥匙递给陈嘉衍："你帮我开门吧，我觉得有点头晕。"

陈嘉衍瞥了她一眼，接过钥匙，开了门。

汤佳渔走到沙发边坐下，陈嘉衍去了厨房烧水。等水烧开，他倒了一杯温水递给她，汤佳渔睁开眼，喝了两口，便放下杯子。

她看向他："你没喝醉吗？"

陈嘉衍转过头看她，她这会儿酒劲上头，脸颊酡红，他摇了摇头："没有。"

"我不信。"

汤佳渔靠近他，陈嘉衍觉得她隐隐有故技重演的态势，他忽然握住了她的手腕，偏头躲开了她的吻。深吸一口气，他看着她的眼睛："你还记得你上次在小谭山吻了我吗？"

汤佳渔缓缓地点了下头。

陈嘉衍："你那天为什么吻我？"

她眼里亮晶晶的，反问："那你吻我又是为了什么？"

陈嘉衍一愣，原来她对那晚发生的事都一清二楚，他紧紧地皱着眉："你没喝断片？"

"没有。"汤佳渔多少有些心虚，她抿了下唇，"你介意我们以另一种关系相处吗？"

"什么意思？"

汤佳渔此刻脑中酒精作祟，一时没有多少理智，脱口而出："彼此疏解欲望。"

陈嘉衍微微一怔，过了一会儿才明白她的话是什么意思。他闭了闭眼，汤佳渔看出他有点生气的意思，正要试图解释什么，却听到他冷声道："我没想到你这么会玩。"

第五章 游戏

01

汤佳渔坐在沙发上，转过头看了一眼被关上的房门，觉得自己真是昏了头，才会说出那样的话。

茶几上的水还有温度，是陈嘉衍刚才帮她倒的。汤佳渔伸手拿了过来，喝了一口水，她躺倒在沙发上，拿起手机想着给陈嘉衍发条信息，想了想，又觉得发什么都不对，干脆放下了手机。

醉酒后醒来，人多多少少会有些不舒服，再加上汤佳渔昨晚直接在沙发上睡着了，醒来后她觉得腰酸痛不已。

从沙发上起身，汤佳渔趿拉上拖鞋往厨房走，看见烧水壶旁边搁着一块黑色的运动手表。她放下杯子，拿过运动手表看了看，应该是陈嘉衍昨晚落下的。她拉开抽屉，把手表放了进去。

汤佳渔拿起烧水壶，把昨晚剩下的水倒掉，重装了一壶新的，刚按下烧水键，房门口突然响起门铃声。

她去开门，丁遥探头探脑地往里张望："就你一个人？"

汤佳渔面无表情道："不然还能有谁？"

丁遥在沙发上坐下，仔细看了一眼汤佳渔的脸色，敏感道："怎么了？看你情绪不太对劲。”

汤佳渔把昨晚的事随意提了两句，丁遥有些无语：“陈弟弟气疯了吧？”

汤佳渔有些心烦，回想了下他昨晚的样子，点了点头：“差不多。”

丁遥啧啧感叹：“那可不是，你怎么想的，竟然和人提出这样的要求。再说，陈弟弟长得那么帅，要找女朋友哪里没有？”

汤佳渔这会儿也后悔：“我这不是喝醉了，一时胡言乱语嘛。”

丁遥拿过空调遥控器，调低了温度：“那你打算怎么办？”

汤佳渔叹了口气：“不知道，到时候再说吧。他的手表还在我这儿呢，我找个时间给他送过去。”

丁遥忽然看了汤佳渔一眼，面容显出几分严肃：“佳渔，我问你一件事。你老实告诉我，你是真喜欢陈弟弟，还是因为梁阿姨？”

汤佳渔抬眼：“你是这么认为的吗？”

丁遥目光定定地看着她：“那你告诉我，你有没有这个心思？”

汤佳渔垂眸喝了口水：“没有。”

丁遥见她这模样，一时分不清是真是假，她点点头，说了一句：“没有最好，我只是担心你，没有别的意思，你不要生气。”

“我知道。”汤佳渔扯起嘴角笑了下，“我哪里会跟你生气。”

两人是从小到大的好友，倒不至于因为这几句话而心生罅隙。

丁遥轻描淡写地转移了话题：“昨天你和陈弟弟走后，谭绪倒是来了，还带了个姑娘，我估计是他新交的女朋友。”

汤佳渔反应平淡：“哦。”

丁遥又说：“我还以为他想跟你复合来着。”

汤佳渔随口道：“他确实想跟我复合，不过我拒绝了。”

两人又聊了一会儿，之后丁遥接到了孟骁的电话，便离开了。汤佳渔一个人待在家里，想了很久，还是拿起手机给陈嘉衍发了条信息：

“你的手表落在了我这里。”

等了十来分钟，手机毫无动静，汤佳渔想，他这回大概是真的生气了。

晚间的时候，汤佳渔推了林驿的饭局，拿上那块运动手表，特意打了辆车去御苑小区，没想到却扑了个空。

吴阿姨见到她来，倒是很高兴，笑眯眯地让她进屋：“佳渔，你来啦，晚饭吃了没？没吃的话，阿姨给你下厨做点儿？”

“不用麻烦了。”汤佳渔微笑着道，“吴阿姨，我吃过了。”

汤佳渔在客厅的沙发上坐下，立式空调运转着，将凉风往她身上送。她一时有些恍惚，想起两人刚见面的那一天，她因为空调坏了，身上只穿了件吊带裙，里头没穿内衣。

陈嘉衍从外面进来，同她说：“我有朋友要进来，你要不要穿上外套？”

他那时候神色自若，汤佳渔想他到底有没有发现她那天没穿内衣。

吴阿姨洗了点樱桃出来，放在茶几上：“这是陈先生的下属送来的，还挺好吃的，你尝尝。”

汤佳渔拿了一颗樱桃放到嘴里，状似不经意道：“阿姨，陈嘉衍在家吗？”

“哦，嘉衍和他朋友出去打球去了，就在这附近的一所中学。”

汤佳渔同吴阿姨又聊了几句，然后便说要离开，吴阿姨温声道：“这樱桃你带点回去吗？原本陈先生也打算明天让嘉衍给你送一箱过去。”

汤佳渔看向吴阿姨，下意识地问：“他答应了吗？”

吴阿姨愣了下，一时没听明白她这话的意思。

汤佳渔又问了一遍：“他答应了陈叔叔，去给我送樱桃吗？”

吴阿姨摇摇头，用围在腰间的围裙擦了下手，说：“这我倒是不清楚。”

赵晔觉得自己今晚真是吃错药了，才喊陈嘉衍出来打球。陈嘉衍打得凶狠，赵晔都有些招架不住。到中场休息时，赵晔如释重负，抬手把头发往后抓了抓："嘉衍，我是不是哪里得罪你了？你对兄弟心里有气，你就直说，这玩法不是打球，是要人命。"

"没有。"

赵晔看了一眼他的脸色，八卦道："那你今天是心情不好？"

陈嘉衍懒得搭理他。

赵晔喘着粗气，拿过台阶上的矿泉水，拧开瓶盖，一口气灌了半瓶才停下。他余光四处一扫，瞥见校门口熟悉的身影时，他吹了声口哨，扬声道："嘉衍，那是不是佳渔姐？"

陈嘉衍抬眼看去，只淡淡一眼，便收回了目光。

赵晔冲着走近的汤佳渔打了声招呼，笑道："佳渔姐，今天怎么来这里了，来找我的？"

汤佳渔勾了下嘴角："我来找陈嘉衍的。"

她的视线直白地落在陈嘉衍的身上，他今天穿了件无袖的黑色球服和一条同色系的运动短裤，额间都是汗。听见她的声音，他轻轻地皱了下眉，随即若无其事地喝着水，连眼神都没往她这边瞧一下。

赵晔今晚倒是机灵，明显察觉到两人间的气氛不对劲，他把手机揣回兜里，拍了下陈嘉衍的肩膀："得了，施霖给我发信息喊我回去，我就先走了。"

陈嘉衍拎起球服的领子擦了下额上的汗水，沉默地点了下头。

待赵晔走远后，汤佳渔从包里拿出手表，轻声开口："我是来给你送手表的。"

陈嘉衍这才看向她，他伸手接过她手里的手表，随意地揣回裤子口袋里。他站在阴影处，眉目陷入晦暗里，只露出高高的鼻梁。

汤佳渔清了清嗓子，放缓声音："我今天早上发的信息，你没看到吗？"

“看到了。”

耳边充斥着篮球入筐的声音，还有男生的嘶吼声，汤佳渔微微蹙了下眉，看向他：“能换个地方说话吗？”

陈嘉衍手上拿着矿泉水，盯着汤佳渔看了一会儿，点了点头。

汤佳渔站在台阶上，看着他把篮球扔给另外一个男生，那男生瞥了眼她，露出一抹会心的笑容，陈嘉衍也没去解释。

两人并肩往门口走，途经一个垃圾桶，陈嘉衍侧过头看她：“等会儿。”

他走向垃圾桶，将喝空的矿泉水瓶扔了进去。

直到出了校门口，两人还是一路无话。行至便利店门口，汤佳渔停下脚步：“陈嘉衍，你还在生气吗？”

陈嘉衍皱眉，汤佳渔深吸了一口气，解释道：“我昨天喝醉了，一时……”

她话还未说完，陈嘉衍便打断她：“我答应你。”

汤佳渔一愣，没明白过来他话里的意思，面露几分迷茫：“什么意思？”

陈嘉衍朝她走近，垂下眼睫看她，抿了下嘴角：“我答应你昨天说的那件事。”

汤佳渔莫名觉得有几分压迫感，她问：“为什么？”

汤佳渔想不通，他当时明明那么生气。

陈嘉衍没有回答，只是自顾自道：“不过你得答应我一个条件，这期间只能有我一个人。”

汤佳渔犹豫两秒，道：“我没玩得那么开，好吗？”

陈嘉衍双手插在裤兜里，淡淡地“嗯”了一声。

汤佳渔抬头看他：“那你现在是没生气了吗？”

“没有。”他摇头。

汤佳渔想起吴阿姨先前说的事儿，问道：“要是我今天没来找你，你打算去找我吗？吴阿姨说，陈叔叔打算让你明天送一箱樱桃给我。”

陈嘉衍没说话，静静地看着她，听到她追问：“你会去找我吗？”

02

陈嘉衍低眉瞧她，最后说：“会。”

汤佳渔脸上的笑容越发明显，她靠近，仰头看着他，眼里有几分得意之色：“所以就算我今天没来，你也会去找我？”

陈嘉衍“嗯”了一声，而后他忽然低声说：“很臭。”

汤佳渔疑惑：“什么？”

陈嘉衍解释道：“我身上有汗味，你不觉得臭吗？”

汤佳渔凑近嗅了嗅，道：“还好，不会太难闻。”

陈嘉衍看了她一眼，汤佳渔开口道：“我得回去了，你要送我回去吗？”

陈嘉衍说：“你先等我一会儿，我回去洗个澡。”

汤佳渔强调：“我不嫌弃你身上的汗味。”

陈嘉衍微微皱眉：“我想洗个澡。”

汤佳渔笑了：“陈嘉衍，你是有洁癖吗？还是这是你们医学生的毛病？”

过了一会儿，她又妥协道：“行吧，那我等你一会儿。”

两人到御苑小区的时候，吴阿姨已经回去了。陈嘉衍掏出钥匙开门，让汤佳渔先进去。他伸手关上门，刚转身，就见汤佳渔柔软的身体猝不及防地贴了上来。陈嘉衍的背撞在身后的门板上，他一怔，就察觉到唇上一湿，她柔软的唇瓣贴上了他的。

短暂的几秒，蜻蜓点水般的一个吻，陈嘉衍还未来得及做出反应，身上烘人的热度便离开了。

陈嘉衍下意识地抬手要去摸墙上的开关，就听到她低声道：“不要开灯。”

陈嘉衍触碰到开关的手紧了紧，又收了回来，他不自觉地拿手指抚了下嘴角。

两人一前一后地摸黑上了楼。

汤佳渔面色自然地问：“我妈和陈叔叔什么时候回来？”

陈嘉衍开了房间的灯，转过头看她一眼，解释道：“他俩今晚参加宴席去了，估计要很晚回来。”

汤佳渔瞥到他耳朵有点红，她当没看见，心里却泛起几分愉悦：“你去洗澡，我就在你房间等你，可以吗？”

陈嘉衍点点头，打开衣柜，下意识地想脱了身上的球服，但余光扫到站在书架前，正翻看他的医学期刊的汤佳渔，陈嘉衍松了手，随便拿了一套衣服，走进卫生间。

卫生间里传来水流声。

汤佳渔翻了几页，书上都是晦涩难懂的专业术语，她实在是看不懂，于是便把期刊放回原位，打量起这房间。

陈嘉衍的房间收拾得干净齐整，灰白色的床单被套，贴墙放着一张小型书柜，不像大多数男生的房间，衣服乱堆在沙发上，一团凌乱。

十分钟后，卫生间的门被打开。

汤佳渔循声看去，两人视线一碰，汤佳渔的视线落在他半湿不干的头发上，说：“你先把头发吹干，我不着急。”

陈嘉衍“嗯”了一声，拉开抽屉，拿了吹风机，又折身进卫生间。

过了一会儿，陈嘉衍出来，道：“走吧，我送你回去。”

汤佳渔起身。

陈嘉衍拿出手机叫车，他的车子前两天送去保养，还没提回来。

两人出了小区，在门口等了五分钟，叫的车子才到。

两人坐在后座上，靠得有点近。陈嘉衍刚洗了澡，身上的味道干净清冽，汤佳渔低声道：“你现在很香。”

陈嘉衍瞥了一眼驾驶座上的司机，发现司机师傅并没有注意到这边，于是装作没听见，将目光落在窗外。

过了一会儿，他又看向她，语带提醒："司机还在。"

汤佳渔笑吟吟道："我知道啊。"

陈嘉衍低声问："你是不是很喜欢撩我？"

她挑着眉，直言不讳："嗯，你不喜欢吗？"

陈嘉衍盯着她的眼睛，片刻后，他回应："只要不在外人面前，都可以。"

汤佳渔心情愉悦，开玩笑道："那只有我们两个的时候，我想怎么样都可以吗？"

陈嘉衍点了点头。

汤佳渔顿时笑了。

四十分钟后，车子临近小区门口，汤佳渔侧头看他："你要进去吗？"

陈嘉衍说："我送你上去。"

车子缓缓停下，陈嘉衍在手机上付了车费。两人下了车，汤佳渔站在原地，等陈嘉衍绕过车尾走近，才抬脚往小区里走。

这个时间点，小区里有不少老人带着小孩儿在楼下散步，有个小孩儿骑着滑板车，眼看就要不受控制地往汤佳渔的方向冲过来，陈嘉衍握住汤佳渔的胳膊，把她拉到自己的身边，另一只手握住滑板车的车头。

跟在小孩儿身边的年轻妈妈快步上前，对着两人露出抱歉的笑容："不好意思，没撞到你们吧？"

汤佳渔摇摇头："没有。"

年轻妈妈又让小孩儿同汤佳渔道歉，汤佳渔摆摆手，示意不碍事。

两人进入电梯，陈嘉衍不着痕迹地打量了她一眼："没撞到？"

“没有。”

见他似乎不太相信，汤佳渔看着他：“要不等会儿到家，你检查一下？”

她这话容易引人想歪，陈嘉衍停顿了一下，语气有几分认真：“不用。”

汤佳渔忍不住靠在他的身上，笑着说：“陈嘉衍，你怎么这么有意思啊？”

她的发尾扫到他的手肘，陈嘉衍觉得有点发痒。

直到电梯到了十三楼，汤佳渔才站好，同他一道走出电梯。她开了门，又打开鞋柜，拿出一双拖鞋给他：“你穿这个，这是我外婆的拖鞋。”

陈嘉衍看了一眼脚下的灰色拖鞋，脱下球鞋，换上。

汤佳渔问：“你想喝什么？”

“矿泉水。”

汤佳渔打开冰箱：“柚子饮料可以吗？矿泉水喝完了，我还没有去超市买。”

陈嘉衍：“可以。”

汤佳渔拿了一瓶柚子饮料递给他。

陈嘉衍拧开，仰头喝了一口。

汤佳渔一只手支着下巴看他，问：“酸吗？”

“还好。”

汤佳渔伸手拿过他放在茶几上的饮料，直接喝了一口：“确实不太酸。”

陈嘉衍的目光落在饮料的瓶口上。

汤佳渔察觉到他的视线，挑挑眉：“不能喝吗？”

“我没有这个意思。”

汤佳渔拿了个抱枕垫在身后：“你想继续昨晚被打断的事吗？”

陈嘉衍手上原本在把玩着瓶盖，闻言，他抬眼看向她：“你想吗？”

她嘴唇翕动，直接而大胆：“想。”

陈嘉衍看着她一点点地靠近，直到近到眼前时，他才抬手捧着她的脸，低头含住了她的嘴唇。他一开始亲得很温柔，先是轻啄她的嘴角，然后慢慢撬开她的唇，而后这个吻就变得凶狠起来。

汤佳渔想，是不是刚才在车里她撩拨他的缘故。

两人亲了片刻，陈嘉衍就放开了她，抵着她的额头调整着呼吸。汤佳渔觉得口干舌燥，她又去拿桌上的柚子饮料，喝了两口，才把那点燥意压了下去。

陈嘉衍的目光凝在她的唇上，因为刚才他吻过，此刻她的唇瓣红艳艳的，这会儿喝了水，越发显得水润红艳。

汤佳渔注意到他的目光，又凑近亲了下他的嘴角，低声问：“你晚上要留下来吗？”

话音刚落，陈嘉衍的手机突然响了起来，他接起，说了两句。

汤佳渔在旁边听着，等他挂了电话，她问：“你要回去了？”

“嗯。”

汤佳渔起身，送他到门口，说：“要我送你下去吗？”

“不用。”

汤佳渔靠在门框上，又问：“你明天会来给我送樱桃吗？”

陈嘉衍点头。

“那我等你。”

陈嘉衍扬眉，淡笑道：“好。”

03

第二天，陈嘉衍没能给汤佳渔送樱桃，因为梁吟蓉打了一通电话给汤佳渔，让她到御苑小区吃中饭。

汤佳渔洗漱过后，拿着手机给陈嘉衍发了条信息：“我今天去你家吃饭。”

化妆化了一半，她的手机屏幕亮了下，是陈嘉衍的回复：“我在实验室，会晚一点儿，等会儿我来接你。”

汤佳渔嘴角一弯：“好。”

直到快十一点，汤佳渔才收到陈嘉衍的信息，说他快到小区楼下了。汤佳渔给他回了条信息，拿上包下楼。

陈嘉衍的车就停在小区门口，汤佳渔还未走近，副驾驶座上的童小斐就摇下车窗，冲她打了个招呼。汤佳渔一愣，继而神色恢复如常，她朝着童小斐笑了笑，拉开后座的车门，钻了进去。

她刚坐好，抬头便同陈嘉衍的眼神在内视镜里对上。陈嘉衍的目光在她的脸上停留片刻，眉毛动了下，似乎想说些什么。

童小斐笑着递来一杯奶茶，说：“佳渔姐，给你的，嘉衍买的。”

汤佳渔接过，道了声谢。

童小斐说：“这家的这款奶茶，算是最火的，不知道你喝不喝得惯，我挺喜欢喝的。”

汤佳渔撕开吸管外侧的纸袋包装，吸管也是纸质的，汤佳渔拿着戳了两下奶茶的塑封，不知是角度不对还是怎么回事，没有丝毫反应。

陈嘉衍瞥了一眼，探手过来：“我来。”

童小斐坐在副驾驶座上若有似无地打量了两人一眼，不知道是不是她太敏感，总觉得陈嘉衍对佳渔姐有些不太一样，上次在小谭山她就看出来了。

童小斐不愿当隐形人，她喝了口奶茶，出声道：“现在的奶茶吸管换成纸质的，还真挺麻烦的。”

汤佳渔把纸吸管和奶茶递给陈嘉衍，他手指屈起，握着纸吸管，轻轻一戳，便戳破了奶茶的塑封膜，然后回手递给她。

汤佳渔喝了口奶茶：“还挺好喝的。”

童小斐抬手轻拍了下陈嘉衍的胳膊，带着几分亲昵道：“我就说佳渔姐会喜欢吧？”

陈嘉衍没什么太大的反应，他淡淡地“嗯”了一声，便一打方向盘，把车子开了出去。

路经万和广场，童小斐下了车：“谢谢你载我一程啦，嘉衍。”

陈嘉衍：“不客气。”

等人走远了，陈嘉衍扭头看向后座的人：“你要换个位置吗？”

汤佳渔嘬了口奶茶，装傻：“我坐这里挺好的啊。”

陈嘉衍抿了下嘴角，没多说什么，继续朝前开。

到了御苑小区，两人也没有了说话的机会。一进门，陈启和正从厨房出来，他身上戴着围裙，同一贯的领导形象颇为不符，看着亲近几分。

汤佳渔主动打招呼：“陈叔叔。”

“佳渔来了啊。”陈启和笑笑道，“外面很热吧？”

“是挺热的。”

“那先坐着吹会儿空调，等下就能吃饭了。”

汤佳渔乖巧地应了一声，将剩下的奶茶喝完，扔到空调边的垃圾桶里。

陈嘉衍没回房间，他占据了沙发的另一边。

汤佳渔拿过遥控器，打开电视，按了一圈，见没什么好看的，最后停在电影频道。陈嘉衍抬眸看了一眼，又兴致索然地去看手机。

楼梯口传来脚步声，是梁吟蓉，汤佳渔转头，叫了声妈。毕竟是在陈启和面前，汤佳渔也不愿意令她难堪。

梁吟蓉应了一声，去厨房帮忙。陈嘉衍侧头看向她：“你想吃冰激凌吗？”

“干吗？”汤佳渔压低声音，“是怕我因为刚才的事生气吗？”

陈嘉衍皱了下眉，打量了她一眼，不确定地问：“你在生气？”

汤佳渔却回答他上一个问题：“我不吃了，陈叔叔应该快做好饭了。”

陈嘉衍：“你还没回答我的问题。”

话音落下，梁吟蓉从厨房出来，道：“可以吃饭了。”

汤佳渔起身，去卫生间洗手。

陈嘉衍看了一眼她的背影，欲言又止。

几人上了桌，陈启和夹了一只大闸蟹放到汤佳渔的碗里，和蔼道：“尝尝看，这个季节的大闸蟹味道已经开始鲜美了。”

汤佳渔露出了个笑脸：“谢谢叔叔。”

吃完午饭，陈启和让汤佳渔留下玩一会儿，吃了晚饭再让陈嘉衍送她回住处，顺便把那一箱樱桃带回去。

汤佳渔没有拒绝。

梁吟蓉和陈启和在客厅坐了一会儿，便回了房间。

客厅一时只剩下他们两人，陈嘉衍问：“要上去吗？”

汤佳渔点了点头。

两人进了房间，陈嘉衍把门关上，目光停留在她的脸上：“你是在生气吗？”

其实汤佳渔没生气，毕竟童小斐的那些小心思，她一眼就看出来了，只是见陈嘉衍误解了，她故意点了点头：“嗯。”

陈嘉衍靠着书桌边沿，解释道：“我对她没那个心思，你是知道的。今天刚好在实验楼碰见她了，没法推掉。”

汤佳渔伸手去勾他的手指：“那你对谁有心思？”

陈嘉衍屏着呼吸，低头看她：“你知道。”

汤佳渔十分高兴，她整个人靠在他的身前，随口道：“陈嘉衍，你该不会很久之前就喜欢我吧？”

陈嘉衍别开脸，淡淡说：“没有。”

“我开玩笑的，我还没那么自恋。”汤佳渔把玩着他的手指，“你的手真好看。”

陈嘉衍垂眸：“你很喜欢夸人。”

汤佳渔抬头，朝他笑了笑：“我只喜欢夸你。”

陈嘉衍觉得身体有点热，即便头顶的空调还在送着凉风。他伸手拿过空调遥控器，调低了温度。

汤佳渔能感受到他身体的变化：“你觉得热？”

他声音微沉：“有点。”

汤佳渔笑了下，决定不再折磨他。她松了手，准备走去书架边，手腕却被陈嘉衍捉住，她疑惑地回头：“嗯？”

陈嘉衍抿了抿唇：“再抱我一会儿。”

汤佳渔：“你后悔吗？昨天拒绝我？”

“有些事不用在一个晚上做完。”

汤佳渔皱眉：“这话怎么这么耳熟，是哪部电影的台词来着？”

陈嘉衍：“《志明与春娇》。”

“你也会看这种电影？”汤佳渔有些讶异，“老实交代，和哪个姑娘去看的？”

陈嘉衍目光温柔地看着她：“大一的时候和我小姨去看过，她那会儿失恋，让我陪她去看。”

汤佳渔：“就没有陪别的女生去过电影院？”

“没有。”

“真乖。”她去亲他的嘴角，“给你的奖励。”

陈嘉衍眼里掠过一丝笑意，无奈道：“不要把我当小孩子。”

汤佳渔说：“你要去冲个澡吗？还是我帮你？”

她言语直白，陈嘉衍耳根有点红，他摇头：“我去洗个澡好吗？你在这里坐会儿。”

汤佳渔故意逗他：“不需要我帮你吗？”

陈嘉衍顿了下，不太自在地移开目光：“不用。”

汤佳渔心情很好，不再逗他，说：“你快去吧。”

陈嘉衍洗完澡出来，看到汤佳渔趴在书桌上睡着了，她身上是一件短款的紫色上衣，因为趴着，露出一截腰线。

陈嘉衍站在门口看了一会儿，放轻脚步，走近书桌，见她额前的碎发被汗湿，他拿过空调遥控器，又调低了点温度。

她似乎被吵醒了，睁开眼睛道：“你洗好了？”

陈嘉衍“嗯”了一声：“你可以去我床上躺会儿。”

“你不是有洁癖吗？”

陈嘉衍皱眉：“这两者有什么关系吗？”

“我以为你不喜欢别人躺你的床。”

“你可以躺。”

汤佳渔确实有点困了，她没再推却：“那我躺会儿。”

陈嘉衍点了下头。

汤佳渔掀开被子，躺在床上，听见陈嘉衍问她：“冷气需要再调低点吗？”

她摇头：“这个温度刚好。”

陈嘉衍拉开椅子，背对着她，翻开了一页书。

汤佳渔躲在被窝里，瓮声瓮气道：“你不躺会儿吗？”

“我不困。”

汤佳渔看着他的背影，开口道：“我想跟你一起躺着。”

陈嘉衍一顿，合上书本，走到床的另一侧，拉开被子。

汤佳渔翻了个身，忽然道：“你有没有点禁忌感？”

“什么？”

“毕竟陈叔叔和我妈还在家里。”汤佳渔低声问，“你怕吗？”

陈嘉衍望着她，两人目光对视，他隔了片刻，说：“你害怕？”

汤佳渔凑近，挑衅地亲了下他的嘴角。她正要躺回去，陈嘉衍翻了个身，握住她的手腕，低下头亲吻她的嘴角。

他的手掌撑在她脑侧的枕头上，枕头凹陷下去。汤佳渔觉得，呼吸之间尽是他身上沐浴露的味道，很好闻，很干净。她的手插在他的头发间，他刚冲了澡，发尾被水打湿了，连带着她的手心也沾染上了潮意。

04

经过刚才这么一茬，两人睡意全无。汤佳渔靠着床头，拿手机看剧。陈嘉衍为转移注意力，打算玩会儿游戏。游戏开始，他打开队伍的语音，却关掉了自己这边的麦克风。

汤佳渔听到赵晔在问他为什么不开语音，陈嘉衍没理会。

汤佳渔清了清嗓子，问："孟骁在队伍里吗？"

陈嘉衍："在。"

汤佳渔好奇道："他玩得怎么样，技术好吗？听遥遥说，他最近老是找你打游戏。"

陈嘉衍笑了下："还好。"

"和你比呢？"

陈嘉衍如实说："我比他好一些。"

汤佳渔躺了下去："你经常玩游戏吗？"

"没有。"陈嘉衍分了点心思，低头瞥了她一眼，"不要躺着看手机，对眼睛不好。"

汤佳渔开玩笑道："弟弟，你管好多啊。"

陈嘉衍一愣，皱眉："你不喜欢别人管你？"

汤佳渔朝他笑笑，半真半假道："没有，我喜欢你管我。"

两人对视，陈嘉衍咳嗽一声，移开视线，继续手中的游戏。

临近晚饭时，梁吟蓉打来电话，说她和陈启和有饭局就不回来吃饭了，让他们两个人自己热下饭菜。

陈嘉衍和汤佳渔挤在厨房里，陈嘉衍说："我来热饭菜，你去外面看会儿电视。"

汤佳渔应了声"好"，便走出了厨房。

她的手机振动了下，是林驿发来的信息，约她晚上出去玩。

汤佳渔回复道："已经在吃晚饭了，不出去了。"

林驿一通电话打了过来，汤佳渔按了接听键，听到林驿说："几个意思啊？昨晚推了你哥的局，今天还不来，你家那位管得这么严吗？"

"我们已经在吃晚饭了。"

林驿笑着说："那吃完晚饭，带你家那位来见见我？"

"他怕生，不喜欢见生人。"汤佳渔信口胡说。

陈嘉衍端着饭菜出来，看了她一眼，汤佳渔朝他笑了笑。

林驿似乎铁了心要她今晚出去，汤佳渔敷衍道："我等会儿问问他吧。"

她挂了电话，把手机屏幕扣在桌面上。

陈嘉衍拉开椅子坐下，开口道："你朋友找你？"

汤佳渔懒懒地"嗯"了一声。她舀了一勺汤，吹了吹热气："他让我带你去玩，你想去吗？"

陈嘉衍抬眼看她："你想让我去吗？"

"我为什么不想。"汤佳渔愣了下，继而反应过来他这句话是什么意思，她解释道，"我只是怕你不喜欢那种地方。"

"没什么不喜欢的。"陈嘉衍皱了下眉，补充道，"你不要把我想得太好。"

汤佳渔眼睛一亮，故意曲解他话里的意思："哦，那你很坏吗，怎么个坏法？"

陈嘉衍盯着她的眼睛，知道她在逗自己，他淡声道："你以前谈恋爱的时候，也喜欢这样逗你男朋友吗？"

汤佳渔摇摇头："没有，他们很无聊。"

陈嘉衍抿了抿嘴角，想说些什么，最后还是作罢。

吃完晚饭，两人一起收拾了碗筷，便出门了。

出发前，陈嘉衍拿上那箱樱桃，放进了后备厢。

汤佳渔坐在副驾驶座上，给林驿发了一条信息，让他把位置发过来。陈嘉衍绕过车尾，打开驾驶座一侧的车门坐了进来，随手打开了冷气。

汤佳渔低头按着手机，回完林驿的信息，她朝陈嘉衍道："你等会儿要是待不住，我们就走。"

"不会。"

林驿等人今晚在一家清吧玩，是个两层的小楼，地点较为偏僻。林驿他们占了阁楼的位置，看见汤佳渔和陈嘉衍进门，林驿便倚着栏杆，冲他们吹了声口哨。

汤佳渔和陈嘉衍两人走上旋转楼梯，林驿起身，给陈嘉衍递了支烟："嗨，哥们儿，林驿。"

汤佳渔原本想说陈嘉衍不抽烟，但陈嘉衍已经接过林驿递来的烟，她顿了一下，没多说什么。

陈嘉衍握住林驿的手，回道："陈嘉衍。"

林驿手里夹着烟，客套了一句："这个名字好听。"

陈嘉衍只是微微笑了下。

汤佳渔开口道："别说这些场面话了。"

林驿哂笑一声，对着陈嘉衍道："看来佳渔很在乎你，毕竟我以前找她出来玩，她才不会管男朋友同不同意。"

陈嘉衍转头去看汤佳渔，两人视线交汇，汤佳渔勾了下嘴角，慢悠悠道："我确实很喜欢他。"

林驿吐了口烟，笑骂道："汤佳渔，你能别恶心人吗？"

汤佳渔没回应，只笑吟吟地开口道："我不想抽二手烟。"

“你什么时候毛病这么多了。”林驿愤愤地掐了烟，余光瞥见陈嘉衍手上的烟压根儿没点燃，他会心一笑，“你不抽烟啊？”

陈嘉衍喝了口水，点点头：“不抽。”

林驿叹了口气：“汤佳渔找的男朋友里，就没见过不抽烟的，真是改了性了。”

陈嘉衍没说话。

汤佳渔和陈嘉衍坐了半个小时，其间，林驿去上洗手间，汤佳渔探身靠近陈嘉衍，轻声问道：“要走吗？”

陈嘉衍手上把玩着那支烟，抬头看她：“你想走吗？”

“我怕你觉得无聊。”

他轻轻摇了下头：“不会。”

汤佳渔仔细地看了他几眼，见他脸色没有半点不适，便放下心来。她拿起杯子喝了口酒，台上的歌手在唱一首英文歌，声音低缓动听。

汤佳渔抬手把头发往后捋，望向他：“你会唱歌吗？”

“会一点儿。”

汤佳渔耸了耸肩：“我唱歌很难听。”

陈嘉衍眼里隐隐浮现出笑意：“真的？”

“对啊。”汤佳渔说，“以后有机会的话，你也许能听到，可能会把你吓跑。”

“不会。”

汤佳渔没反应过来：“什么不会？”

陈嘉衍缓缓道：“不会被吓跑。”

第六章 明知做戏

01

汤佳渔眼里亮晶晶的，她目光灼灼地盯着他：“陈嘉衍，你怎么这么会哄人啊？”

陈嘉衍低声道：“不是哄你。”

汤佳渔嘴角一弯：“那你可不要骗我。”

“不会骗你。”

林驿上完洗手间回来，刚坐下就接了个电话，是他的某个狐朋狗友打来的，约他去烧烤店吃夜宵。他挂了电话，问他们两人要不要一起去。

汤佳渔推说自己要减肥，就不去了。

林驿没强求，朝陈嘉衍笑了笑，道：“以后约着一块儿打球。”

陈嘉衍点头，回答说：“好。”

林驿结完账走了，汤佳渔却不急着离开，她看向陈嘉衍，道：“再坐一会儿，把这首歌听完？”

陈嘉衍应声：“好。”

楼下的驻唱歌手在唱一首吴雨霏的《明知做戏》。

等你的汽水喝一半，给你加片薄冰

等你的桌面满泻，我总会打理重整

不想纯情，不够聪明

你未发现我的身影

两人听完这首歌，起身走下旋转楼梯。陈嘉衍的车停得不远，也就距离清吧一百米左右。

出了电梯，汤佳渔极为自然地握住了陈嘉衍的手。陈嘉衍愣了片刻，汤佳渔瞥见他的反应，说：“你不想牵我吗？”

陈嘉衍摇头：“没有。”

他攥了攥她的手，两人沿着街边步行到停车的地方。身边经过的大多数是年轻情侣，有的像他们这样互相牵着手，也有女生挽着男生的胳膊。

沿街琳琅满目的店铺中有一家奶茶店，陈嘉衍偏头看她：“要喝奶茶吗？”

汤佳渔摇头：“不要，回去吧。”

两人上了车，陈嘉衍打开一瓶矿泉水，递给她，问：“你有喝醉吗？”

因为陈嘉衍要开车，所以他今晚压根儿没碰酒，倒是汤佳渔喝了一杯玛格丽特。

闻言，汤佳渔朝他笑了笑：“要是喝醉了呢，你晚上要留下来照顾我吗？”

陈嘉衍一只手扶着方向盘：“你想我留下来，我就留下来。”

汤佳渔顺势道：“好，那你晚上留下来。”

两人回到家里，汤佳渔问他：“你想洗个澡吗？我这里有男士的睡衣。”

陈嘉衍垂眼盯着她，神情微变。

汤佳渔笑着解释：“我上次去商场买睡衣，看中的那套是情侣款，必须两套一起买。我很喜欢这套睡衣，便一起买了，没人穿过。”

陈嘉衍神色微缓，汤佳渔柔声问：“你以为是别人的衣服吗？”

“没。”

汤佳渔才不相信，但她也不会追着逼问，她话锋一转：“我去给你拿睡衣，你帮我洗点樱桃可以吗？我想吃一点儿。”

陈嘉衍点头。

汤佳渔回到房间，打开衣柜，拿出那套睡衣。幸好上次买回来后，她已经下水洗过一次。

把睡衣放在床尾，汤佳渔走出卧室。陈嘉衍已经洗好了樱桃，装在一只玻璃碗里。

汤佳渔走过去，拿了颗放在嘴里：“挺甜的。”

她靠在吧台上吃着樱桃，含糊道：“睡衣放在床上了，卫生间的柜子里有新的浴巾，你打开就可以看到。”

陈嘉衍去洗澡的时候，汤佳渔坐在高脚椅上，一边看手机，一边慢慢地吃着那份樱桃。

丁遥发来信息，问她和陈嘉衍怎么样了。

汤佳渔吃完最后一颗樱桃，给她回消息：“哄好了。”

丁遥：“陈弟弟真是好脾气。”

汤佳渔看了一眼卧室，卫生间的门关着，透出一点光亮，她想，他脾气确实挺好的。

丁遥：“我晚上来跟你睡吧。”

汤佳渔一眼看穿，问道：“和孟骁吵架了？”

丁遥：“别提他。”

汤佳渔弯了弯嘴角：“可我晚上不太方便。”

丁遥：“什么意思，你屋里有男人？”

汤佳渔：“嗯。”

丁遥：“别告诉我这个男人是陈弟弟。”

汤佳渔：“是他。”

丁遥：“就没有你撩不到的男的吗？”

卫生间的门被打开了，汤佳渔扭头看去，陈嘉衍身上穿的是她买的睡衣，深灰色的低V领短袖，领口和袖子有一圈白边，下身是宽松款的短裤，倒还挺适合他的。他应该是擦完了头发才出来的，此刻发丝服帖，搭在眉眼间，看起来格外乖。

汤佳渔问道：“是要吹风机吗？”

陈嘉衍：“对。”

“我给你拿。”

汤佳渔上回洗头，把吹风机放在了客厅的电视机柜里。她起身，拉开抽屉，把吹风机递给他。

陈嘉衍拿了吹风机，没多说什么，又回到卫生间去吹头发。

汤佳渔失笑，拿起刚才装樱桃的玻璃碗，稍微清洗了下，放回橱柜。她走进卧室，陈嘉衍刚好吹完头发。

她说：“我去洗澡了，你可以躺在床上玩会儿手机。”

“嗯。”

02

第二天早晨，阳光透过窗帘缝照到眼皮上，汤佳渔睁开眼睛，趿拉上拖鞋，去卫生间洗漱，洗手台上放着一把蓝色的牙刷，估计是他早上去买的。

陈嘉衍的脚步声在卧室响起，汤佳渔转头：“你早上去买牙刷了？”

“嗯。”陈嘉衍说，“出来吃早餐。”

“你做的吗？”

陈嘉衍一顿：“去楼下的早点铺买的。”

汤佳渔“嗯”了一声，拿过挂在墙上的毛巾，擦干脸上的水珠，走出卧室。

餐桌上摆着几个一次性塑料盒，里面装着虾饺、油条，旁边还有两杯豆浆。

汤佳渔问：“是陈记那家的早点吗？”

陈嘉衍靠着椅子：“我看那家店生意比较好。”

“是挺好的，毕竟是开了二十几年的老店。”汤佳渔随口道，“我爸爸还在的时候，就开着了。”

她话音落下，神色有些微妙地变化了下。

陈嘉衍瞥见她的反应，没有多说什么。

汤佳渔拉开椅子坐下，拿起豆浆喝了口，问：“你等会儿要回去吗？”

陈嘉衍说：“要把论文发给导师。”

汤佳渔点点头，夹了一个虾饺送到嘴里。她放在桌上的手机响了起来，汤佳渔按了接听键，是梁吟蓉打来的：“外婆今天会来市里，你明天带她去医院复查一下，她说这两天小腹有点痛。”

梅溪有肝囊肿的毛病，原本是每年复查一次，前年梁吟蓉带梅溪去复查，结果显示囊肿有变大的趋势，医生建议半年复查一次。这次距离上次检查，也刚好半年。

有关于梅溪的事，汤佳渔向来不会跟梁吟蓉作对，她应道：“好。”

吃完早饭，陈嘉衍便开车回去了。

梅溪是下午两点到的，汤佳渔将她接到了自己这里。梁吟蓉已经和医院打过招呼，明天她们可以直接去检查。

临近晚饭的点，汤佳渔要点外卖，梅溪嫌弃外卖不干净，说要自己下厨。没想到打开冰箱，发现冰箱里的食材甚少，梅溪无奈，只能用现有的食材做了两碗打卤面。

吃完晚饭后，汤佳渔主动要求洗碗，梅溪说：“你洗不干净，还是放着外婆来洗。”

汤佳渔："您身体不舒服，我来洗就好。又不是小时候，我总不能还是衣来伸手，饭来张口吧。"

梅溪笑了笑，没再拒绝。

汤佳渔把碗筷放进水池，用下巴指了指冰箱旁边放着的泡沫箱："外婆，您要吃樱桃吗？冰箱旁边的泡沫箱里有，您洗一点儿吃。"

梅溪蹲下身子，打开泡沫箱："你买这么多，能吃完吗？"

汤佳渔回答："陈叔叔给的。"

梅溪："你陈叔叔人挺好相处的吧？"

"是挺好的。"汤佳渔关了水龙头。

汤佳渔洗完碗，又洗了点樱桃，同梅溪在客厅看了会儿电视。梅溪喜欢听戏剧，年轻的时候，她在戏剧团工作，退休后平常在家里也爱看这类节目，偶尔兴致来了，还会唱上几句。

汤佳渔对这些不太感兴趣，她一边玩着手机，一边同梅溪随口聊上几句。

过了晚上九点，梅溪关了电视，去客卧休息了。

汤佳渔回到卧室，点开与陈嘉衍的聊天框，打字："你在干吗？"

隔了两分钟，他回复："刚洗完澡。"

汤佳渔拿着手机，想了想，给他发了一句："这两天我得陪我外婆，就不能找你了。"

陈嘉衍："好。

隔天，汤佳渔带梅溪去医院检查。

几天后，报告出来了，情况不太乐观——梅溪的囊肿过大，需要进行手术治疗。

汤佳渔当机立断给梅溪办理了住院手续，又预约了手术时间，忙得焦头烂额，估计要到梅溪做了手术后，她才闲得下来。其间，陈嘉衍跟着陈启和来看过梅溪一次，碍于长辈在场，两人也没说上几句话。

接下来的两周，汤佳渔都待在医院里。

梅溪出院那天，陈启和同梁吟蓉一起来办出院手续，倒是没见到陈嘉衍。

办完出院手续，陈启和说让梅溪去御苑小区住两天，梁吟蓉也在一旁劝说。盛情难却，梅溪只好答应了下来。

开车回去的路上，陈启和道："佳渔，你也陪你外婆在这边住几天吧。"

汤佳渔点头说："好。"

一行人回到家，吴阿姨正在厨房准备午饭。

梅溪准备回房间躺会儿，汤佳渔扶着她上楼，刚好碰见从房间出来的陈嘉衍。

陈嘉衍脚下一顿，目光在她脸上停留了片刻，然后朝着梅溪颔首："外婆。"

梅溪笑着回应。

汤佳渔瞥见这一幕，觉得有点熟悉，莫名想笑，好像回到了他办谢师宴那天，他手里拿着酒杯四处周旋，到她和外婆这一桌时，他只是同外婆碰了下杯子，叫了声"外婆"。

汤佳渔一时兴起，佯怒道："你怎么不跟我打招呼？"

梅溪见状，拍了下汤佳渔的胳膊："你这孩子，别逗嘉衍了。"

陈嘉衍手插在口袋里，偏过头看了她一眼。

晚上，梁吟蓉亲自下厨，做了几道清淡的家常菜，陈启和也早早回来，同他们一块儿吃晚饭。

汤佳渔坐在陈嘉衍旁边的空位上，陈嘉衍转头看她，她故意压低声音问："不能坐这里吗？"

他神色自若地回过头去，说："可以。"

两人在餐桌上就说了这么一句话。

汤佳渔中午陪梅溪睡了一觉，直到凌晨都未能入睡。夜里一点，她掀开被子，拿过床头柜上的手机，轻手轻脚地打开门。

出了卧室，汤佳渔给陈嘉衍发了条信息："来楼下。"

这个时间点，也不知道他睡着了没，但汤佳渔隐隐有一种预感，陈嘉衍还没睡。

客厅一片漆黑，厨房透着点光亮。陈嘉衍走了进去，见汤佳渔正低着头看手机。听到脚步声，她抬头："我以为你睡着了。"

陈嘉衍摇了下头："还没睡。"

汤佳渔朝他笑了笑，明知故问："你是在等我联系你吗？"

陈嘉衍"嗯"了一声。

汤佳渔没料到他这样实诚，主动去牵他的手："是不是我不主动给你发消息，你也不会给我发，还是你这几天有别人了？"

陈嘉衍很轻地皱了下眉，回答了她的第二个问题："只有你一个。"

03

汤佳渔弯了下唇："我开玩笑的。"

她打开冰箱，若无其事地问他："你要喝点牛奶吗？听说睡不着的时候，喝点牛奶比较有用。"

陈嘉衍不太喜欢喝牛奶，他低头看着她，摇摇头说："不用。"

汤佳渔回头看他："不喜欢？"

"不喜欢。"

汤佳渔轻轻地"嗯"了一声，自顾自地打开瓶装的牛奶盖子，又拿了个玻璃杯。

陈嘉衍就靠着料理台，看着她不紧不慢地喝完牛奶，把玻璃杯冲洗干净，抬头看着他说要回房间。陈嘉衍盯着她的眼睛，捉过她的手腕，把她推靠到冰箱门上。他正要低头含住她的唇，汤佳渔偏过头，躲开了他的吻，轻声提醒："家里还有人呢。"

陈嘉衍顿了片刻，问："你担心？"

她摇头。

陈嘉衍垂眸看了她两秒。她眼睛里慢慢浮起一层笑意，确定她并不排斥这个吻，陈嘉衍一只手握住她的手腕，另一只手垫在她的后脑勺上，以防她撞上坚硬的冰箱门，随后，他不由分说地低头吻住了她。

汤佳渔喉头溢出一声轻笑，双手缠上他的脖子，很快便开始热情地回应他。

她口腔里醇厚的鲜牛奶的味道，在这一瞬间似乎变得也没那么难以接受。陈嘉衍在她温热的口腔里肆意掠夺，最后重重地咬了下她的唇，她不满地"嗯"了一声。

两人两周没见面，陈嘉衍这个吻有点强势，汤佳渔不由得想，他也不像他这两周表现的那样清冷。

等他亲完，汤佳渔原本随意扎成一把的马尾，这时已脱离了发绳的束缚，凌乱地散在肩膀上。她脑袋后仰，靠在他手心，看着陈嘉衍的眼睛问："你这几天为什么不给我发信息？"

她的嘴唇因为刚才的亲吻变得红艳又水润，陈嘉衍目光锁在上头，忍不住又俯身亲了亲，低声道："你不是在忙吗？"

汤佳渔微微蹙眉，理解了这话的意思："所以你是怕打扰我吗？"

"嗯。"

汤佳渔笑道："我还是喜欢你主动点儿。"

"好，我知道了。"

"我发绳掉了，你帮我一起找一下。"

陈嘉衍打开厨房的大灯，四处扫了一眼，捡起落在料理台旁边的发绳递给她。汤佳渔接过，却没扎起来，直接套到手腕上。她似是想起了什么，问道："我那次借用你的卫生间洗澡时，是不是也落了条发绳在你那里？"

陈嘉衍点头。

“那你怎么不还我？”

陈嘉衍迟疑片刻，淡淡道：“忘了。”

汤佳渔“哦”了一声，不疑有他，说：“我先上楼，你等会儿再上去。”

陈嘉衍看了她一眼，应道：“嗯。”

汤佳渔上了楼，推开客房的门。

梅溪睡眠浅，似乎被她开门的动静吵醒，睁开眼睛看了她一眼，声音含糊地问道：“怎么还不睡？”

汤佳渔压低声音：“睡不着，去楼下倒了点牛奶喝。”

“快睡吧。”梅溪说，“都几点了。”

汤佳渔掀开被子躺下，听到门外传来脚步声，应该是陈嘉衍上楼了。她刚闭上眼，放在枕头边的手机屏幕亮了下，她转头见梅溪已经又睡着了，这才拿过手机，躲在被窝里解锁了屏幕。

微信上是来自陈嘉衍的信息：“晚安。”

汤佳渔抿唇笑了下，大概是她刚才说的那句话的缘故，她给他回：“晚安。”

或许牛奶真的有助眠的效果，汤佳渔回完陈嘉衍的信息，很快就睡着，一夜无梦到天亮。

梅溪在御苑小区住了四天，便准备回小镇。那天刚好梁吟蓉要出差，所以她让陈嘉衍开车送梅溪回去。

汤佳渔陪着梅溪坐在后座。

陈嘉衍开车很稳，即便遇到随意变道的车，他也没说什么，只是微微皱了下眉头。

开了三个小时的车，三人才到达目的地。

梅溪留两人吃午饭，陈嘉衍没有推辞。

走了将近一个月，冰箱里的食材匮乏，梅溪拿出冷冻的馄饨，打算简单地煮三碗馄饨。

汤佳渔偏头看向陈嘉衍，问："要去我以前的房间看看吗？"

陈嘉衍点了点头，跟在她身后，走进了她的卧室。

汤佳渔的房间不大，家具简单，左边摆着一张单人床，右边靠墙放着一张书桌和一个衣柜，墙上还贴着她小时候获得的奖状。陈嘉衍站在书桌前，拿起桌上放着的相框，里头是她的单人照，看起来像是演出照，穿着红色的吊带裙，眉心有一个红点。

汤佳渔看了一眼，道："这是我七岁那年拍的，好像是六一儿童节表演的时候，我爸给我拍的。"

陈嘉衍扬了下眉梢，笑了笑，说："很可爱。"

"是吗？"汤佳渔说，"不是哄我的？"

"不是。"陈嘉衍望着她，"你不觉得你小时候可爱？"

汤佳渔莞尔："大概是你情人眼里出西施吧，我小时候脾气很不好。"

陈嘉衍："看不出来。"

楼下传来梅溪喊两人吃饭的声音，汤佳渔答应了一声，两人一前一后下了楼。

吃完午饭，汤佳渔和陈嘉衍又坐了会儿，直到下午两点才回去。

车子开出一段路，陈嘉衍放在中控台上的手机响了起来，汤佳渔下意识地瞥了一眼，来电显示"童小斐"三个字。

正巧遇到红灯，陈嘉衍缓缓踩下刹车，戴上耳机，按了接听键。没过一会儿，就听他淡声道："我不去。"

那端不知道说了些什么，陈嘉衍直接道："我在开车，先不说了。"

挂了电话，见汤佳渔看着自己，陈嘉衍清了清嗓子，解释道："童小斐找我去听演唱会。"

汤佳渔好奇道："今天有哪个歌手开演唱会吗？"

陈嘉衍说了个人名，汤佳渔感觉有点耳熟。

陈嘉衍侧过头，看她一眼："你想去听吗？"

汤佳渔摇摇头："我不是很喜欢他的歌。"

红灯转绿，陈嘉衍两只手握着方向盘，目视前方，低声说：“我知道了。”

汤佳渔笑着问：“你知道什么？”

他认真道：“以后不会带你去听他的演唱会。”

车子开到中途，汤佳渔有点犯困，她靠着椅背闭上眼。陈嘉衍侧头看了看她，阳光照在她的眼皮上，她似乎不太舒服，一直皱着眉。陈嘉衍伸手翻下遮阳板，她紧蹙的眉头才舒展开。

汤佳渔这一路睡得安稳，直到车子在她小区楼下停了好一会儿，她才醒过来，驾驶座上的陈嘉衍此时正低头看着手机。

汤佳渔出声：“你怎么不叫醒我？”

“看你好像睡得很舒服的样子。”

她睡着的时候，脸一直压着安全带，这会儿脸上浮现出红色的印子。

陈嘉衍忽然伸手过来，摸了摸她左边脸颊的红印。汤佳渔愣了愣：“我脸上有东西吗？”

“有印子。”

汤佳渔探身，去照车里的内视镜，果然看见左边脸颊上有安全带压出的红痕，宽宽的一条。

汤佳渔伸手抚了抚：“好丑。”

陈嘉衍笑了一下：“不会。”

汤佳渔辩驳：“你就是对我有滤镜。”

陈嘉衍反问：“不好吗？”

“当然好啊。”汤佳渔没有多想，脱口而出，“你最好一辈子都对我有滤镜。”

陈嘉衍愣了两秒，看了看她，没有多说什么。

两人下车，陈嘉衍锁了车，把钥匙放到兜里，过来牵她的手。汤佳渔握着他的手，紧了又松，见他低头看她，目露困惑，她紧紧地盯着他：“你今天有点奇怪。”

陈嘉衍镇定自若地回答："你不是希望我主动一点吗？"

汤佳渔踮起脚亲了亲他的嘴角，道："这么听话的吗？"

陈嘉衍觑了她两眼，拿手指轻抚了下嘴角："听话不好吗？"

"好啊。"

回到家，陈嘉衍换上拖鞋，看到阳台上晾晒着他那天穿的睡衣。

汤佳渔顺着他的目光看去，说："那天你走了后，我就拿去洗了，想着你下次来还能穿。"只是没想到梅溪体检出了问题，一耽搁就是大半个月。

汤佳渔去阳台收衣服："我们晚上点外卖吃吗？"

"你想吃我做的东西吗？"

"你不累吗？"汤佳渔抱着衣服进了客厅，"今天开了六个小时的车。"

"不累。"陈嘉衍说，"你想吃什么？"

汤佳渔思索片刻："牛排吧。"

陈嘉衍在手机上下了单，半个小时后食材送到，他捋起袖子去了厨房。

做完晚餐，已经将近晚上八点。汤佳渔开了一瓶红酒，两人浅酌了一杯。吃完牛排，汤佳渔原本要去洗碗，陈嘉衍说他来洗，汤佳渔脱口道："当你的女朋友一定很幸福。"

陈嘉衍收拾碗筷的动作一顿，没有说话。

汤佳渔自知失言，默默走开，去了卫生间。

陈嘉衍从厨房出来，听见汤佳渔放在客厅的手机响了起来。他没去碰，却不想没过一会儿手机又响了起来，他想了想，扬声告诉汤佳渔有人给她打电话。

卫生间传来正在洗头发的汤佳渔的声音："你帮我接一下。"

陈嘉衍打开她的包，拿出手机，来电显示"谭绪"两个字。陈嘉衍皱眉，按下接听键，那边传来男人醉醺醺的声音："佳渔，宝贝儿，我们复合吧。和你分手的这一年，我也不好过……”

汤佳渔从卫生间出来，就见陈嘉衍靠着沙发，正看着手机发呆。

汤佳渔问：“谁的电话？”

陈嘉衍回神，他把手机揣回兜里，声音不冷不热，道：“谭绪。”

他的神色不太对劲，汤佳渔隐隐猜到了点什么：“他说什么了？”

陈嘉衍喉咙发涩，只道：“他喝醉了。”

04

手机“叮叮咚咚”地响起来，是微信的信息提示音。

汤佳渔拿过手机，是谭绪给她发了一大串信息。汤佳渔蹙眉，大概能猜到陈嘉衍接的那通电话里谭绪说了什么。

陈嘉衍别开眼，坐到沙发上，拿起茶几上的玻璃杯喝了口水。

汤佳渔挨着他坐下，轻声解释道：“他是我前男友，我们分手一年多了，我也不知道他今晚为什么会打来电话，你生气了吗？”

陈嘉衍摇头：“没有。”

汤佳渔视线落到他的脸上，看出他情绪不太高，她准备再说点好听的话哄哄他。他忽然伸手摸了下她披在肩头的半干不干的发尾，淡声道：“你先把头发吹干。”

汤佳渔犹豫片刻，“嗯”了一声，起身回到卫生间吹头发。

陈嘉衍看了一眼她回房间的背影，又去看放在茶几上的手机。

汤佳渔吹干头发走出卧室时，陈嘉衍正站在阳台上接电话。他背对着她，汤佳渔走近，他似乎听到声音，偏过头来看了她一眼。

汤佳渔笑了下，走到他身边，从背后搂着他的腰。他身体一僵，随即又放松下来。陈嘉衍低头，看着搭在他腰间的手，她的手很小，指节纤细，他伸手覆在她的手背上。

两人就维持着这个姿势，直到陈嘉衍讲完这通电话。

汤佳渔的脸贴着他的后背，瓮声瓮气地开口：“谁的电话？”

“我导师。”陈嘉衍说，“告诉我论文需要修改的地方。”

汤佳渔话锋一转，用哄小孩的口吻道：“我把他删了，好不好？”

陈嘉衍一顿，隔了两秒才说：“不用。”

“可你不是在生气吗？”汤佳渔口吻笃定，“不要说没有，我不相信。”

陈嘉衍皱着眉：“我没有生气。”

“那你不高兴了，不是吗？”

陈嘉衍拿开她搭在他腰间的手，转身低头盯着她的眼睛，如实道：“一开始确实有点不大舒服，但现在好了。”

汤佳渔仔细看了他两眼，确定他真的没有生气后，她亲了亲他的嘴角：“他已经有女朋友了，今晚大概是喝醉了，才会找我说那些话。”

陈嘉衍轻轻地“嗯”了一声。

汤佳渔拿出手机，给谭绪发了条信息，大意是让他以后喝醉了别找她发酒疯。当初在一起时，两人经常吵架，谭绪总要喝酒后才醉醺醺地同她认错服软。他是个心气很高的人，轻易不会低头。后来两人吵得多了，自然也就分手了。

汤佳渔倒是没想到谭绪今晚会给她打电话，还阴差阳错地被陈嘉衍接了。虽然他面上说不生气，但汤佳渔看得出来，他多少还是有点不高兴。

汤佳渔打开手机，漫无目的地刷着朋友圈，看到赵晔发了演唱会视频，她开口打破沉默：“赵晔他们好像也去听演唱会了，他刚才发了朋友圈。”

“是吗？”

汤佳渔把手机递给他：“你看。”

陈嘉衍瞥了一眼，继而他的视线落在她的身上。

汤佳渔注意到他的目光，轻声开口：“好看吗？”

陈嘉衍点头。

汤佳渔正要问他反应怎么这么平静。陈嘉衍已经低下头吻住了她的唇，他的手指落在她的后颈上，轻轻捏了捏。汤佳渔觉得他触碰过的地方仿佛有电流窜过，她抬手搂住他的脖颈，惫懒道：“我想抽支烟。”

陈嘉衍低头看她，汤佳渔睁开眼，问：“你介意吗？”

陈嘉衍摇头。

于是汤佳渔趴在床上，探手去拿抽屉里的烟，动作间露出一片白皙的脊背。她很瘦，背后的蝴蝶骨因为她的动作，清晰可见。

汤佳渔打开烟盒，拿出一支烟，刚送到嘴里，便听到陈嘉衍语气平静道：“你什么时候开始抽烟的？”

“几年前。”汤佳渔朝他笑了笑，“我以前读书的时候，就是那种成绩不好的坏学生。”

陈嘉衍皱了下眉，说：“你很好。”

汤佳渔嘴角微弯，最后还是把烟放回烟盒里，陈嘉衍看着她：“怎么不抽了？”

汤佳渔揶揄他：“怕带坏好学生。”

陈嘉衍没出声，看了她一眼，握着她的手松了又紧，最后说：“不过你还是少抽点烟。”

汤佳渔乖乖应了声“好”。

次日早上，汤佳渔拉开抽屉，拿出还剩下半包的烟，将之扔入垃圾桶里。

陈嘉衍从卫生间出来，刚好瞧见这一幕，疑惑地问：“怎么扔了？”

汤佳渔回头看他，挑着眉：“你不是让我少抽点嘛，怎么样，我是不是很听话？”

陈嘉衍垂下眼帘，盯着她的脸看了片刻，然后笑了下，克制地亲了亲她的嘴唇，低低地“嗯”了一声。

冰箱里东西不多，陈嘉衍把剩下的半包吐司拿了出来，又拿了两个鸡蛋、一颗番茄和几片生菜，打算简单地做个三明治。

汤佳渔打开电视。

自从父亲去世后，这个家里再也没有过这种温馨的感觉，汤佳渔很享受和陈嘉衍在一起的时间。手机屏幕亮了下，她的室友舒圆圆发来信息，问她打算什么时候回学校。

眼看暑假已经过了大半，大概还有一周的时间，汤佳渔便得出发回苏城。汤佳渔给舒圆圆回了条信息，又转头去看陈嘉衍："你们什么时候开学？"

陈嘉衍把煎好的鸡蛋放在餐盘里备用："五号开学。"

"我们也差不多。"汤佳渔缓缓道，"那到时候我们就得异地了。"

闻言，陈嘉衍切西红柿的动作微顿，他转头："我到时候会去看你。"

"不要骗我。"

他语气认真："不会。"

汤佳渔笑了笑："童小斐和你是不是一个学校的？"

"不是。"陈嘉衍解释了一句，"她也在苏城上大学。"

汤佳渔开玩笑："我以为她会跟你上一个大学，电视剧里不都是这么演的吗？为了自己喜欢的人，努力考到同一所学校什么的。"

童小斐倒是想和陈嘉衍考同一所大学，但她本身不是学习的料，尽管最后一年努力补习了，但高考成绩出来后，也只超过本科线三十分。曼城的大学，基本是名校，录取分数线都不低，童小斐最后只能选择了苏城的一所私立学院。

陈嘉衍解释了一句："她高考的分数不太理想。"

汤佳渔："你读高中时也很受欢迎吧？"

"没有。"

汤佳渔帮忙端过料理台上装着三明治的餐盘，随口道："怎么会，我要是和你一所高中，肯定会追你的。"

陈嘉衍看她一眼，没有接话。

第七章 恋爱

01

两人吃完早餐，汤佳渔同陈嘉衍一块儿收拾碗筷。不过她基本就是在旁边玩，陈嘉衍洗完碗后，汤佳渔拿手碰了下他的脖子：“你这儿有吻痕，要遮一下吗？”

她的手刚冲过水，落在他的脖子上，有点凉凉的。陈嘉衍关了水龙头，抽了两张纸巾擦手：“不用。”

汤佳渔又拿手摸了摸：“会痛吗？”

陈嘉衍握住她的手，低声道：“不会，你不要乱摸。”

汤佳渔盯着他：“那我下次注意点儿。”

“不用。”

汤佳渔勾了下嘴角，好整以暇道：“不用什么？”

陈嘉衍看她一眼，知道她在装糊涂，他清了下嗓子，有些不太自然地说：“不用注意，你想吻哪里都可以。”

“你不怕别人问你，这吻痕是谁弄的？”汤佳渔饶有兴致道。

陈嘉衍：“不会有人问。”

汤佳渔还要说什么，门铃响了，两人下意识地看向门口。

汤佳渔说："我去开门。"

陈嘉衍点头。

汤佳渔打开门，门口站着的是丁遥，她疑惑地问："你怎么来了？"

丁遥举了举手中的外卖："来找你一块儿吃早点呗。"

汤佳渔拉开门，把丁遥让了进来："我已经吃过了。"

丁遥刚换上拖鞋，就看见从厨房出来的陈嘉衍，她看了看汤佳渔，意思是我来得不是时候？

陈嘉衍神色从容地打了声招呼："丁遥姐。"

丁遥朝陈嘉衍露了个笑脸，干巴巴地问了句："我是不是来得不是时候？"

见状，汤佳渔把外卖放在餐桌上，开玩笑道："能别调戏我的人吗？"

陈嘉衍转头看她一眼。

丁遥笑嘻嘻道："不敢。"

陈嘉衍拿了手机，跟汤佳渔说："我先回去了。"

汤佳渔玩着他的衣服袖口，说："要我送你下去吗？"

"不用，你陪着丁遥姐就行。"

汤佳渔扭头看了一眼丁遥，丁遥正在看手机，没有注意这边，她倾身向前亲了亲他的下颌，嘱咐道："开车小心。"

陈嘉衍低头看她，应了一声："好。"

陈嘉衍开门出去，汤佳渔站在玄关处目送他。

丁遥坐在餐桌边，一边刷着手机，一边喝着咖啡，笑吟吟道："你俩看起来跟谈恋爱没两样。"

汤佳渔一愣，回头道："其实和他在一起还挺不错的。"

"那你把人家转正呗。"丁遥咬了口可颂。

汤佳渔半真半假道："可能他以前就暗恋我了吧。"

丁遥说："不是吧，你们不是没见过几次面？"

汤佳渔见丁遥当真了，关上门往回走，边摇头边道：“我乱说的。除了他举办谢师宴那天在我外婆家住了一宿，这次我腿受伤，我们才第二次见面。他怎么可能暗恋我，总不能是对我一见钟情吧。”

丁遥挑眉：“也不是没可能。”

汤佳渔没把这话放在心上，又想起另一件事：“不过倒是真的挺奇怪的，其实这几年他和他爸爸都会去我外婆家拜年，可我们硬是一面都没碰上。”

丁遥不以为意：“这有什么，那时候你们的缘分还没到呗。”

两人没继续这个话题，汤佳渔从纸袋里拿出另一杯咖啡：“你一大早找我干吗，不会又是和孟骁吵架了吧？”

“没有，就是来找你一块儿吃早饭啊。”

汤佳渔没有追问，丁遥又说：“你们学校什么时候开学？”

“下周。”

“那你和陈弟弟不是要异地了？”丁遥说。

汤佳渔反应平静：“嗯。”

“你就不担心？”

汤佳渔一笑：“他说会去看我。”

丁遥手机屏幕亮了下，她拿过来看了一眼，又看向汤佳渔：“你是把谭绪拉黑了吗？他怎么发微信来问我，你是不是拉黑他了？”

汤佳渔听到这个名字就觉得烦，语气冷淡道：“你别理他。”

“他又怎么招你了？”丁遥来了兴致，“谭绪不是已经有女朋友了？”

汤佳渔轻描淡写地解释道：“他昨晚喝醉了，给我打电话说了些胡话，我在卫生间，就让陈嘉衍接了。”

丁遥看热闹不嫌事大，捂着嘴笑：“那陈弟弟没生气？”

“他说没有，但我看得出来，他其实有点生气。”汤佳渔叹了口气，想起昨晚陈嘉衍的样子，“不过他的脾气真挺好的。”

“能不好吗？一看就是个很有教养的人。”丁遥又说，“你不是不喜欢别人接你电话，怎么让他接了？”

“不知道。”汤佳渔说，“当时也没多想，就让他接了。”

陈嘉衍晚间同赵晔打篮球，打了半个小时后，两人中场休息。

赵晔眼尖，瞧见陈嘉衍脖子上的那个暧昧的红痕，他抬手揽着陈嘉衍的肩膀，打趣道：“嘉衍，你脖子上的那个痕迹是怎么回事，吻痕还是蚊子咬的包？”

陈嘉衍拿走赵晔搭在他肩膀上的手，随口道：“蚊子咬的包。”

赵晔也是经过事的人，蚊子咬的包和吻痕还是辨别得出来的。他喝了口水，直接坐在台阶上：“哥，你当我三岁小孩呢，你最近是不是有喜欢的人了？昨晚童小斐叫你去听演唱会，你也不去，童小斐虽然没说什么，但我看得出来，她还挺失落的。”

“童小斐还让我给你打个电话，问你是不是和佳渔姐在一起呢。”赵晔笑了一声，“你说她怎么想的，佳渔姐不是你姐吗？虽然你们没有血缘关系。”

陈嘉衍拧开矿泉水，灌了几口，没有搭腔。

两人打完球，路过一家便利店，赵晔拐进去买了包烟，陈嘉衍把喝空的矿泉水瓶扔入垃圾桶里。

赵晔拿着烟出来，撕开上面的塑料膜，拿出一支递给陈嘉衍。他知道陈嘉衍不抽烟，只是下意识的动作，却没想到陈嘉衍居然伸手将烟接了过去。

赵晔点上烟，吐了口烟雾：“你不是不抽烟吗？”

陈嘉衍把玩着手上的烟：“试一试。”

赵晔把打火机递给他，陈嘉衍把烟放到嘴里衔着，低头点上火，火光照亮他清俊的眉眼。他吸了一口烟，有些受不了这味道，皱了下眉，把烟掐灭，扔入垃圾桶里。

赵晔见状，捶了他的肩膀一拳："浪费我的烟啊。"

陈嘉衍淡淡道："重新给你买一包。"

赵晔正要说"干吗这么见外"，就听见陈嘉衍的手机铃声响了起来。

陈嘉衍从裤兜里拿出手机，按了接听键，然后贴到耳边。

汤佳渔听到他那边的嘈杂声，问："在外面吗？"

"嗯。"

汤佳渔轻声问："孟骁请客吃夜宵，你要来吗？"

"好。"陈嘉衍说，"不过要等一会儿，我刚打完球，还得回家一趟。"

"嗯，位置发到你微信上了。"

陈嘉衍挂了电话，把手机揣回兜里。

赵晔八卦地问："谁的电话？"

陈嘉衍没回答。

赵晔原本还想多问几句，但他妈打来了电话。赵晔接起，说了两句，便匆匆开车回去了。

这边汤佳渔刚放下手机，丁遥便问："陈弟弟来吗？"

"他刚打完球，要冲个澡再过来。"汤佳渔解释了一句，"我们先点单，等他到的时候就差不多可以吃了。"

孟骁抽着烟，道："直接过来呗，我又不嫌弃他。"

丁遥嫌弃道："你以为陈弟弟跟你一样。第一次带你和佳渔见面，你就刚打完球，一身汗，臭死我们了。"

孟骁没脸没皮道："那你还不是跟我在一起。"

丁遥："那是因为以前只有你一个人追我，如果来一个跟陈弟弟一样性格的，我就要考虑考虑了。"

孟骁没当真，知道丁遥在同他开玩笑，毕竟两人有快八年的感情，不是那么容易就能动摇的。

四十分钟后，陈嘉衍才过来。

临近九月，曼城的天气已经有点转凉了，夜晚的温度偏低，他穿着薄款的黑色卫衣和休闲长裤，手上拎着杯咖啡。

刚才汤佳渔给陈嘉衍发了条信息，让他过来时顺便给她带一杯咖啡。陈嘉衍在汤佳渔旁边的空位坐下，把咖啡递给她。

汤佳渔拆了包装袋，下意识道了声谢。

陈嘉衍侧头看她，汤佳渔对上他的视线，他却一言不发。

汤佳渔靠近，不明所以道："怎么了？"

"你不用跟我这么客气。"

汤佳渔抿唇笑了下："好，我下次不跟你说谢谢了。"

陈嘉衍回答："嗯。"

孟骁给陈嘉衍递了支烟，陈嘉衍摇头："不抽。"

孟骁收了回去，同他聊天："你还在那所中学打球？"

"对。"

孟骁的奶奶有病毒性肝炎乙型，前几天刚去医院做了肝功能检查。孟骁从聊天中得知陈嘉衍是学医的，于是在微信上给他发了孟奶奶的检查单。

陈嘉衍看了看，同孟骁解释了一番，然后说："问题不大，不过饮食习惯还是得注意一下，不要喝酒熬夜。"

陈嘉衍刚讲完，就注意到汤佳渔的目光，他目露困惑，道："怎么了？"

"没有。"汤佳渔撑着下巴，"就觉得你现在这个样子还真挺像个医生的。"

陈嘉衍扬着眉头，轻轻笑了下。

他刚洗了澡，身上的味道很好闻。汤佳渔看了一眼他的后脑勺，他的发尾还有点湿，汤佳渔伸手摸了摸："还有一点没吹干。"

"不想让你等太久。"

汤佳渔笑了下，道："你不洗澡过来也没关系，他们不介意的。

遥遥带孟骁和我见面的时候，他也是打了球就直接过来了。”

“毕竟是你朋友。”

汤佳渔觉得他还有话要说，便静静地等待下文：“嗯？”

他侧过头，看着汤佳渔道：“我不想给他们留下不好的印象。”

汤佳渔微微一愣，良久才喃喃自语了一句：“你怎么这么好啊。”

02

吃完夜宵，已经是晚上十点。

几人出了烧烤店，孟骁说：“说好了我请客，你又去把账结了，下次哥请你。”

陈嘉衍笑了下：“好。”

汤佳渔同丁遥挥手道别，握着陈嘉衍的手往回走。她偏头看了一眼他的脖子，他脖子上的那个吻痕淡了点，但还是可以看得出来。她故意问道：“你和赵晔一起打篮球，赵晔没问你脖子上的吻痕是谁弄的吗？”

“问了。”

汤佳渔饶有兴致地追问道：“那你是怎么说的？”

陈嘉衍低头看她一眼，回答道：“蚊子咬的。”

“你这话也太假了。”汤佳渔说，“赵晔不会相信吧，毕竟是有女朋友的人。”

陈嘉衍“嗯”了一声。

汤佳渔弯唇笑了一下：“你晚上要回去吗？”

陈嘉衍反问：“你想要我回去？”

汤佳渔摇头，又问：“不过你连续两天不回去，陈叔叔不会说什么吗？”

陈嘉衍握了握她的手，解释道：“其实我很少回去，我在曼城还有一套房子，平时我都是住在那里。”

汤佳渔有些意外："都没听你说过。"

陈嘉衍笑了笑，没有回答。

剩下一周的时间里，陈嘉衍基本待在汤佳渔的住处。直到汤佳渔订了前往苏城的机票，两人才结束了这种生活。

陈嘉衍原本打算当天送汤佳渔去机场的，但导师临时找他有事，汤佳渔便自己拦了辆出租车前往机场，却没想到会在机场碰见童小斐。

童小斐见到她，也是一愣，但很快就想起汤佳渔在苏城念研究生的事儿。

童小斐主动打了个招呼，亲热地道："佳渔姐，C大也是这两天开学吗？"

"对。"

"嘉衍没来送你啊。"

汤佳渔笑了下，装糊涂："他为什么要来送我啊？"

童小斐喝着奶茶："毕竟你是他姐姐啊，我以为他不管多忙也会送你一趟。也不知道嘉衍这一周在忙什么，叫他出来玩也不出来，就连他喜欢的歌手许志的演唱会，他也不来听。"

汤佳渔笑笑。

童小斐见汤佳渔没什么反应，便识趣地走开了。

汤佳渔到达苏城时，苏城天气不太好，阴雨蒙蒙，她身上只穿了一件单薄的露肩长袖裙。吹了好一会儿的冷风，汤佳渔才拦到一辆出租车，刚坐上车，陈嘉衍似有感应般就发了信息过来。

陈嘉衍："到了吗？"

汤佳渔："在车上。你喜欢许志的歌？"

陈嘉衍："怎么突然这么问？"

汤佳渔看了一眼窗外，雨滴打在车窗上，溅起一片水花。

汤佳渔：“我刚才在曼城机场碰见了童小斐，她说许志是你喜欢的歌手。”

下一秒，她的手机铃声响了起来，是陈嘉衍打来的电话。汤佳渔按了接听键，她把手机贴到耳边，听到陈嘉衍说：“高中的时候经常听他的歌，现在不怎么听了。”

汤佳渔的声音混在雨声里，含糊地“嗯”了一声。

陈嘉衍听到雨声，微微皱眉：“你那边下雨了？”

“对，还挺大的。”

“你带伞了吗？”

“没有。”汤佳渔逗他，“估计要被淋成落汤鸡了。”

陈嘉衍情绪不太高：“我没在那边，没法儿给你送伞。”

“我和你开玩笑的。”汤佳渔失笑，“等会儿让我室友来接我就行。”

他叮嘱道：“别感冒了。”

“嗯。”汤佳渔听到那边有人叫他，她说，“先挂了。”

“好。”

车子停在C大门口时雨已经停了，苏城的天气就是这样多变。

汤佳渔提着行李箱回到宿舍时，室友舒圆圆已经到了。

她们的宿舍是两人间，舒圆圆一到宿舍，就去浴室洗了个澡。汤佳渔推开宿舍的门时，她刚好披头散发地从浴室出来：“不是说早上就会到吗？”

“碰上飞机延迟了。”

舒圆圆“哦”了一声，拿着吹风机去了阳台吹头发。

汤佳渔把行李箱里带的衣服整理到衣柜里，忙活了半天才得以坐下休息。

手机屏幕上突然显示来了一通电话，是谭绪的号码，汤佳渔迟疑片刻，按了接听键，淡声道：“有事？”

谭绪说："佳渔，你把我从微信黑名单里拉出来吧。我那天是真喝醉了，在和一群人玩游戏。他们让我给前女友打个电话，我那会儿喝多了，也没什么理智，被他们一撺掇，讲话也就没了顾忌。"

自从那天谭绪给她打了一通电话，意外被陈嘉衍接了后，汤佳渔就把谭绪的电话号码删了，微信也拉入了黑名单。此刻听着谭绪的解释，汤佳渔嘲讽道："你也不是三岁小孩，怎么就那么容易听别人的话？"

谭绪"啧"了一声："我这不是喝醉了嘛，你干吗跟一个醉鬼计较。你到苏城了吗？"

"干吗？"

"请你吃饭赔罪呗。"

汤佳渔拒绝："不用。"

谭绪说："见一面呗，顺便帮我跟我女朋友解释一下。"

汤佳渔："再说。"

谭绪还在劝："就这一次，以后不骚扰你了。"

汤佳渔犹豫片刻，还是同意了："明天吧，明天我有时间。"

第二天，汤佳渔打车前往商场。谭绪订了一家烤肉店的位子，已经在微信上把位置发给她了。

汤佳渔赶到的时候，谭绪已经到了，他穿着黑色的衬衣和同色的牛仔裤，正低头看手机。

汤佳渔拉开椅子坐下："你女朋友呢？"

"她还有事儿，晚点过来。"谭绪给她倒了杯水，"看看想吃什么，别跟我客气。"

此时，烤肉店的落地玻璃窗外，童小斐和室友刚走下扶梯，室友问："小斐，你要吃什么？"

"先看看呗。"

童小斐目光四处转了一圈，没想到却看到了个熟悉的身影，她脚步一停。

室友见她没跟上，奇怪地回头看她：“怎么了？碰见熟人了？”

童小斐打开手机摄像头，拍了几张照片。

室友顺着她的视线看去，说：“那女生长得还挺好看的。”

“好看吗？”童小斐撇撇嘴，“我觉得一般啊。”

“怎么会。”室友说，“五官漂亮，气质妩媚，而且她是属于耐看型的，你不觉得吗？”

童小斐觉得室友的描述有些过于夸张了：“就那样吧。吃火锅吗？我请你。”

“怎么这么大方？”

童小斐移开视线，笑道：“心情好呗。”

汤佳渔没注意到玻璃窗外一晃而过的童小斐，她抬头看向谭绪：“你找我究竟有什么事？”

谭绪说：“那天接电话的那个人，是不是来参加你生日会的那个男的？”

汤佳渔不咸不淡道：“和你有什么关系？”

谭绪被汤佳渔刺了下，也不恼火，好脾气道：“怎么说你也是我前女友，你现在有对象了，我也要关心一下不是？”

汤佳渔不领情：“用不着。”

谭绪拿出烟盒，点了支烟：“实话跟你说了吧，我分手了。和别的女生在一起，我总觉得缺了点什么，没有和你在一起时有意思。”

汤佳渔面不改色地道：“我有男朋友了。”

谭绪把烟灰磕在一次性纸杯里，抬头看着她：“你以前不是不喜欢这种乖男孩吗？”

“以前是不知道乖男孩的好啊。”汤佳渔目光落到他的烟上，“至少他不会在跟我吃饭的时候还抽着烟。”

“你介意？”谭绪皱了下眉，“我以前这样的时候，你也没说什么。再说，你自己不是也抽烟？”

汤佳渔冷声道：“我戒了。”

谭绪嗤笑：“现在扮上乖乖女了？汤佳渔，你就不是这种人，你不怕那弟弟到时候知道了不能接受？”

汤佳渔打断道：“那是我和他的事。”

陈嘉衍刚从实验室出来，放在裤兜里的手机就振动了下，他拿出来看了一眼，是童小斐发来的微信。

几张图片过后，她又发了条文字消息：“好巧，我今天和室友出去吃饭，刚好碰见佳渔姐和她男朋友。”

照片上的那个男生有点眼熟，在徐记吃烧烤那天，还有汤佳渔生日那天，陈嘉衍都见过他。

陈嘉衍不自觉地皱起眉，跟他一同出门的许天平见他脸色不太对劲儿，出声道：“怎么，和女朋友吵架了？”

“没有。”陈嘉衍脸色平静下来。

许天平没再多问，只是说道：“何师兄请客，等会儿在西街的大排档吃饭，你去吗？”

“不去了。”

许天平看他情绪不太对，也没多劝。

回宿舍的路上会经过学校的超市，陈嘉衍走进去要了一包烟和一个打火机。他撕开烟盒外层的塑料膜，抽出一支咬到嘴里。

烟丝被点燃，冒出尼古丁的味道，不知道是不是因为心情不太好，这会儿的烟味他又觉得能接受了。

陈嘉衍和汤佳渔再次见面，已经是半个月后的事了。

陈嘉衍订了去苏城的机票，汤佳渔到机场来接他。两人半个月没见，虽然微信上一直聊着天，但彼此间多少还是有些疏离。

汤佳渔听出他的声音不大对劲，关心道：“你感冒了吗？”

陈嘉衍点头，他神色有些疲倦，看起来似乎没休息好。

汤佳渔拉上他外套的拉链：“你可以感冒好了再来，我不着急。”

陈嘉衍喉咙滚了滚，垂眼看她：“我想见你。”

汤佳渔愣了一瞬，接着，她弯了弯眉眼，抬头要去亲他的下颌。

陈嘉衍偏头躲开，他咳嗽了一声，语带提醒：“我还在感冒。”

“没事。”汤佳渔靠近，“我不介意的。”

两人拦了辆出租车，汤佳渔说：“我已经订好酒店了。”

陈嘉衍：“好。”

“你吃药了吗？”

“没有。”陈嘉衍说，“只是小感冒，不吃药也会好的。”

汤佳渔没说什么，等出租车经过一家药店，她往前倾身，拍了拍驾驶座，让司机停一会儿，然后她转头对着陈嘉衍道：“我下去买个东西。”

还未等陈嘉衍回答，她已经推开车门下了车。

陈嘉衍坐在后座，看着她的身影融进夜色里。

司机师傅转头对着陈嘉衍道：“小伙子，你女朋友对你还挺好的。”

03

汤佳渔回到车上，司机偏过头问道：“姑娘，现在可以走了？”

“可以。”

陈嘉衍看了她一眼：“你是去买感冒药了？”

“是啊。”汤佳渔说，“怕你晚上烧起来难受。”

陈嘉衍低低地“嗯”了一声，手指扣拢，握紧了她的手，没有多说什么。

因为汤佳渔第二天还得帮导师处理一些文件，所以她订的酒店离学校比较近。

两人下了车，陈嘉衍便戴上口罩，只露出英挺的眉眼。

两人手牵着手走进酒店。

电梯刚刚上去，他们需要再等一会儿。

汤佳渔百无聊赖，不由得一直打量旁边的人。陈嘉衍注意到她的目光，敛眉，面露疑惑，汤佳渔笑眯眯地说："你戴着口罩还挺好看的，看着跟个明星似的。"

旁边同样在等电梯的女生，闻言偷偷地打量了两人一眼。

陈嘉衍身形高挑，即便戴着黑色的口罩，也知道人长得不赖。

汤佳渔察觉到女生的视线，故意压低声音一本正经道："你来找我，你经纪人知道吗？要是被狗仔拍到了怎么办？"

陈嘉衍伸手摸了下她的后脑勺，颇为无奈地摇了摇头。他眼底漫上一层笑，汤佳渔看到他耳朵有点红。

进到房间，陈嘉衍还未摘下口罩，汤佳渔便凑过来，隔着口罩亲了下。

陈嘉衍被她推着，后背撞上门板，他捉住汤佳渔的手腕，皱眉道："脏。"

"没事。"

汤佳渔伸手勾下他耳朵上的口罩挂绳，嘴唇碰上他的唇。他的嘴唇柔软温热，不知是不是口罩戴久了的缘故。

陈嘉衍原本顾忌着自己感冒，不想与汤佳渔多亲近，但她有意撩拨，他那点摇摇欲坠的控制力即刻崩塌。

他肩上的黑色背包掉落在地板上，发出一声沉闷的声音。

两人亲了一会儿，才各自喘着粗气分开。

汤佳渔靠在陈嘉衍的身前，道："怎么样，情绪好点了吗？"

陈嘉衍一怔。

刚才在机场，汤佳渔便觉得他的情绪不太对劲，但她也不知道是为了什么："我觉得你见到我，好像并不太开心。"

陈嘉衍摇头："没有，我很想你。"

汤佳渔勾起嘴角一笑："要不是因为你感冒，我就继续了。"

陈嘉衍垂眼看她，低声说："你可以继续。"

汤佳渔开玩笑："拜托，我没有这么如狼似虎好吗？"

"你饿了吗？"汤佳渔又问。

陈嘉衍捡起掉在地板上的黑色双肩包，双肩包上蹭了点墙壁上的白灰，他伸手拍掉，转头："还好。你饿了？"

汤佳渔佯装委屈，道："为了去接你，我晚饭都没来得及吃。"

"你想出去吃，还是点外卖？"

他话音刚落，窗外突然下起了雨。

汤佳渔看了一眼窗外："还是点外卖吧，外面下着雨呢，我可不想让你感冒加重，我会心疼的。"

她话语直白，陈嘉衍盯着她看了两秒，片刻后，他说："那点外卖？"

"好。你喜欢吃什么？"

"都可以。"

汤佳渔笑了下，她一边拿着手机点外卖，一边随口道："我明天还得去学校帮导师做些事，估计下午才能回来。"

"嗯。"

"你一个人待在酒店可以吗？"

陈嘉衍反问："为什么不可以？"

汤佳渔去亲他的嘴唇，夸了一句："真乖。"

陈嘉衍摸了摸她的脸，无奈地笑了："不要把我当小孩。"

点完外卖，陈嘉衍去了卫生间。

窗外下着雨，风裹挟着雨丝飘进来，地板湿了一块。

汤佳渔起身把窗户关上，又随手打开了电视。

陈嘉衍放在床头充电的手机突然响了起来，汤佳渔看了一眼，是陈叔叔的电话。

她拿着手机走到卫生间门口，抬手敲了敲门："陈叔叔打来的电话。"

过了几秒，陈嘉衍打开门，接过她手里的手机。

汤佳渔把电视声音调小，陈嘉衍站在窗前，转头看了她一眼，然后对着电话那端道："爸，有事儿？"

不知道陈叔叔说了什么，汤佳渔只听到陈嘉衍道："我现在不在曼城，在苏城。嗯，见女朋友。"

汤佳渔坐在床尾看着电视，其实压根就没看进去。听到陈嘉衍说见女朋友，她愣了一秒，继而默默地笑了起来。

陈嘉衍接完电话，转身走过来，面色不太自然。

汤佳渔猜到他是因为刚才那句"见女朋友"，她笑了笑，故意逗他："你来曼城，除了见我，还要见别人吗？"

"什么？"

汤佳渔眼睛一眨不眨地盯着他，装糊涂说："你不是说要见女朋友？"

陈嘉衍拧矿泉水瓶盖的手一顿，他清了清嗓子："没女朋友。"

汤佳渔脱口而出："你想让我当你的女朋友吗？"

陈嘉衍呼吸一窒，静静地看着她，似在辨别她是随口一说，还是真的在考虑这件事。片刻后，他问："你答应吗？"

汤佳渔却不回答，只是说："过来。"

陈嘉衍走近，门外却突然响起门铃声，估计是外卖送到了，汤佳渔没搭理，只是注视着他："现在我的男朋友能帮我去拿个外卖吗？"

陈嘉衍喉咙发紧，一时没反应过来。

汤佳渔的手机响了起来，应该是外卖员打来的，但她没接听，依旧直直地盯着眼前的人。过了半晌，陈嘉衍深吸一口气，温声说：“好。”

陈嘉衍打开门，外卖员估计是等着急了，语气不太好：“人在房里，还磨磨蹭蹭不来开门，我这儿还有好几单急着送呢。”

陈嘉衍不好意思地说了句“抱歉”，然后关上了门。

汤佳渔点的都是较为清淡的家常菜，她知道陈嘉衍的口味，还给他单独点了份海鲜粥。

陈嘉衍打开外卖袋子，有条不紊地把几个一次性打包盒拆开，一一摆好。

汤佳渔看了一眼他的海鲜粥：“介意给我尝一口吗？”

陈嘉衍摇头，舀了一勺粥递到她嘴边。汤佳渔抬手挽起颊边的长发，就着他的手低头喝了一口。

她眼睛一亮：“还不错。”

“那给你吃？”

“不用。”汤佳渔说，“我本来就是给你点的。”

吃完晚饭，陈嘉衍把外卖盒收到塑料袋里，打了个结，然后丢到垃圾桶里。

汤佳渔接到了一通电话，是她室友舒圆圆打来的，说她出门忘记带钥匙了，这会儿进不去，问她在哪儿。

汤佳渔抱膝坐在沙发上，道：“你过来拿吧。”

陈嘉衍从双肩包里拿出换洗衣服，去卫生间洗澡。汤佳渔去拿桌上的奶茶，不小心碰到了他的双肩包，包掉在地上，连带着里面的东西都掉了出来。

汤佳渔蹲在地上，把东西一件件捡回包里，看到那包烟时，她愣了片刻，打开看了一眼，里面还有好几支。

汤佳渔把东西收拾齐整，又把拉链拉上，回到了床上。过了一会儿，陈嘉衍从卫生间出来，他的头发只是半干，卫生间的吹风机风力太小，他只稍微吹了吹就作罢了。

“你要洗澡吗？”

“我下午刚洗过了。”汤佳渔说。

陈嘉衍点点头，拿过床头柜上的手机，看了下电量。

汤佳渔拉了拉他的衣服下摆，陈嘉衍疑惑地看向她。

汤佳渔盯着他问：“你包里怎么有烟？你不是不喜欢抽烟吗？”

陈嘉衍顿了一下：“下次不抽了。”

汤佳渔道：“真的？”

陈嘉衍走到桌边，打开双肩包，把剩下的半包烟扔入垃圾桶里。

汤佳渔朝着他笑：“我们是不是太有钱了？”

“嗯？”

“最近都在扔烟。”

陈嘉衍也笑了，汤佳渔又问：“你是因为心情不好，所以才抽烟吗？”

陈嘉衍看她一眼，低低地“嗯”了一声。

汤佳渔去亲他的下颌：“你以后心情不好可以给我打电话，你女朋友很会哄人。”

陈嘉衍侧头看她：“我知道。”

“知道什么？”

他似乎心情很好，眉眼里都是笑，温柔地道：“我女朋友很会哄人。”

陈嘉衍身上是一件蓝色的细条纹衬衫，很适合他。汤佳渔伸出手指勾着他衬衫上的扣子，扣子小小的，晶莹剔透，她说：“我都没见你穿过这件衣服。”

陈嘉衍：“之前天气热，还穿不上长袖。”

“很好看。”汤佳渔夸了一句，“也很干净利落。”

陈嘉衍生活里也接触过不少女生，有追他的，有同系的学姐，但没有一个像她这样直白大胆。

他忽然想起谢师宴那天，他到她那一桌给梅溪敬酒的时候，她也是这样目不斜视地看着他，眼里带着玩味，所以那天他没同她说话。

04

陈嘉衍手机屏幕亮了下，赵晔发来信息："刚好在你学校附近，出来吃夜宵？"

陈嘉衍："没空。"

赵晔："真不来？"

陈嘉衍退出微信，没再回复赵晔的消息。

次日，汤佳渔忙到下午四点才结束，原本中午就能结束，导师又让她给当事人回邮件，因此一直忙到现在。

她走出校门时，陈嘉衍已经在门口等着了。

"我以为中午就能结束，没想到拖到现在。"她皱着眉道，"你饿了吗？"

陈嘉衍侧过头看她："还好，你累不累？"

"有点儿。"

陈嘉衍目光温柔："那我们买点儿吃的。"

汤佳渔面露歉意："这一天又浪费了。"

两人在 C 大附近的小吃街买了点吃的，汤佳渔要了一碗臭豆腐，她拿着签子叉了块递给陈嘉衍："尝尝看，我特意让老板少放辣。"

陈嘉衍的目光凝在她的脸上片刻，而后他低头咬了口臭豆腐。

汤佳渔紧紧地盯着他，问："好吃吗？"

"味道不错。"

汤佳渔说："那我再打包一份。"

两天的时间很快就过去了，陈嘉衍订了下午四点的机票回曼城。汤佳渔去机场送他，第一次有种不舍得的感觉。

陈嘉衍似乎看出了她的情绪："我下周再过来见你。"

"太麻烦了。"汤佳渔抬头，"再过两周就是国庆了，我们那个时候再见。"

陈嘉衍点头。

汤佳渔又说："到了给我发信息。"

陈嘉衍又点点头，"嗯"了一声。

陈嘉衍登机后，汤佳渔打车回到学校。

舒圆圆对陈嘉衍十分好奇，汤佳渔一进门，她就追问道："哪里找的'小奶狗'？他比你小吧。"

汤佳渔坐在椅子上，换下高跟鞋，笑了笑："嗯，比我小两岁。你可真是火眼金睛，还是我看起来显老？"

"不是这个问题。"舒圆圆解释道，"这个陈弟弟身上有种清冷正经的气质，感觉不管他和哪个女的在一起，一眼看过去都会觉得应该是姐弟恋。"

汤佳渔想了想，还真是，特别是他穿白色的短袖T恤时，看起来的确挺显小的。

舒圆圆又问："哪里认识的？"

"如果我说他是我弟弟，你相信吗？"

舒圆圆被噎了下。

汤佳渔笑了笑，补充道："不是亲的。"

舒圆圆长舒一口气，道："那没事，反正也没有血缘关系。"

放在书桌上的手机屏幕亮了下，是丁遥发来的信息："陈弟弟去苏城找你了？"

汤佳渔："你怎么知道的？"

丁遥："孟骁昨天喊他去打球时，他说他在苏城。"

应该是她去学校帮导师做事那会儿。

丁遥：“国庆要回来吧？毕竟陈弟弟在这里。”

汤佳渔：“回。”

丁遥：“重色轻友，以前让你国庆回来，你想都没想就拒绝。”

汤佳渔：“我男朋友比较重要。”

丁遥：“让陈弟弟转正了？”

汤佳渔：“嗯。”

第八章 喜欢

01

曼城一到九月中旬，气温就会下降，有了早秋的气息。不像苏城，国庆结束后，天气才有转凉的迹象。

汤佳渔回去那天，身上穿了一件牛油果色的针织短袖，下了飞机，凉风吹来，她裸露在外的手臂上起了一层鸡皮疙瘩。

她下课后便直接打车去了机场，没来得及换衣服。

来接人的陈嘉衍看到她单薄的穿着，一瞬间就皱起了眉。

他脱了身上的黑色卫衣外套，递给她。汤佳渔被凉风吹得吸了吸鼻子，当下也没拒绝。

陈嘉衍："怎么穿得这么少？"

"忘记了。"汤佳渔低头整理帽子，"没想到曼城的温度会比苏城低。"

陈嘉衍一只手接过她的行李箱，另一只手去牵她的手。她手心冰凉，但被陈嘉衍牵了一会儿后就逐渐变暖，汤佳渔攥了攥他的手。

陈嘉衍察觉到，转头："怎么了？"

"你的手很暖。"

陈嘉衍淡声道："是你穿得太少了。"

车子开出一段路，道路两旁逐渐繁华起来，陈嘉衍把车子停在马路边沿的停车位上，打开车门下了车。

汤佳渔把玩着衣服上的带子，转过头，看见陈嘉衍走进一家奶茶店，大概过了五分钟，他出来了，手上拎着一杯奶茶。

汤佳渔吸了吸鼻子。

陈嘉衍开了车门，把奶茶递给她。奶茶杯壁温热，汤佳渔手贴着杯壁暖了一会儿，然后拆开吸管，插入封口。

陈嘉衍侧过头说："小心烫到。"

汤佳渔柔声应道："好。"

陈嘉衍多看了她两眼。

陈嘉衍直接把车开到了汤佳渔的住处。

等电梯时，汤佳渔问他："你等会儿还回去吗？"

"不回了。"陈嘉衍拿出车钥匙，"和我爸说了，去接女朋友。"

汤佳渔说："你说陈叔叔要是知道你是和我在谈恋爱，他会不会反对？"

"不知道。"陈嘉衍看着她，又补充了一句，"我不会分手。"

汤佳渔一愣，脱口而出："你就这么喜欢我啊？"

陈嘉衍垂眼看她，低声道："嗯，很喜欢。"

汤佳渔心思微动。

进门后，汤佳渔将手中的那杯奶茶随手放在餐桌上，奶茶还剩了一半，但已经变凉了。陈嘉衍拿过来，将它丢进垃圾桶里，问："晚饭吃了吗？"

"没有。"汤佳渔，"时间太紧了。"

陈嘉衍皱着眉："其实你可以明天再回来。"

汤佳渔情话顺手拈来："我想早点见到你嘛，难道你不想早点见到我吗？”

陈嘉衍眸光微动：“想。”

汤佳渔说：“我去洗个澡，你可以帮我煮一碗饺子吗？我记得冰箱里有速冻饺子。”

陈嘉衍应了一声：“嗯。”

汤佳渔洗完澡出来，陈嘉衍刚好煮好了汤饺。他知道她喜酸辣，还特意浇了一勺辣椒油。见桌上只有一碗饺子，汤佳渔疑惑道：“你不吃吗？”

陈嘉衍倒了一杯开水递给她，摇头道：“我不饿。”

汤佳渔吸了吸鼻子，“嗯”了一声。

陈嘉衍轻轻地皱了下眉：“等会儿吃完饺子，我再给你冲包感冒冲剂。”

汤佳渔点点头，在餐桌前坐下。陈嘉衍坐在另一张椅子上，他看着汤佳渔拿起勺子舀了一个饺子，吹了吹热气，才送到嘴里。

“味道怎么样？”

汤佳渔毫不吝啬地夸道：“很好吃。”

陈嘉衍很轻地笑了下。

吃完饺子，汤佳渔的手机上收到一条信息，是梁吟蓉发来的，问她国庆有没有回来，说陈嘉衍的爷爷奶奶来曼城，陈叔叔让家里的阿姨多买点食材，顺便叫她也过去吃午饭。

汤佳渔回了个“好”字，然后跟陈嘉衍说：“我明天要到你家吃午饭，我妈刚发来的信息。”

陈嘉衍点点头。

第二天早晨，汤佳渔将近九点才醒来。

陈嘉衍知道她昨晚很累，也就没叫她起来吃早饭，只是煮了小米粥，放在锅里温着，又给汤佳渔发了条信息，说等会儿再来接她，便先回去了。

汤佳渔醒来看到陈嘉衍的信息后，拿着手机给他回了条信息，之后便掀开被子，趿拉上拖鞋去卫生间洗脸。

锅里温着小米粥，餐桌上摆着几碟小菜，还有两根油条。

汤佳渔喝完一碗小米粥，把碗筷洗了，便回房间化妆。

临近十一点时，陈嘉衍给她发了条信息，说他到了，让她下楼。

汤佳渔坐电梯下楼，陈嘉衍的车子停在小区花坛旁边，她打开车门，道："其实我可以自己打车过去，你不在家里陪爷爷奶奶，陈叔叔不会说什么吗？"

"没事儿，他让我来接你。"

汤佳渔"哦"了一声。

她只在陈嘉衍的谢师宴上见过陈爷爷和陈奶奶一面。

陈爷爷精神矍铄，听说未退休前还是工程院的院士，陈奶奶年轻时是国家歌舞团的歌唱家，不过嫁给陈爷爷后，就没再在屏幕上出现过了。

两人推门进去时，陈爷爷和陈奶奶正坐在客厅沙发上看电视，看见两人进来，陈奶奶和蔼道："佳渔来了啊。"

汤佳渔换上拖鞋，跟两位老人家打了声招呼。

饭桌上，陈奶奶问汤佳渔现在是研几，汤佳渔笑了笑，答道："研二，明年六月份就毕业了。"

陈奶奶说："那也挺快的，想好要去哪家律师事务所了吗？"

"到时候再看吧。"

梁吟蓉转移了话题，对着陈嘉衍道："听你爸说，你交女朋友了，怎么不趁这次国庆假期带她回来呢？"

陈嘉衍抬眼，平静地说："以后有机会再带她回来。"

陈启和问了一句："对方人怎么样？"

话音刚落，陈嘉衍的手突然被身边的人握了下，他一怔，微侧了下头，余光扫过看似一本正经的汤佳渔，继而他语气自然道：“她人很好。”

陈启和不再多问，毕竟只是谈恋爱，干涉太多也不好。

吃完午饭，汤佳渔和陈嘉衍陪两位老人在客厅聊天。

陈嘉衍拿着水果刀，削了颗苹果给陈奶奶，陈奶奶接过后，说了句：“给佳渔也削一颗。”

陈嘉衍“嗯”了一声，又挑了颗苹果，不过是从果篮里拿的最小的一颗。他手指修长，骨节分明，小刀在他手中好似有了生命，灵巧自如，苹果皮被削成长长的一条垂入垃圾桶里。

陈嘉衍把削好的苹果递过去，汤佳渔接过时，手指触碰到他的虎口。陈嘉衍下意识地看了她一眼，汤佳渔装没看到。

她咬了口苹果，苹果脆甜可口。

陈奶奶说：“佳渔，这苹果还挺好吃的吧？”

“嗯。”

陈嘉衍拿过遥控器，换了个频道。陈爷爷和陈奶奶看了一会儿，便起身回房间歇息了。

目送两位老人走远，汤佳渔将嘴边的苹果放下，陈嘉衍见状，问道：“吃不下？”

“嗯。”

陈嘉衍伸手：“拿给我。”

汤佳渔以为他要帮她丢到垃圾桶里，没想到陈嘉衍接过去后，吃了几口，很快就解决了那半颗苹果。

楼梯处传来脚步声，两人循声回头，是梁吟蓉。

梁吟蓉笑着说：“我下来倒杯水。”

陈嘉衍点了下头。

看着梁吟蓉绕过客厅，走进了厨房，汤佳渔微微皱了下眉头，也不知道她是什么时候下来的。

看着梁吟蓉上了楼，陈嘉衍边抽纸巾擦手，边问："要送你回去吗？"

汤佳渔看了看楼上，想起刚才的事，说："我还是自己打车回去吧，我们关系太好，可能我妈也会多想。"

陈嘉衍若有所思地盯了她一会儿，语气温和："那你到家给我发条信息。"

"嗯。"

汤佳渔走出御苑小区，打车回家。

坐在车上，汤佳渔想了一会儿，还是给陈嘉衍发了条短信："我不是不想让我妈知道，只是目前并不是个好的时机，我妈那人要是知道了，我和你都不会太好过。"

等了五分钟，她才收到陈嘉衍的回复："好，我知道了。"

汤佳渔看得出来，陈嘉衍其实情绪并不太好，但她没再多解释，转而给丁遥发了条信息，约她晚上一块儿吃饭。

丁遥来的时候，汤佳渔刚到家没一会儿，丁遥进门就打趣道："我以为你这七天都要跟陈弟弟待在一起。"

汤佳渔心里有事，只道："他爷爷奶奶来了，他得陪着老人家。"

两人认识多年，汤佳渔一点点的情绪变化丁遥都能察觉到，她问："你怎么了，情绪不太对啊？"

汤佳渔说了在客厅的事，丁遥宽慰她："也许梁阿姨没看见呢，你不要自己吓唬自己。"

汤佳渔点了下头。

丁遥说："不过你和陈弟弟在一起的事儿，以后总得说吧。"

汤佳渔靠在沙发上，叹了口气："再看吧，可能还没到那一步，我们俩就分手了呢。"

丁遥看着她：“我看陈弟弟对你用情挺深的。”

汤佳渔转移话题，说：“让孟骁晚上约陈嘉衍打球吧。”

“你们吵架了？”

“也不算。”

丁遥：“也是，陈弟弟那人应该不会跟你吵架吧？”

汤佳渔认真地想了一会儿，然后笑着说：“他应该不擅长这种事。”

02

吃完晚饭后，丁遥给孟骁发了条信息，问他和陈嘉衍在哪里打球，孟骁发了个位置过来。

丁遥转过头道：“在体育馆打球呢，去吗？”

汤佳渔说：“去啊。”

丁遥不解道：“真搞不懂你，你直接给陈弟弟打电话，难道他会不接吗？”

“不会。”

“那还绕这么一大圈子，搞得跟你追他似的。”

汤佳渔说：“这样绕一圈，我再去见他，不就显得挺浪漫的吗？”

丁遥琢磨了一会儿，最后装模作样地道：“还是你会撩，陈弟弟真不是你的对手。”

两人打车前往体育馆，车上，丁遥手机振动了下，是孟骁发来的信息。

丁遥看着汤佳渔，道：“孟骁说，刚才有个打羽毛球的美女找陈弟弟要电话号码。”

汤佳渔眉头微皱，但没说什么。

丁遥又说：“其实我觉得陈弟弟那么优秀，性格也没有什么问题，不大可能到现在都没谈过恋爱。”

汤佳渔摇下车窗："我问过他，他确实没谈过。"

丁遥："是吗？"

汤佳渔："他不是会撒谎的人。"

说着话，车子很快就到达体育馆，两人先后下了车，走进体育馆。

陈嘉衍等人在室外的篮球场打球，汤佳渔远远地就看到了他。他穿着黑色的长袖 T 恤和白色的短裤，微弓着背，双手张开，有人把球传给他，他稳稳地接过，然后单手运球，把球投进了篮筐。

之后他低着头，拎着领口擦了擦脸上的汗。

丁遥凑到汤佳渔耳边，调侃道："陈弟弟的男性荷尔蒙十足，难怪有女生要他的联系方式。我要是不认识你，在球场看到陈弟弟这种极品，也得上去要个联系方式。"

汤佳渔倒是认同丁遥的话。

陈嘉衍擦完汗，抬头就看到站在球场旁边的汤佳渔，他愣了下，而后朝她走过来，问："你怎么来了？"

丁遥适时走开，汤佳渔忽然有点烦躁，她淡淡道："难道我不能来吗？"

陈嘉衍轻轻皱了下眉："我不是这个意思。"

汤佳渔抬头，有些咄咄逼人："那你是什么意思？"

陈嘉衍垂眼看了她两秒，然后他的手抬起，按着她的后脑勺，他靠近她，低头，嘴巴轻轻碰了下她的额头。汤佳渔眼里闪过一抹意外，陈嘉衍不是喜欢在公共场合秀恩爱的人。

瞥见汤佳渔眼里的诧异，陈嘉衍略显不自在地清了清嗓子："你来，我很高兴。"

"是吗？"汤佳渔道，"我中午发的那条信息是不是惹你生气了？"

他摇头："没有。"

汤佳渔："真的？"

陈嘉衍低声道："你是为这个来的？"

汤佳渔说："不然呢？"

身后有人喊他："嘉衍，还玩不玩啊？"

陈嘉衍回头，朝着那人道："等一会儿。"

汤佳渔推了推他的胳膊："你去打球吧，我在这里等你。"

陈嘉衍看了她一会儿，慢慢道："不生气了？"

"我脾气哪有那么大？"

陈嘉衍翘起嘴角："还有半个小时就结束，等我一会儿。"

"嗯。"

陈嘉衍又上了场，汤佳渔找了个位置坐下，丁遥走过来，笑道："陈弟弟刚才是不是吻你额头了？"

"你看到了？"

丁遥说："我以为陈弟弟那种性子的人不会做这种秀恩爱的事。"

"他是不喜欢。"

丁遥挨着汤佳渔坐下："等他们打完球，咱们一起去吃夜宵。"

汤佳渔看了一眼球场上的陈嘉衍："他打完球都要先去洗个澡。"

"你都这么了解他了？"

"以前他打完球，都不让我靠近他。"

丁遥故意叹了一口气："怎么人和人差别这么大，孟骁每次打完球，都硬要往我身旁凑，一身汗臭味。"

汤佳渔笑笑。

打完球后，孟骁说去吃夜宵，陈嘉衍拒绝了，说要送汤佳渔回去。

丁遥和孟骁走后，汤佳渔看向陈嘉衍，伸手指了指他身上汗湿的衣服："你要先回去洗个澡吗？"

陈嘉衍把喝空的矿泉水瓶顺手丢入垃圾桶里，说："我带了换洗衣服。"

汤佳渔看了他一眼，勾了勾嘴角："所以我今晚要是不来找你，你是准备去找我，是吗？”

陈嘉衍点头。

汤佳渔去牵他的手：“你爷爷奶奶不是还在，去我那儿住没问题吗？”

“没什么问题。”

陈嘉衍停车的地方离篮球场有一段距离。

路上，汤佳渔紧了紧两人牵着的手，问：“刚才是不是有姑娘找你要联系方式？”

陈嘉衍“嗯”了一声。

汤佳渔又问：“你给了吗？”

“没有。”

汤佳渔：“那姑娘那么好说话吗？”

找他要电话号码的姑娘，确实有点难缠。陈嘉衍皱着眉，解释道：“我和她说，我有女朋友了，她就走了。”

“表现不错。”汤佳渔又说，“你以后能一周打一次球吗？”

陈嘉衍疑惑道：“为什么？”

“还不是因为你打球太有魅力，以后找你要联系方式的姑娘肯定不少。”

陈嘉衍垂头看她，眼里闪过一丝笑意：“好。”

两人刚上车，陈嘉衍就接到了一通电话，大概是陈启和打来的，问他晚上要不要回去。

陈嘉衍把手机贴在耳边，回绝：“不回去了。”

那端不知道又说了什么，陈嘉衍回应了几句，便挂了电话。

汤佳渔看向他，明知故问：“谁的电话？”

陈嘉衍启动车子，手握着方向盘，目不斜视地看着前方的路况：“我爸。”

“让你回去吗？”

“没有。”

汤佳渔没再多问，拿着手机查看信息。

陈嘉衍侧过头，问：“要买点喝的吗？”

“不喝了。”汤佳渔皱着眉，道，“我感觉我最近有点长胖了，你觉得呢？”

陈嘉衍顿了两秒，诚实道：“没有，你需要多吃点儿。”

汤佳渔知道和男生讨论这种问题，基本上听不到什么可行的建议，更何况对方还是自己的男朋友。

汤佳渔眉眼微弯：“等我胖了，你估计会嫌弃我。”

“不会。”

她说：“是吗？”

“你变成什么样子我都喜欢。”

汤佳渔看向窗外，嘴角忍不住上扬，过了一会儿，她又转头看向他：“陈嘉衍，有没有人和你说过，你很会说情话？”

“没有。”陈嘉衍认真地看了她一眼，“你觉得我在哄你开心？”

汤佳渔：“不是吗？”

“没有哄你的意思，我说的都是实话。”

“我知道了。”

车子停到汤佳渔楼下的停车位，陈嘉衍绕过后备厢，拿出了装着他衣服的双肩包。

汤佳渔问他：“你带了几套衣服？”

“一套。”

汤佳渔点头：“下次再带几套过来吧，不然到时候洗了没干，你没衣服换。”

陈嘉衍应了一声：“好。”

回到家里，陈嘉衍去了卫生间洗澡，汤佳渔去阳台收衣服，想起今早把浴巾什么的都放在洗衣机里清洗了一遍，这会儿还没干。

她走进房间，敲了敲卫生间的门，听到里面的水流声停了，汤佳渔才开口："你用我的浴巾吧，其他的还没晾干。"

陈嘉衍下意识地抬头看了一眼挂在门口的粉色浴巾，顿了片刻，他应了一声："好。"

浴室里热气蒸腾，陈嘉衍洗完澡，拿过那条浴巾，粉色的浴巾上还有个刺绣的小熊图案。

汤佳渔在厨房烧水，听到脚步声，她回头看了他一眼："洗好了？"

"嗯。"陈嘉衍抬手整理领子，"你要去洗吗？"

"我等会儿再洗。"

他刚才吹头发估计没吹好，有一侧头发轻轻翘起，汤佳渔伸手过去，帮他抚平头发："下次我帮你吹头发？你没吹好，这边的头发都翘起来了。"

陈嘉衍伸手随便按压了两下："现在呢？"

"好多了。"

汤佳渔回身关掉火，打算去洗澡，却被陈嘉衍抓住了手腕，她不明所以地回头："怎么了？"

陈嘉衍低下头，亲了口她的嘴唇，然后说："你现在可以去洗澡了。"

汤佳渔挑了下眉，又探身过去，亲了亲他的下颌。原本只是安抚性的一吻，陈嘉衍却握住了她的手腕。

汤佳渔皱了下眉，轻声嘟囔："用这个姿势接吻好累啊。"

陈嘉衍放开她，因为刚才的吻，她嘴唇上的口红有点晕开，陈嘉衍用指腹轻轻给她抹掉。

03

第二天早晨，汤佳渔醒来的时候，陈嘉衍还在睡觉。

她打算给陈嘉衍做个早饭，毕竟每回他在这里住下，都是他起来做早餐的。

冰箱里有不少东西，是她昨天在外卖软件上买的食材。汤佳渔看了看，打算煮馄饨。馄饨里已经备好了调料，只要将馄饨放在水里煮熟就行。

陈嘉衍走出卧室，听见厨房里传来声响。

他走了进去，汤佳渔循声看过来："醒了？给你做了早餐，是馄饨。"

陈嘉衍看了一眼："调料是你自己调的吗？"

"不是。"汤佳渔笑了一下，"是馄饨里自带的，我也不知道好不好吃，要是不好吃，你稍微将就一下。"

陈嘉衍笑了笑，将她眼前的发丝撩到耳后，说："我先去洗漱。"

他走了几步，突然想到了什么，折返回来："等会儿我来端，你小心烫到。"

汤佳渔"嗯"了一声。

陈嘉衍迅速洗漱出来，汤佳渔还在厨房里。见他的脸上都是水，汤佳渔抽了两张纸巾递给他："把脸上的水擦一干。"

陈嘉衍接过，随意地擦了两下，然后把纸巾扔到厨房的垃圾桶里。

两人吃馄饨的时候，陈嘉衍的手机收到一条信息，是赵晔发来的，约他晚上一块儿吃饭，还问他汤佳渔国庆有没有回曼城。

陈嘉衍还未回复，这时汤佳渔的手机也响了一下。

汤佳渔拿过手机，是施霖发的消息："佳渔姐，你国庆有回来吗？晚上一块儿出来玩啊，我生日。"

汤佳渔顺手给她回了个"好"，她抬眼去看陈嘉衍："施霖今天生日，约我出去吃饭，赵晔给你发信息了吗？"

陈嘉衍点头："你要是不想去，可以不去。"

"没事儿，我挺喜欢施霖的。"

因为是施霖的生日，吃过早餐后，汤佳渔和陈嘉衍出门，打算去商场给施霖买份礼物。

汤佳渔给施霖挑了支口红，选颜色的时候，她一时有些犯难，于是问陈嘉衍哪个色好看。

陈嘉衍皱了下眉，似乎有些为难："这两个色不是差不多？"

汤佳渔被气笑："我就不该问你们直男这些。"

在陈嘉衍的刺激下，汤佳渔迅速挑好了一支自己认为适合施霖的口红。

在商场逛到下午四点，两人前往赵晔发过来的地址。

汤佳渔坐在副驾驶座上，随口道："童小斐是不是也会去？"

陈嘉衍说："嗯。"

汤佳渔"哦"了一声，继续低头摆弄着手机。

包厢里除了童小斐，还有几个生面孔，跟陈嘉衍也认识，都是他的高中同学。

有人问起汤佳渔是谁，赵晔开了句玩笑："陈嘉衍的家属。"

话音落下，施霖拍了赵晔的胳膊一下，赵晔嬉皮笑脸地说道："我又没说错。"

汤佳渔把带来的礼物递给施霖，施霖看了一眼，眉眼微弯："谢谢佳渔姐。"

"希望你会喜欢。"

"我相信你的品位。"

几人落座，聊了片刻后，服务员开始上菜。

吃到半途，汤佳渔出去上了个洗手间，回来的时候，经过一间虚掩的包厢，刚好听见一道熟悉的声音，她脚步停了下来。

包厢里，童小斐的声音有些不太对劲："陈嘉衍，你是不是和佳渔姐在一起了？"

过了一会儿，汤佳渔听到陈嘉衍说："是，这是我的事情。"

童小斐吸了下鼻子，道："其实上次去小谭山玩，我就看出来了，你对佳渔姐有好感……"

接下来童小斐还说了什么，汤佳渔没再听。

她回到了饭桌上，施霖道："嘉衍刚才去找你了，你们没有碰到吗？"

汤佳渔端起杯子喝了口水，笑道："没有。"

过了一会儿，包厢门被推开，童小斐走了进来，眼睛有点红。

一行人吃完晚饭，赵晔等人打算去KTV继续玩，陈嘉衍怕汤佳渔太累，拒绝了。

两人前后脚上了车，汤佳渔刚系好安全带，就听陈嘉衍道："刚才童小斐找我了。"

汤佳渔了然："和你表白吗？"

陈嘉衍一愣，汤佳渔朝他笑笑，轻声解释："我去洗手间回来的路上听到了，不过后面我就没听了。"

陈嘉衍侧过头，说："我拒绝她了。"

"我能猜到。"

陈嘉衍沉默片刻，又说："你需要我删了她的联系方式吗？"

"不用。"汤佳渔摇头，"她毕竟是你的同学，以后低头不见抬头见的，不太好。童小斐跟赵晔的关系不是也不错吗？"

陈嘉衍看了她两秒，低低地"嗯"了一声。

04

国庆七天的假期很快就结束了。

汤佳渔回到苏城后，开始准备论文的选题，毕竟明年六月份就要毕业了。陈嘉衍如今已是大五，课业也挺繁忙的，明年就得去西中大的附属医院轮科实习。

国庆后，一直到十一月份中旬，汤佳渔才抽空回了一趟曼城同陈嘉衍见面，但没待两天，因为导师的一通电话，她又得买第二天的机票回苏城。

那天，陈嘉衍难得有点情绪化地问了一句："你们的导师成天让你们帮她做事吗？"

汤佳渔早就习惯了，抬了下头："你的导师不会吗？"

"不会。"陈嘉衍语气认真道，"他很少耽误我们的休息时间。"

"那你很幸运，遇上了个好导师。"

陈嘉衍挫败地叹了口气，低头亲了下她的额头："下个月我去找你。"

直到期末考试后，两人才结束这几个月的异地恋。

考完最后一门科目后，汤佳渔和舒圆圆一块儿去学校附近的商场吃烤肉。

舒圆圆喝了一口果汁，同她聊天："你告诉陈弟弟你明天回去了吗？"

汤佳渔："还没有，晚上回去再告诉他。"

十二月的时候，陈嘉衍来看她，特意请舒圆圆吃了饭，舒圆圆对陈嘉衍的印象还不赖。

两人吃完晚饭，刚走出烤肉店，汤佳渔的手机就来了一通电话，是陈嘉衍的。

汤佳渔有些意外，接通后就听陈嘉衍问："你在哪儿？"

汤佳渔一顿，瞬间就明白过来了，她说："你来苏城了？"

陈嘉衍低声道："嗯。"

汤佳渔："你现在在哪儿？"

"你们学校门口。"

汤佳渔："你等我一会儿，我这就过去。"

陈嘉衍应声："好，不着急。"

汤佳渔挂了电话，舒圆圆转头看她："谁的电话？"

"陈嘉衍的。"

舒圆圆猜测："他来找你了？"

"嗯，在学校门口等着。"

"那我们回去吧。"

两人在路边等车，这个时间点不好叫车，多耽误了几分钟才打到车。到达学校门口，已经是半个小时后的事情，舒圆圆下了车，识趣地先进了校门。

陈嘉衍正站在路灯下，抬眼看着她。

汤佳渔朝他走近，问："晚饭吃了吗？"

两人快一个月没见，她似乎瘦了一点儿。

陈嘉衍盯着她看了片刻，然后摇头："没有。"

C 大对门便是小吃街，周围有不少出来觅食的学生，汤佳渔朝对面看了一眼，示意："先去吃点东西垫垫肚子？"

"好。"

"我原本想明天回去，给你个惊喜，没想到你倒先来找我了。老实交代，最近打球的时候有没有女生要你的联系方式？"

陈嘉衍侧头看了她一眼："你要不要检查我的手机？"

汤佳渔故意说："好，手机拿来。"

陈嘉衍当真从裤兜里掏出手机，递给她。汤佳渔一愣，眨了眨眼睛："弟弟，你怎么这么不经逗啊？"

陈嘉衍语气中透着无所谓："你不是要检查吗？"

"我相信你。"汤佳渔用手指钩开他的口袋，把手机放了进去，"那你要看我的吗？"

"不用。"

汤佳渔弯起嘴角笑了笑，然后问他："吃过桥米线，可以吗？"

陈嘉衍点头。

汤佳渔刚吃完烤肉，这会儿不饿，于是陈嘉衍只点了一份米线。店员问他要不要加辣，陈嘉衍正准备回答，汤佳渔已经先一步道：“不用，他不能吃辣。”

店员是个二十出头的小姑娘，看了陈嘉衍一眼，调侃：“帅哥一般很少会吃辣。”

汤佳渔嘴唇一弯：“我家这位帅哥是不吃辣。”

陈嘉衍转头看她一眼，汤佳渔翘了翘嘴角：“我说得不对吗？”

陈嘉衍抬手摸了下嘴角，没有接话。

这家米线店是个连锁店，在汤佳渔本科校区的对面也开了一家。那会儿汤佳渔和室友军训完后，经常去这家米线店解决晚饭，她的室友中，有个人特会吃辣。

汤佳渔同陈嘉衍说起这些事，陈嘉衍目光温柔，最后顺着她的话问道：“你和她谁更能吃辣？”

“当然是她了，她是自贡人，那边好像都很能吃辣，你要是在那边生活，估计会瘦。”

陈嘉衍笑了起来，说：“你最近是不是变瘦了？”

汤佳渔支着下巴：“有吗？我看不出来。”

看着陈嘉衍吃完晚饭，汤佳渔牵着他的手走出米线店，说：“我们宿舍不让男生进去，你在楼下等我一会儿，我给你订个酒店。”

“已经订了。”

“你什么时候订的？”汤佳渔问。毕竟两人刚才一直在一起，她没看到他订酒店。

“给你打电话之前。”

“哦。”

陈嘉衍把汤佳渔送到女生宿舍楼下，他没上去，就在楼下等着。

汤佳渔回到宿舍，舒圆圆循声看来："这么快就回来了？"

"回来收拾东西。"

"陈弟弟呢？"

汤佳渔说："在楼下。"

"你信不信等会儿有人会找他要联系方式？"

汤佳渔："不至于吧，他又不是什么明星。"

汤佳渔怕陈嘉衍等太久，把护肤品和一些书本收到行李箱里，又拿了一套衣服便往外走。

她提着行李箱下去的时候，陈嘉衍的旁边竟真的站着一个姑娘，正跟他说着什么。他似乎皱了下眉，然后淡淡地说了句什么。

还真被舒圆圆猜中了。

汤佳渔走近，那女生见到她，讪讪地笑了下，然后走开了。

汤佳渔挑了下眉："那姑娘是来找你要联系方式的？"

"嗯。"

汤佳渔道："那你是怎么拒绝的？"

"说我女朋友不让我加别的女生的联系方式。"

汤佳渔笑着点评："这个回答比上回的好，有进步。"

陈嘉衍也笑，接过她手中的行李箱，问："都收拾好了？"

"嗯。"

旁边来来往往不少人，陈嘉衍用空着的另一只手牵过她的手，说："你们学校挺热闹的。"

"帅哥也多。"

陈嘉衍看她一眼，汤佳渔装作看不懂他眼神里的意思，紧了紧握着他的手："你们学校呢？"

"什么？"

汤佳渔问他："美女多吗？"

陈嘉衍皱了下眉："没注意过。"

汤佳渔笑了笑，用头轻轻撞了下他的肩膀：“今年过年，你还会去我外婆家拜年吗？”

“应该会，我爸每年都会去。”

两人走到校门口时，陈嘉衍叫的车已经到了。

他打开后座的车门，让汤佳渔先上车，然后他绕到车尾，打开后备厢，把行李箱放进里面，才上了车。

车子开出一段路程，窗外忽然飘起了雪，汤佳渔摇下车窗：“下雪了！”

陈嘉衍顺着她的视线看了一眼窗外，又听她问：“这还是苏城的第一场雪呢，曼城下好几场了吧？”

“嗯，好像有四场了。”

两人说着话，车子就到了酒店门口。

进了房间，汤佳渔拿起遥控器，正准备开电视，梁吟蓉就打来了电话。她滑动接听，把手机放在耳边，就听到梁吟蓉问她什么时候回来。

汤佳渔：“明天。”

梁吟蓉道：“嗯，你回来后顺便去一趟镇上，把你外婆接过来过年。她年前刚做了手术，这两天天冷，一个人待在镇上也没人照顾她，万一有个头疼脑热的，她又不愿意上医院。你说的话，她愿意听，你到时候去接她。”

卫生间的门打开，陈嘉衍动了动唇，刚说出一个“你”字，汤佳渔就竖起一根手指在嘴唇上，示意他先别讲话。

梁吟蓉耳朵尖，已经听到了男生的声音，她警惕道：“这么晚了，你和谁在一起？”

“我男朋友。”

梁吟蓉没再多说，挂了电话。

汤佳渔放下手机，主动开口：“刚才是我妈的电话。”

陈嘉衍问："梁阿姨打电话给你是有什么事吗？"

"她让我过几天把我外婆接到市里来，我外婆要在我那里住一段时间，我们大概只能在外面见面。"

陈嘉衍："好。"

汤佳渔说："你会生气吗？要不我还是晚几天把我外婆接来？"

陈嘉衍低下头，吻了她一下："不用，我们到时候在外面见就可以。"

陈嘉衍和汤佳渔从苏城回来后，没过两天，汤佳渔便把梅溪接到自己的住处。这样一来，她和陈嘉衍自然无法在家里见面。

丁遥听说了这件事，调侃她："有没有觉得跟年纪小的时候谈恋爱一样？偷偷摸摸的。"

汤佳渔翻了个白眼："我谈恋爱还真没有偷偷摸摸过，你知道的，我妈压根就管不了我。"

丁遥喝了口酒："你那时候纯粹就是故意气梁阿姨的嘛。"

汤佳渔不否认，那会儿她爸和梁吟蓉离婚还没到一年，她同梁吟蓉的关系不太好，后来父亲意外去世后，母女俩的关系便越来越差。汤佳渔以前其实挺叛逆的，一方面大概是因为正处于叛逆期，一方面是因为家里的关系。所以她年纪小的时候确实谈过两次恋爱，但那个时候谈恋爱纯粹是出于激怒梁吟蓉的目的，基本没多少肢体接触，顶多也就是牵牵小手之类的。

丁遥又说："不叫陈弟弟出来吗？"

今天天气不太好，昨天夜里还下了雨，此刻空气中满是凛冽的湿气，就连街道上都是湿漉漉的。

汤佳渔想了想，陈嘉衍的奶奶前几天因高血压住院治疗，陈嘉衍一直在陪她，两人已经有两天没见了。这会儿丁遥一提，她还真有点想见他。

汤佳渔拿出手机给陈嘉衍发了个实时位置，问："要出来玩吗？"

过了一会儿，陈嘉衍回道：“外面在下雨，不冷吗？”

汤佳渔道：“是挺冷的。”

发完这条信息后，陈嘉衍没再回复，汤佳渔以为他不来，就给他回了一条：“太冷了，你还是别出来了，我和丁遥再坐一会儿就回去了。”

但这条信息和上条一样都没收到回复。

汤佳渔皱了下眉头，丁遥问她：“陈弟弟不出来了吗？”

“应该吧。”

两人没再继续这个话题，直到丁遥转过头看到了一个熟悉的身影，她愣了一下，眯着眼道：“那个是不是陈弟弟，你不是说他不来了吗？”

汤佳渔循声看去，就见陈嘉衍穿了件黑色的冲锋衣，拉链拉到顶，身姿挺拔地朝她们这桌走来。她看着他，过了一会儿，才回过神来：“你不是说不来了吗？”

陈嘉衍在她旁边坐下，声音有些沙哑：“你发信息的时候，我的手机快没电了。”

汤嘉渔：“你声音怎么了，是感冒了吗？”

陈嘉衍拉过她的手：“没什么，就是前天有点发烧。”

汤佳渔看见他肩头有水渍：“那你就不要出来啊，这会儿还下着雨呢。”

陈嘉衍侧过头看她：“你不是想见我吗？”

汤佳渔心里有些不是滋味，同他十指交缠，没再说什么。

第九章

报复

01

汤佳渔没在清吧待太久，毕竟陈嘉衍还在感冒。喝完杯子里的酒，她就和陈嘉衍先行离开了。

两人上了车，汤佳渔关上车窗："我打电话给你的时候，你是不是在医院里？"

陈嘉衍应声："嗯。"

"拿药吃了吗？"

"吃了。"

汤佳渔拿手背试了下他的额温，好在温度并不太高。

陈嘉衍握住她的手腕，将她的手拉了下来，却没有松开，而是捏了捏她的手指："怎么和丁遥姐来喝酒了？"

"她和孟骁吵架了，心情不太好。"汤佳渔补充了一句，"我下次不喝了，好不好？"

他盯着她的眼睛，笑了下："没事儿，喝醉了我来接你。"

汤佳渔随口道："你要是不在呢？"

陈嘉衍停顿了两秒："那你给我打电话。"

汤佳渔失笑："等会儿你还要回医院吗？"

"不用。"陈嘉衍靠着椅背，"今天我爸会去医院陪护。"

汤佳渔"嗯"了一声。

雨水落在车窗上，水渍淋漓，就连街上的霓虹灯都变得影影绰绰的。这时，汤佳渔的手机响了起来，是梅溪打来的，问她什么时候回去。

汤佳渔把手机贴在耳边，说："这就回去了，在车上呢，您先睡，别等我了。"

梅溪又叮嘱了几句，才挂了电话。

陈嘉衍："我送你回去？"

"好。"

下雨了，路上有些堵。经过一个红绿灯时，车子如长龙般挤在一起，寸步难行，身后车子的鸣笛声此起彼伏，而在路况这么差劲的情况下，陈嘉衍的神色依然不见丝毫焦躁。

汤佳渔盯着他的侧脸轮廓看了一会儿，想着他是一个很温柔的人，她觉得自己似乎有点配不上他，不值得他对她那么好。

陈嘉衍察觉到汤佳渔的视线，转头："怎么了？"

"没什么。"汤佳渔轻轻摇头，"就是觉得你很好看。"

陈嘉衍盯着她，前方的车流有松动的迹象，汤佳渔看了一眼，提醒他："绿灯了。"

陈嘉衍这才收回视线，发动车子，跟上了前方的车流。

车子停到楼下的时候，雨刚好停了。

汤佳渔看向他："我外婆在楼上，就不请你上去坐了。"

陈嘉衍点头。

汤佳渔解开安全带，探身过去，亲了下他的嘴角，要退开时，陈嘉衍托着她的后颈，加深了这个吻。

旁边有车子经过，两人旁若无人。

片刻后，陈嘉衍放开她，汤佳渔开玩笑道："你现在不怕把感冒传给我了吗？"

陈嘉衍一顿，说："你回去冲包感冒冲剂。"

汤佳渔笑了笑，她打开车门下车："我逗你的，我的体质还没有那么差。我先上去了？"

陈嘉衍朝着窗外的她点了下头。

汤佳渔又道："到家了给我发条信息。"

陈嘉衍低声答应："嗯。"

汤佳渔进家门时梅溪还没睡，客房的门半开着。

汤佳渔走过去，推开房门："外婆，还没睡呢？"

梅溪正靠着床头看书，她摘下老花镜，说："你没回来，外婆哪里睡得着。"

"快睡吧，我去洗漱一下，也准备睡了。"

汤佳渔把客房门带上，进了自己的卧室，打开衣柜，拿了衣服去卫生间洗澡。

洗澡的时候，她听见外头又下起了雨，雨声还挺大的。汤佳渔皱了下眉，也不知道陈嘉衍到家了没。

洗完澡出来，汤佳渔拿过放在床头柜上充电的手机，给陈嘉衍发了条信息，问他到家了没。等她吹完头发，再次拿过手机，还是没收到陈嘉衍的回复，于是她直接给他拨了一通电话，却没人接听。

汤佳渔拿着手机去了厨房，把手机放在料理台上。她接了一壶水，刚按下指示键，手机突然响了起来。

汤佳渔按了接听键："到家了吗？"

"刚到。"陈嘉衍又解释了一句，"手机刚充上电。"

"有被淋湿吗？"

陈嘉衍看了一眼丢在沙发上的外套，后背处有一片深色水渍，他咳嗽了一声："没有。"

汤佳渔听到他的咳嗽声，微微蹙起眉头，催促：“你快去洗澡吧。”

陈嘉衍：“好。”

“晚安。”

“晚安。”

除夕那天，汤佳渔和梅溪祖孙俩一块儿过年。前两天陈启和打来电话，邀请梅溪和汤佳渔一同到陈嘉衍奶奶家过年，但梅溪拒绝了，她觉得大过年的去叨扰不太合适。

汤佳渔和梅溪两人提前买了点食材，不多，毕竟就两个人，吃不完也浪费。汤佳渔在厨房给梅溪打下手，其间，她给陈嘉衍拍了两道菜，一道梭子蟹粉丝煲，还有一道菠萝咕噜肉。

陈嘉衍问：“你做的吗？”

汤佳渔：“你觉得我有这厨艺吗？我外婆做的，我打下手。”

梅溪洗好菌菇，扭头见汤佳渔捧着手机，她笑了下，问道：“是男朋友的信息？”

汤佳渔把手机放入口袋里，嘴角一弯：“嗯。”

梅溪：“怎么不带来给外婆见见？”

“过一阵子吧。”

“是什么样的男孩儿？”

“你会喜欢他的，和我以前交往的那些不太一样。”

梅溪似乎松了口气：“那就好。”

汤佳渔见梅溪这副表情，觉得好笑：“外婆，我以前交往的那些男朋友有那么不好吗？”

“反正外婆是不喜欢的。”梅溪心情好，难得说了句俏皮话，“就想我外孙女长得那么好看，怎么挑男人的眼光这样差。”

汤佳渔忍不住笑出声来。

吃完除夕晚餐，汤佳渔的手机便开始不断地响起来，有朋友发来了拜年短信，还有各个微信群在发红包。汤佳渔把抢到的红包凑了个整，发给了陈嘉衍。

一分钟后，陈嘉衍发来一个金额为“520”的红包，汤佳渔在输入框里打字，正要回复，聊天界面又弹出一个红包，金额是“1314”。

汤佳渔愣了愣，最后给他回了个“发送爱心”的表情包。

过完年，梅溪又在市里待了一周，便说待不住，要回镇上。汤佳渔只好打车送她回去，同时又在镇上陪她住了两天。

汤佳渔回到市里时，离开学的日期也没剩几天了，她这个学期事情挺多的，除了要找实习单位，还要准备毕业论文答辩。

两人谈起实习的话题时，陈嘉衍正在厨房准备晚饭，问她实习准备待在哪个城市。

汤佳渔看他一眼，有意逗他：“应该会在苏城。”

陈嘉衍只是淡淡地“嗯”了一声，继续手上的动作，没有表露任何异样的情绪。

倒是汤佳渔不忍心再骗他，她从背后搂着他的腰，哄道：“我给曼城的几家律所投了简历，应该会在曼城实习。”

汤佳渔投的简历陆续有了回应，她去面试了几家，最终选择了一家在曼城挺有知名度的律所实习，周一入职。

陈嘉衍的双休日几乎都待在汤佳渔那里，汤佳渔的衣柜里渐渐多了陈嘉衍的私人物品——他的衣服、袜子，还有他的剃须刀。

偶尔汤佳渔会学着做几道菜，但大多数时候都是陈嘉衍下厨，两人挺享受现在的生活。

时间一晃就到了五月中旬，其间，汤佳渔回了一趟苏城，去准备毕业论文答辩以及填些毕业材料。

她再回到曼城时已经是六月，曼城夏天出了名的炎热，今年也不例外，地表温度能将一颗鸡蛋烤熟。

陈嘉衍开车来接她，但两人回到住处时，汤佳渔还是被热出一身汗，因此一进门，她便拿上衣服去了浴室洗澡。陈嘉衍学校有事，送她到家后又去了学校。

洗完澡出来时，汤佳渔听见门外响起按铃声，她擦着头发去开门，就见门外站着梁吟蓉。她一时有些措手不及，过了一会儿，才回过神来：“你怎么来了？”

梁吟蓉道：“来看看你。”

汤佳渔皱了下眉，还是侧身让梁吟蓉进来了。她关上门，看向梁吟蓉：“你想喝什么？”

“不用，我不渴。”

汤佳渔倒也不勉强，只说：“我去吹个头发。”而后自顾自地走进了卧室的卫生间。

梁吟蓉在客厅坐下，目光四处扫了一圈，看见了阳台上的一件黑色短袖T恤，她微微蹙着眉，心里的某种猜想似乎得到了印证。

见汤佳渔吹完头发出来，梁吟蓉开口问道：“你和你男朋友住在一起了？”

汤佳渔拧开一瓶矿泉水，喝了两口，随意地“嗯”了一声。

梁吟蓉按捺着脾气，问：“什么时候带来给我见见？”

汤佳渔淡淡地说道：“你不是向来瞧不上我交往的那些人吗？”

梁吟蓉直截了当道：“你是不敢带来给我见，还是这人是我认识的？”

汤佳渔倏地转头，看向梁吟蓉，片刻的诧异过后，她反倒平静了下来：“那天在陈叔叔家，你是不是看到了？难为你憋了这么久才来问我。”

汤佳渔不提还好，一提梁吟蓉便气不打一处来，她冷声道：“所以呢？你为什么和嘉衍在一起，是为了报复我，还是存心给我难堪？”

汤佳渔没说话。

梁吟蓉被气得胸腔起伏，一字一句地说道：“当初你摔伤腿了，我就不该答应让你来你陈叔叔家住。我以为你不过是不懂事，没想到你现在这么大的人，还能做出这样的事情来。你是存心恶心我是吧？汤佳渔，你可真是汤文耀的好女儿。我这个妈就不是亲妈，是后妈，把你养这么大，我哪点亏待了你，你这么恨我？我当初就不该生了你，不然怎么让你有机会来折腾我！”

“那你呢？”汤佳渔面无表情，“跟你出轨的事相比，我觉得我这些事真算不上什么。”

“那嘉衍呢？”梁吟蓉反问，“你是真的喜欢他，还是为了报复我？”

车子行到半路，陈嘉衍想起自己忘了带U盘，他转动方向盘，原路返回。出了电梯，陈嘉衍看到房门虚掩着，留了一条缝隙，还以为他先前忘记关门，便皱了皱眉，加快脚步朝门口走去，直到听到自己的名字，他的脚步硬生生地停了下来。

他听到梁阿姨问：“那嘉衍呢，你是真的喜欢他，还是为了报复我？”

汤佳渔一时没有回答，陈嘉衍垂着眼，一动不动地盯着门上的铝合金门把，他的手垂在身侧，不由自主地握紧成拳，手心已经隐隐有了汗意。

良久，他才听到她声音寡淡地道：“这和你没什么关系。”

02

梁吟蓉走后，汤佳渔靠着餐桌抬手轻揉眉心，她微微低着头，长发垂落下来，有些心烦意乱。

烦躁地叹了一口气，汤佳渔拿过手机给丁遥发了条信息：“我妈来找我了。”

丁遥反应倒是快，直接拨了通电话过来：“什么意思，梁阿姨知道你和陈弟弟的事了？”

汤佳渔含糊地“嗯”了一声。

丁遥问：“那陈弟弟知道吗？”

汤佳渔：“应该还不知道。”

因为丁遥还在加班，一时走不开，两人说了几句，也就挂了电话。

汤佳渔回到卫生间，把换下的衣服扔到洗衣机里。洗衣机运作的声音响了起来，汤佳渔在这机械运转的背景音里，突然有点想抽烟，但家里的烟早就被她丢进了垃圾桶。

在家里漫无目的地转了几圈，汤佳渔给陈嘉衍发了条信息，问他到学校了没。

过了半个小时，她才收到他的回复。

“到了。”

汤佳渔：“晚上一块儿出去吃饭吗？”

陈嘉衍看着手机屏幕上汤佳渔的消息有些出神，过了好一会儿，他才回道：“有点忙，估计要很晚回去。”

手机又振动了下，汤佳渔回了一个简单的“好”字。

陈嘉衍没回来，汤佳渔打算随便吃点什么解决晚饭。刚巧丁遥下班给她打电话，问她晚饭吃了没，要是还没吃，丁遥打算直接买打包来她家陪她一块儿吃晚饭。

汤佳渔顿时满口答应。

丁遥很快就到了，汤佳渔去开门，刚接过她手中的餐盒，就听到丁遥问：“陈弟弟还没回来？”

“他在学校有点儿事，没那么早回来。”

汤佳渔给丁遥倒了一杯温水，又将包装袋拆开，把餐盒拿出来。

丁遥在餐桌前坐下，忧心忡忡道：“梁阿姨很生气吧？”

“嗯。”汤佳渔点头，“她觉得我和陈嘉衍交往是为了报复她。”

丁遥抬头看了她一眼：“那你是吗？”

汤佳渔食不知味地搁下筷子，说：“一开始是。”

丁遥琢磨了片刻，把玻璃杯放在餐桌上：“佳渔，你记得我上次问你，你对陈弟弟是认真的吗？你告诉我，你是认真的。”

汤佳渔抬头：“我那个时候撒了谎。”

“那现在呢？”丁遥不解，“你为什么又让陈弟弟转正呢？”

汤佳渔喝了一口水：“因为我后面喜欢上他了。遥遥，他对我很好。”

丁遥叹了口气。

两人陷入沉默时，玄关处传来钥匙插入锁孔的声音，两人循声望去，陈嘉衍正推门进来。

看到餐桌旁的丁遥，他打了声招呼：“丁遥姐。”

丁遥应了一声，陈嘉衍回来了，她不好再杵这儿当电灯泡，于是道：“我先回去了。”

丁遥换鞋出门后，汤佳渔看向陈嘉衍：“晚饭吃了吗？”

陈嘉衍点头：“吃了。”

汤佳渔推开椅子起身，把桌上的一次性餐盒收在外卖袋子里。陈嘉衍走了过来，帮她一起收拾。

汤佳渔闻到了他身上淡淡的烟味，她皱了下眉，抬头看他：“你抽烟了吗？”

陈嘉衍与她对视，“嗯”了一声。

汤佳渔轻声问：“怎么了，你心情不好？”

陈嘉衍把外卖袋子打了个结，丢到垃圾桶里，淡声道：“没什么。”

汤佳渔觉得他情绪不太对，她走到他身边，想去亲他的下颌，被他偏头躲开了。

汤佳渔看着他，忽然想到了什么，她试探道：“你是不是知道了什么？”

陈嘉衍沉默片刻，反问：“我知道什么了？”

汤佳渔心里隐隐有一种预感，或许是女人的第六感作祟，又或者是她自己心虚，她顿了一下，问道：“今天我妈来找我了，你是不是听到了？”

陈嘉衍深深地吸了一口气，他盯着她的眼睛，眼角隐隐有点发红：“听到什么了？听到你说喜欢我是假的，你一开始就是故意接近我的。在小谭山那天，你也是故意吻我的，对不对？”

汤佳渔觉得喉咙艰涩，她摇了下头，解释道：“不是这样，我承认，一开始我的确是目的不纯，可后来……”

汤佳渔有点难以继续说下去：“你不相信我吗？”

陈嘉衍眼里泛起湿意，他别开眼不看她：“我不知道该不该相信你。”

一阵难堪的沉默后，汤佳渔抬起头，缓缓地问道：“所以呢，你是想分手吗？”

陈嘉衍喉头微动，双手狠搓了下脸，他的眼睛更加红了，不知是揉搓的缘故还是因为别的什么。他的目光锁着她的眼睛，声音嘶哑：“你想分手？”

“你不是想吗，你不是不相信我吗？”汤佳渔尽量维持着表面的平静，“既然这样，那继续下去也没什么意思。我晚上先去和丁遥住，你留在这里。”

汤佳渔说完，便走进卧室，把自己的东西稍微收拾了下。正要放入行李箱，她听见客厅传来关门声，而后屋里安静了下来。

汤佳渔把收拾好的东西扔到床上，她想，这次她是哄不好他了。

陈嘉衍打开车门，坐上驾驶座。他靠着椅背，胸腔剧烈起伏着。他从裤兜里掏出烟，烟是今天在学校附近的便利店买的，已经抽了两支。他抽出一支，送到嘴里咬着，过了一会儿，又拿了下来，将它放回烟盒里。

陈嘉衍把玩着手上的打火机，这是廉价的一次性打火机，可以看到里头的液态丁烷。

他无意识地按着打火机按钮，然后松手，眼看着火苗蹿起，又看着它熄灭。如此反复几次，眼睛好似被火光灼烧到，陈嘉衍仰头，伸手捂住了眼睛。他把打火机丢进储物盒里，发出一声清脆的闷响。

过了一会儿，手里的手机突然“嗡嗡”地振动起来，振得他手心隐隐发麻。

陈嘉衍按了接听键，声音微哑：“喂？”

那端是赵晔的声音：“一块儿吃夜宵，来不来？”

陈嘉衍沉默了片刻，问：“在哪儿？”

赵晔说：“徐记烧烤，等你，赶紧过来。”

陈嘉衍到的时候，赵晔他们已经吃上了。看着陈嘉衍拉开一张椅子坐下，赵晔说：“还以为你不来呢。”

陈嘉衍随口道：“刚好没什么事。”

赵晔抬手递给陈嘉衍一罐啤酒：“喝吗？”

陈嘉衍接了过来，赵晔又问：“没开车？”

“等会儿叫代驾。”

赵晔仔细打量了陈嘉衍几眼：“哥们儿，怎么觉得你情绪不太对劲儿？”

“你眼花了。”

陈嘉衍打开啤酒罐的拉环，仰头狠狠地喝了一口。

服务员来到他们这桌，端上一盘烤好的包浆豆腐：“你的包浆豆腐。”

赵晔偏头道谢。

陈嘉衍捏着啤酒罐，垂下眼眸盯着那盘包浆豆腐，豆腐皮烤得金黄，块块饱满，上头撒了小米椒和葱花。

他想起了那会儿他和赵晔来吃夜宵，碰见汤佳渔，后来她给自己打了一通电话，推荐了这道菜，还说以后有机会一起来吃。

他想，她是不是从一开始就精心设计好了每一句话，就连夸他的照片好看，是不是也是她一贯撩拨人心的手段，他也不知道那张照片她是不是真的保存了。

赵晔说："尝一块这个包浆豆腐，我上回和施霖一块儿来吃，她说挺好吃的，还是佳渔姐推荐的，味道是真不错。"

陈嘉衍靠着椅子，摇头："不用。"

汤佳渔把零散铺在床上的衣服又整齐地折叠好，放入衣柜时，她看到旁边叠放着陈嘉衍的衣物，汤佳渔一怔，又默默地关上了柜门。

她的手机屏幕亮了起来，是丁遥发来的微信："佳渔，这件事你还是得先和陈弟弟解释清楚，不然陈弟弟到时候知道了肯定要误会的。"

汤佳渔回："不用解释了，我们已经分手了。"

她点击发送，两秒后，丁遥的电话就打了过来。

汤佳渔按了接听键，在地板上坐下，背靠着床头，听丁遥在手机那端追问："陈弟弟怎么知道的？"

"今天我妈来找我，他应该在门外听见了。"

丁遥小心翼翼道："陈弟弟很生气吗？"

汤佳渔抱着膝盖，觉得异常疲倦："我第一次见到他这么生气。"

丁遥宽慰她："等过几天陈弟弟冷静下来，你再去哄哄他？"

"我哄不好他了。"汤佳渔说，"我突然间觉得自己很坏，遥遥，你说我是不是很坏？老是欺负他。我要是他，就再也不想见到我了。"

丁遥叹了口气："陈弟弟说分手了吗？"

"没有。"汤佳渔深吸了一口气，"他说不知道该不该相信我。"

丁遥道："我过来陪你。"

"不用，我没事儿，你明天不是还要上班吗？"

“真不用？”

“不就是失恋而已。”汤佳渔笑了下，“我又不是没失恋过。”

丁遥想说这次不一样，但最终还是没有说出口，只叮嘱她早点儿休息。

赵晔和陈嘉衍认识多年，还是第一次见陈嘉衍喝得这么醉，已经醉到脚步虚浮的地步。陈嘉衍做什么事情都有节制，很少会这样放纵自己。

赵晔从陈嘉衍的口袋里掏出车钥匙，解锁了车子，把人扶到后座上，又拿出手机叫了代驾。

等代驾来的途中，施霖给赵晔打来电话，问他在哪儿。赵晔靠着椅子，看了一眼身边闭着眼休息的陈嘉衍，他说：“陪嘉衍等代驾呢，他喝醉了。”

“真的假的？”

“真的，我也奇怪。”赵晔皱了下眉，“宝宝，我觉得嘉衍今天不太对劲儿。”

“怎么说？”

赵晔提了几句，施霖怪他多想，让他送完陈嘉衍赶紧回来。

赵晔挂断电话，把手机放回裤兜里。他正准备抽支烟，就听到陈嘉衍迷迷糊糊地似乎在说些什么。

他凑近，仔细听了听，听出是“汤佳渔”三个字。

施霖把童小斐和陈嘉衍告白的事儿告诉过赵晔，还说，童小斐说陈嘉衍和汤佳渔在一起。原本两人不大相信，直到现在，赵晔才意识到，陈嘉衍真的跟汤佳渔在一起了。

车子停到楼下不久，陈嘉衍就醒过来了，他在车上睡了一会儿，酒劲已经缓和了不少。

赵晔要送陈嘉衍进去，被陈嘉衍拒绝了：“没事儿，我可以自己进去。”

赵晔犹豫了几秒，最后实在按捺不住八卦的心思，问道：“嘉衍，你真和佳渔姐在一起了？”

陈嘉衍一怔，片刻后，他低声说：“现在不在一起了。”

赵晔还在思考这句话是什么意思时，陈嘉衍已经转身，打开门，走进了院子。

陈启和还没回来，估计又是在忙应酬。陈嘉衍没开灯，他摸黑上了楼，走进卫生间，打开水龙头洗了把脸。盯着镜子里狼狈的自己发了片刻呆，他拉开抽屉想拿毛巾擦脸，余光却扫到了角落里的那条黑色发绳。

他拿出来看了一会儿，最后还是把发绳放回了抽屉。

03

那天之后，汤佳渔便和陈嘉衍断了联系。

一周后，汤佳渔和她的上级领导去到法院的调解室，和对方律师谈和解方案。

结束时刚好临近饭点，丁遥工作的公司也在这附近，汤佳渔给丁遥发了信息，约她一块儿吃午饭。

很快，丁遥就回了信息，让她等十分钟。

汤佳渔先去附近的商场，挑了家韩式料理店，毕竟中午没有太多休息时间。等了大概二十分钟，丁遥才姗姗来迟。

汤佳渔见丁遥额头都是汗，给她倒了一杯大麦茶。

丁遥喝了两口茶，解了渴，这才说：“热死我了。”

汤佳渔笑了下：“我点了部队火锅，可以吗？”

丁遥对吃的不大挑剔，她不在意地点点头。

吃饭的过程中，丁遥不免问起了陈嘉衍：“那天后，你们就没联系了？”

汤佳渔手中的动作微顿，然后继续拿着瓷勺舀了口汤，语气如常：“没有。”

丁遥叹了口气，转移话题问起汤佳渔何时转正。

汤佳渔的师父对她在实习期的表现挺满意的，不出意外的话，实习期结束后她就能转正。只不过汤佳渔现在有些犹豫，原本她来曼城律所实习，多少也是因为陈嘉衍，现在两人闹掰了，她不知道还要不要继续待在曼城。

但汤佳渔没打算和丁遥说这些，毕竟她自己也还没确定下来。

当天下班后，汤佳渔回到家里，注意到门口贴了张单子，她随手撕了下来。进门，抬手按了下墙壁上的开关，室内的灯光却没有丝毫反应，她疑惑地重复开关了几次，才想起打开手机的自带手电筒，这才发现手里拿着的是电费未缴的单子。

她愣了愣，生活缴费这些事之前几乎都是陈嘉衍做的……

汤佳渔摇了摇头，把愈加发散的思绪收拢，她拿出手机，登录缴费软件，交了电费。

没到两分钟，屋里的灯光亮了起来。汤佳渔从沙发上站起来，打开衣柜，准备拿换洗的衣服到浴室洗澡，却再次看到了衣柜里放着的陈嘉衍的衣服。

她盯着看了一会儿，心里越发难受。想了想，她从客房找来一只纸箱子，把陈嘉衍的衣服一一放到纸箱里。收拾到一半，她就发现一只纸箱已经不够，最后，陈嘉衍的东西足足装满了两只大纸箱。

看着旁边的两只大箱子，汤佳渔愣愣地站了一会儿，而后才拿出手机下了单，预约同城快递明天来取东西。

做完这一切，她点开她和陈嘉衍的聊天框，原本是想问他把东西寄到哪儿，只是犹豫了两秒，最终还是退出了微信。

陈嘉衍看到那两只纸箱，是在周六下午回家的时候。

他这一周着实不怎么好受，整个人都是浑浑噩噩的。

听见开门声，吴阿姨从厨房走了出来，和他打招呼：“嘉衍，回来啦。”

陈嘉衍点了下头，把钥匙挂在墙上的挂钩上，就听吴阿姨又说：“嘉衍，有快递送来了，是两只大纸箱子，收件人的名字写的是你。”

陈嘉衍眉头一皱：“在哪里？”

吴阿姨：“放你卧室里了。”

陈嘉衍点了点头，快步上了楼。

卧室里贴墙放着两只棕色的纸箱子，陈嘉衍走过去，拿出裁纸刀，沿着封口的胶带切开，里面都是他的衣物，还有些生活用品。

其实在楼下时他就隐隐猜到了几分，此刻心里的猜测得到证实，他表情微僵，片刻后，陈嘉衍拿出手机给汤佳渔发了条信息。

林驿不知打哪儿知道了汤佳渔分手的事儿，硬要拉她来酒吧玩，说让她散散心换个心情。

手里握着一杯酒，麻木地看着舞池里扭动身躯的男男女女，汤佳渔一点玩乐的心情都没有。陈嘉衍的信息就是在这个时候发来的，只是酒吧里喧嚣热闹，耳边动感十足的音乐让信息来了的提示音足以忽略不计。

等汤佳渔真正看到那条信息时已经是在林驿的车上，她有点无聊，点进微信打算刷下朋友圈，便看到了陈嘉衍的信息，她不由得一怔。

陈嘉衍：“什么意思？”

恰逢一个红灯，林驿停下车子，等着前面的行人穿过斑马线。百无聊赖中，他侧头看了汤佳渔一眼，就见她捧着手机，表情有些微妙，他连忙道：“你这表情……怎么了？你可别哭啊。”

汤佳渔没理会林驿的调侃，她咬了下唇，正要回信息，手中的手机突然响了起来，是陈嘉衍打来的。

她犹豫了两秒，按了接听键。

陈嘉衍哑着声音道：“为什么把我的东西寄回来了？”

汤佳渔心里一疼："我们不是分手了，你的东西再放在我这里也不太合适。"

陈嘉衍沉着声音反问："你想要分手？"

汤佳渔手指抠着安全带，低声道："嗯。"

陈嘉衍仍旧维持着那个姿势坐在原地，腿边放着一只烟灰缸，里头有两个刚抽完的烟头，还可以看出一点红芒在若隐若现。

在等汤佳渔回复的这段时间，陈嘉衍有想过，要是她哄哄他，也许他就不计较了，可是她似乎连哄都懒得哄了。

陈嘉衍觉得一股郁气积在胸口，堵得他胸口发疼。他垂下眼眸，然后说："好，你想要分手，那我们就分手。"

电话被挂断，汤佳渔愣愣地握着手机。

林驿看她一眼："要是不想分手就别分了，干吗这副要死不活的表情。"

汤佳渔把手机从耳边拿下来，她摇了摇头，道："我不值得他对我这么好。"

红灯转绿，林驿没再多说，把车子开了出去。

汤佳渔回到家里，刚踏入门口，手机便响起来，她看了一眼来电显示，是梁吟蓉。她犹豫着要不要接的时候，手机已经自动挂断了。

汤佳渔长舒了口气，手机却再次振动起来，她按了接听键，就听梁吟蓉直截了当道："你外婆现在在镇医院住院，我给她打电话，她说没什么大事，但我不放心。我这两天在外省，一时回不来，你明天找个时间去一趟。"

汤佳渔不咸不淡地说了句"知道了"，便挂了电话。

挂断电话后，她给梅溪打了电话，没人接，汤佳渔心里不安，叫了车子前往镇上。

车子开到一半，梅溪给她回电话，问她打电话来什么事。

汤佳渔语气焦急："外婆，我妈说您现在在医院，怎么回事儿？"

“哎，没什么大事儿。”梅溪说，“就是血压有点不稳定，住几天院就好了。”

汤佳渔松了一口气，又听到梅溪问：“你现在还在外面？”

“我打车来镇上，还有半个小时就能到。”

梅溪：“你妈给你打的电话吧，都说没什么大事儿了。明天外婆就能出院，你这么晚了跑来一趟，多麻烦。”

汤佳渔：“我来都来了，这会儿也不能绕道回去，您先睡吧，别等我了。”

车子到达镇上的医院时已经是凌晨，汤佳渔付钱下了车。

镇上的医院不大，就一幢楼，说是住院部，其实就占了一层楼，平常镇上的人也就有个头痛脑热的时候会来看看，要是真遇到什么大病，还是得去市里的大医院。

汤佳渔推开房门进去时，梅溪还没睡着，估计在等她。

汤佳渔蹙着眉：“不是让您先睡，别等我吗？”

“你一个女孩子大半夜的坐车过来，外婆哪里能睡得安稳。”

病房里摆着两张床，但是病人只有梅溪一人。时间不早，汤佳渔稍微洗漱了下，就在旁边的那张病床上睡下了。

梁吟蓉是在梅溪出院的第二天来的，几人一起吃了午饭，汤佳渔和梁吟蓉在厨房清洗碗筷。

梁吟蓉看她一眼：“你现在和嘉衍？”

汤佳渔冷声打断她的话：“我和他分手了，所以你不用担心了。”

梁吟蓉动了动唇，汤佳渔又说：“我和陈嘉衍分手，不是因为你，只是我自己想分手。”

梁吟蓉看着她，还想再说些什么，汤佳渔已经转身走出了厨房。

从镇上回来后，汤佳渔就办理了辞职手续。

丁遥得知她辞职的事儿，颇为不满：“即便你和陈弟弟分手了，曼城不是还有我吗？”

汤佳渔笑着解释："倒也不是，不过是有一个认识的学长开了家律师事务所，开的条件不错，所以我打算去试试。"

丁遥抱怨归抱怨，但也不可能真不让她去。

陈嘉衍和汤佳渔分手后，倒是没有跟她的朋友断了联系。孟骁找他打球，他照样赴约。

两人下午在体育馆打球，休息的时候，孟骁捡起放在椅子上的矿泉水瓶扔给陈嘉衍，说："前几个月喊你打球，你总是推说没空。"

和汤佳渔在一起后，陈嘉衍打球的次数确实变少了，毕竟她说过让他一周打一次，陈嘉衍也就照做了。

陈嘉衍拧开矿泉水瓶盖，喝了两口水，没有多做解释。

孟骁说："打完球，一块儿去吃夜宵？"

陈嘉衍面露迟疑，孟骁以为他是顾忌汤佳渔会在，陈嘉衍和汤佳渔分手的事儿，孟骁从丁遥那里听过一嘴，他顺口道："佳渔去苏城了，今晚不在。"

陈嘉整个人僵了一下，孟骁偏头看他一眼："你不知道？"

陈嘉衍摇了下头，孟骁又继续道："她辞了这边的工作。她的一个师兄新开了家律所，给她开的条件还不错，她就去了。"

陈嘉衍没说什么。

孟骁说："你也别怪佳渔，我和丁遥在一起的时候，她就成天谈恋爱。"

陈嘉衍自嘲地扯了扯嘴角，低声说了一句："我知道。"

孟骁没注意到，继续说："但她以前的那些恋爱就跟小孩子过家家似的，纯粹是为了刺激她妈。她这人性子倔，好强又固执。她前面两段感情都是她提的分手，她就是这样，不愿做被抛下的那个，说起来还是缺少安全感。我看这次也是吧，估计还是因为她爸妈的感情影响了她。但我看得出来，她对你是不一样的。"

陈嘉衍敛眉，喉结滚动了下，没有接话。

第十章 追求

01

航班落地苏城机场后，汤佳渔直接打了辆车去律所。路上，她打开跟陈嘉衍的聊天对话框，发现她登机前跟他说的要回苏城的消息他还没回复，想了想，她又给陈嘉衍发了条信息，说她已经到了苏城。

直到进入律所大门，她依然没有收到他的回信，汤佳渔心下有几分心虚，毕竟一年后再见，两人囫囵睡了一觉后，隔天她就订机票飞回苏城，说出去多少有些过分。

站在宁师兄的办公室门口，汤佳渔深吸一口气，没再想这件事，抬手敲门。

宁师兄原名叫宁宇，大汤佳渔三届。

过了一会儿，门里传来一道声音："请进。"

宁宇坐在办公桌后，抬头看见推门进来的汤佳渔，笑了笑，说："不是让你进我办公室不用敲门吗？"

汤佳渔也笑了，打趣道："那不行，毕竟是在律所，你是老总，这个面子我可不能不卖给你。"

闲聊几句，宁宇将旁边的一份文件递给她："这个案子的资料你看一下，帮我给当事人打个电话。”

汤佳渔坐在沙发上，翻看了几眼，大概了解了整个案子的情况。

这是一个关于创作思路著作权的纠纷案，当事人任某在出版社任职期间，出版社要出一套指导丛书，指定由任某设计丛书的整个结构，后来任某辞职，没有继续负责该书的设计，但丛书最后还是按照任某设计的结构出版了。

宁宇见她看完了案子，挑了下眉，问：“想好要怎么打吗？”

汤佳渔笑了下：“这个案子从不当得利的角度提出诉请或许还有希望，他在设计这本书的时候有和出版社签合同吗？我猜没有。”顿了一下，她又说，“你是想让我接这个案子吗？”

宁宇靠着椅子，悠闲道：“一个月前，你不是拿到了律师执业证书？这个案子给你试试水。”

宁宇抬起手腕看了看表，又说：“刚好是下班的点，一块儿吃顿午饭吧。”

“我在飞机上吃过了，现在还不饿。”汤佳渔笑着拒绝，“就不让宁师兄破费了。”

宁宇笑了笑，也不在意她的拒绝：“行，你不饿就算了。”

汤佳渔把案件梳理了一番后回到住处，丁遥打来电话，说约她一起吃晚饭。汤佳渔这才想起，她只跟陈嘉衍说了要回苏城，倒是忘了跟丁遥说她走了的事。

丁遥在电话里骂她重色轻友，又问起她和陈嘉衍怎么样了。

汤佳渔闪烁其词：“就那样。”

丁遥：“你突然回苏城，跟陈弟弟说了没？”

“给他发了条微信消息，不过他还没回我。”

汤佳渔挂断电话后点开微信，置顶的聊天框里，陈嘉衍依旧没有回她的消息，距离她给他发的那条已经到达苏城的信息快过去十个小时了。

汤佳渔轻叹一口气，把手机放在床头柜上，仰面倒在床上看着天花板发呆。

第二天早晨，汤佳渔约了当事人在律所附近的一家咖啡厅见面。当事人叫任强，看着年龄和汤佳渔差不多大，戴着眼镜，有几分书生相。

碰面后，汤佳渔问："你想喝点什么？"

任强："美式咖啡就可以。"

汤佳渔点头，招来服务员，点了一杯美式咖啡。

咖啡端上来后，汤佳渔直截了当地开始询问："在设计指导丛书之前，你有没有同出版社额外签合同？比如，你设计的这些结构版权都属于公司之类的。"

任强："没有。"

汤佳渔"嗯"了一声，然后同任强说打算从不当得利这个点出发，提起诉讼请求。

任强困惑道："不能从版权受到侵害这个点提起诉讼请求吗？"

汤佳渔喝了口咖啡，解释了一句："你的创意没有形成固定的作品，要是从版权这个点来打官司的话没有多少胜算。版权的话，前提是必须要有有形成果，你只是一开始设计了丛书的整体结构，并没有参加后期的丛书编写。从目前的情况来看，还是得从不当得利这个点出发比较好。"

同任强聊完后，汤佳渔直接回到了律所，着手准备诉讼资料。

一直熬到晚上八点，汤佳渔才忙完所有事情，律所的人已经走得差不多了，只有宁宇的办公室还亮着灯。

汤佳渔刚收拾好办公桌面，宁宇正好也打开了办公室门，随口道："还没走呢？"

汤佳渔懒懒地"嗯"了一声。

宁宇手腕上还搭着件西装外套，他看向她："还没吃晚饭吧？一块儿出去吃点，等会儿送你回去。"

忙到这个点，汤佳渔确实有点饿了，也就没拒绝宁宇的提议。

宁宇开车载着汤佳渔去了一家粤菜馆，这个时间点，客人挺多的。

汤佳渔刚坐下，目光无意中一瞥，就看到了隔壁一桌坐着的陈嘉衍。第一眼，汤佳渔还当是自己眼花，她微眯着眼睛细看了一会儿，才确定真是他。

陈嘉衍穿了一身灰色的西装，里头是白色的衬衫，扣子开了两颗，在他那一桌看上去年龄同他相差不大的男生里极为显眼。他手上拿着一罐啤酒，有人同他说了什么，他侧过头听着，然后笑了下，喝了口啤酒。

宁宇注意到汤佳渔的目光，顺势看了过去，说："前男友？"

汤佳渔一顿，收回了目光，看着面前的宁宇："你怎么猜到的？"

宁宇不过随口一说，还真没想到自己猜准了，他短促地笑了一声："还真是啊？"

"嗯。"

宁宇评价了一句："长得还挺帅。"

汤佳渔直言不讳："那是，不帅我能看上他？"

宁宇偏了下头："那怎么分了？"

汤佳渔表情有一瞬间的恍惚，宁宇捕捉到了，他甚为识趣："你要是不想回答，可以不回答。"

汤佳渔喝了一口水，轻描淡写道："没什么不好说的，遇到了一些事，我提了分手。"

宁宇点到为止，不再多加打探。

陈嘉衍发现汤佳渔还是因为许天平碰了碰他的胳膊肘，凑到他耳边说："看前面那一桌，那个穿紫色衣服的姑娘，长得还挺正的。"

陈嘉衍没什么兴趣地抬了下眼，却意外地发现是汤佳渔，他愣了两秒。

许天平见陈嘉衍盯着那个方向不作声，他说："正吧？"

陈嘉衍敷衍地"嗯"了一声，汤佳渔似察觉到了什么，转头看了过来。

两人视线相触，片刻后，陈嘉衍放在桌上的手机屏幕亮了下，陈嘉衍敛眉，拿起手机，就见手机屏幕上弹出一条微信消息。

汤佳渔："你怎么来苏城了？"

陈嘉衍原本不想回的，犹豫了一会儿，还是回了："陪导师来苏城参加会议。"

汤佳渔发信息时其实已经做好了陈嘉衍可能不回的准备，所以在微信提示音响起来的那一刻，她暗自松了口气。

吃完晚饭，宁宇去结账，汤佳渔先走到门外等着。过了一会儿，陈嘉衍一行人也出来了，其他人陆陆续续走了，最后门口只剩下陈嘉衍和另一个男人。

汤佳渔没多想，出声喊住了他。陈嘉衍看她一眼，侧过头跟他身边的男人说了些什么。那男人打量了汤佳渔两眼，然后拍了拍陈嘉衍的肩膀，先走到马路边上等车。

看着陈嘉衍走近，汤佳渔抿了下唇，说："我那天没给你打电话就回了苏城，你生气了吗？"

陈嘉衍的西服外套搭在手臂上，衬衣平整洁白。他今晚喝了点酒，但没到醉的地步，他摇头，声音有点淡："你不是给我发信息了？"

汤佳渔抬头看他，说不清什么感觉，总觉得陈嘉衍的态度有点疏离，她只好没话找话："你住在哪儿？"

陈嘉衍看了她一眼："佳林酒店。"

"哦，那家酒店卫生方面还是挺好的。"

两人又说了几句，陈嘉衍的同事等的车到了，出声问他走不走。

陈嘉衍转过头瞥了一眼，回了句"就来"，而后他再次看向汤佳渔，道："我先走了？"

汤佳渔点头。

陈嘉衍走后，宁宇才从店里出来，汤佳渔道："结个账需要这么久吗？"

"这不是给你制造机会嘛。"

汤佳渔没什么表情："谢了。"

宁宇意味深长地看了她一眼："怎么，谈得不愉快？"

"他似乎不怎么想跟我说话。"

宁宇笑了下："你当初是不是伤这哥们太深了？"

"也许吧。"

这边，陈嘉衍和许天平上了出租车，陈嘉衍透过后视镜看了一眼，汤佳渔正同刚才跟她一起吃饭的男人并肩说着什么。

那男人不知道说了什么，她将被风吹乱的长发拨到耳后，弯起嘴角笑了下。

许天平面露八卦之色："你跟那美女认识啊？"

"嗯。"

"不会是你前女友吧？"

陈嘉衍伸手去西装外套里摸了个烟盒出来，却发现里面是空的，他把烟盒捏扁，转头去看许天平："有烟没？"

许天平见陈嘉衍这表情，知道自己猜中了，他把烟扔给他："这么正的美女，怎么就分手了？"

陈嘉衍把烟送到嘴里衔着，含糊而低声道："是她甩了我。"

许天平靠着椅背，挑了挑眉，然后笑了："这姐姐厉害，能甩你。"

陈嘉衍恍若未闻地点燃手里的烟，然后将烟盒和打火机还给了许天平。

回到酒店，陈嘉衍随手将西装外套搭在椅背上，从行李箱里拿出充电线，给因为没电自动关机的手机充上电，而后去卫生间洗澡。

洗完澡出来，陈嘉衍将手机开机，这才看到半个小时之前汤佳渔给他发了信息，问他要在苏城待几天，约他一块儿吃饭。

陈嘉衍盯着信息看了一会儿，最后回道："我明天下午有时间。"

他正准备放下手机，手机振动了下。

汤佳渔："明天下午六点见，我开车去接你。"

陈嘉衍盯着这条信息，原本想问问她什么时候学会的开车，迟疑了片刻，只简单回了个"好"字。

第二天，律所下班后原本有聚餐，汤佳渔推托有事，没去参加。

她来苏城后便买了一辆车子，驾驶证是她在大二那年拿到的，之前好久没开有点手生，现在开熟练了，技术倒也还可以。

汤佳渔下班的点刚好遇到拥堵高峰期，堵了一会儿，到陈嘉衍开会的地点时已经快晚上七点。

汤佳渔拨通了他的电话，等了几秒，电话被接通，那端传来他清冽的声音："喂？"

这是时隔一年后，汤佳渔第一次在电话里听到他的声音，她一时有些恍神，愣了一会儿，直到陈嘉衍叫了声她的名字，她才回过神："我到了，你在哪儿？"

"稍微等我一会儿。"

汤佳渔应了声："好。"

等了不到五分钟，陈嘉衍便和一个看起来四十多岁的男人从门口出来，两人说了几句，他便朝着她的方向走来。

伸手打开副驾驶的车门，陈嘉衍坐了进去。

见他手上拎着西装外套，汤佳渔说："衣服可以放到后面的座位上。"

陈嘉衍转过头，把衣服丢在后座上。

汤佳渔打转方向盘，把车子开了出去，随口问了一句：“刚才那个人是谁？”

“我导师。”

汤佳渔轻轻地“嗯”了一声。

陈嘉衍侧过头，看了她一眼：“你什么时候拿的驾照？”

汤佳渔下意识道：“大二的时候就拿到了，我没告诉过你吗？”

话音落下，车里又静默了下来。

陈嘉衍淡声道：“没有。”

接下来的一路，两人都没再开口说过话，直到汤佳渔把车子驶入商场的地下车库。地下车库停了不少车，汤佳渔绕了一圈才勉强找到一个停车位，但位置不太好，她倒了几次车，还是没停好。

汤佳渔有些烦躁，陈嘉衍适时出声：“我来停？”

汤佳渔紧皱的眉头这才松开，她松了口气，道：“麻烦你了。”

陈嘉衍“嗯”了一声，继而神色自若地推开车门，下了车。汤佳渔从驾驶座下来，站在旁边，看着陈嘉衍稳稳地把车停入车位，然后下车，把钥匙递还给她。

两人乘坐电梯上商场的四楼，四楼都是饭店。出了电梯，汤佳渔问陈嘉衍想吃什么。

陈嘉衍：“我都可以。”

“那去吃泰国菜？”

陈嘉衍点头。

他的西服外套放在车里，没有带上来，此刻身上是白色的衬衣和灰色西裤，整个人看起来温文尔雅，十分有气质。

只是两人之间始终隔着一段距离。

汤佳渔驾轻就熟地引着陈嘉衍进入一家专门做泰国菜的店里，此时刚好错过用餐的高峰期，店里空出了几个位置。

两人挑了个靠走道的位置坐下，汤佳渔点了香辣咖喱蟹和菠萝炒饭，然后把菜单递给陈嘉衍。陈嘉衍接过，随手点了泰酱空心菜和青柠蒸鳜鱼。

等上菜的空隙，汤佳渔问：“你什么时候回曼城？”

陈嘉衍端起桌上的杯子，喝了口温水：“明天。”

汤佳渔点点头，一时不知道还要再说些什么。

一顿饭就在这样稍显沉默的氛围中结束了。

这顿饭是陈嘉衍埋的单，他在汤佳渔去洗手间的时候把账结了。

汤佳渔也没跟他客气，她感觉得出来，陈嘉衍大概对她那天突然离开苏城的事儿还是有点介怀，即便昨晚他回避了她的那个问题。

汤佳渔从包里拿出车钥匙，递给他：“你来开车行吗？我有点累了。”

陈嘉衍接过钥匙，又听到汤佳渔说：“先送你回酒店。”

“不用。”陈嘉衍说，“先送你回去，我等会儿叫车子回去。”

汤佳渔点了下头，没有多说什么。

车子停到汤佳渔家楼下，她解开安全带，转过头看陈嘉衍：“要上去坐一会儿吗？”

陈嘉衍摇头：“不用。”

汤佳渔推开车门：“这车你开回去，我明天打车去取。”

说完，不等陈嘉衍回应她就转身走进了小区单元门。

陈嘉衍等在楼下，直到看着某一扇黑黢黢的窗户亮起了灯，他才把车子开出了小区，顺便打量了一眼车的内饰。

汤佳渔的这辆红色英菲尼迪其实不大适合陈嘉衍开，底盘有点低，车前放着两只小猫形状的瓷器，中央储物盒里有两根黑色皮筋和一支口红，处处充斥着汤佳渔的痕迹。

02

汤佳渔开了屋里的灯，把包扔在沙发上懒懒地躺了下来，躺了一会儿，她觉得胃部有点难受，但她没在意，起身拿了衣服去卫生间洗了个热水澡。

然而洗完澡出来，胃部并没有舒缓，汤佳渔感觉人都变得有些软绵无力，胃似乎被块石头压着，有些恶心。

她强撑着坐在床上，喝了一杯水，难受还是没有得到丝毫缓解，原本她想着睡着就会好受点，但因为胃不舒服，迟迟没有入眠。

或许人在不舒服的时候就格外脆弱，汤佳渔想了想，拿过床头的手机，给陈嘉衍打了一通电话，只是等了许久电话都没人接。

汤佳渔将手机扔开，没再继续拨打。

陈嘉衍回到酒店，把车钥匙随手放在了桌上。拿了衣服去卫生间洗了个澡的工夫，一出来，他就发现手机上有一通未接电话，是汤佳渔打来的。

陈嘉衍回拨了过去，等了一会儿，电话被接通，那端传来汤佳渔虚弱的声音："陈嘉衍，我好像吃坏肚子了。"

陈嘉衍眉头皱起："你在家里等会儿，我现在过去。"

汤佳渔吸了吸鼻子，"嗯"了一声。

陈嘉衍头发还湿着，但他顾不上吹干头发，拿了车钥匙和手机便出了门。

在乘坐电梯下楼的时候，陈嘉衍又给汤佳渔打了通电话，问她有些什么症状。

听汤佳渔描述完后，陈嘉衍有了头绪。

开车路过街边的药店时，他停了车，去买了点治疗胃肠炎的药。

汤佳渔接完电话后，便一直恹恹地躺在床上。半个钟头后，门口响起门铃声，她掀开被子下床，去开门。

陈嘉衍手里拎着一袋子的药，他上下打量了汤佳渔一眼，见她的脸色和唇色都有些发白，蹙眉道："有没有发烧？"

"没有。"

陈嘉衍换上拖鞋："家里有开水吗？"

"起先烧的，估计这会儿已经凉了。"

"你回房间躺着，我去烧开水，等会儿把药吃了。"

汤佳渔这才注意到他的头发有点湿，她皱了下眉，看他衣服没有被打湿的痕迹，大概是刚洗完澡，没吹干头发就过来了。

她折回房间，去卫生间里拿了吹风机出来，说："你等会儿把头发吹一下。"

汤佳渔这套房子的厨房是开放式的设计，陈嘉衍打开水龙头，装了一壶水开始烧，闻言迅速接过她手里的吹风机，催促道："你先回房间休息。"

汤佳渔乖乖走进卧室，她靠在床头，听着客厅传来的动静，有烧水时咕噜咕噜的声音，还有陈嘉衍吹头发时吹风机发出的嗡嗡声，让她感觉好像回到了当初他俩在曼城的时候。

过了一会儿，外面传来脚步声，陈嘉衍拿着玻璃杯和药盒走了进来，他把玻璃杯放在床头："把药吃了。"

汤佳渔将头发拨到耳后，疑惑道："为什么你没事，我却不舒服？"

陈嘉衍想了想，说："你吃了那道甜品。"

汤佳渔懊恼道："早知道我就不吃了。"

陈嘉衍按照说明书把药一一拿出来，放到她手上。

汤佳渔吃了药，又喝了两口温水。这时外面下起雨来，为了透气，她将卧室的窗户打开了一扇，雨声没了阻挡，清晰地传入耳里，雨丝被风裹挟着飘了进来，很快，窗前的那一块地板就被雨水打湿。

陈嘉衍起身，走过去关上了窗。

汤佳渔看着他的背影，道："下雨了，你晚上就在这里休息？"

陈嘉衍没有说话，转头，眸光落在她的脸上。

汤佳渔有些心虚，又补充了一句："要是我等会儿又不舒服了……"

陈嘉衍打断她："我留下来。"

吃了药后，汤佳渔觉得好受了不少。她躺在床上，看着卧室门缝处漏出的一条光线，想象着陈嘉衍此刻在干什么。

汤佳渔租的这套房子只有一间卧室，没有其余的客房。

在她开口说只有一间卧室时，陈嘉衍便直接道："我睡客厅的沙发。"

汤佳渔眨了眨眼睛，没再多说什么。

隔天早晨，汤佳渔是被手机闹铃吵醒的，她躺在床上缓了好一会儿，才想起陈嘉衍还在客厅。她趿拉上拖鞋，去卫生间洗漱，而后才打开卧室的房门。

陈嘉衍似乎也是刚醒来，此刻正在发呆。

汤佳渔站在门口，清了清嗓子："早。"

他转过头看了她几秒，似乎反应过来了，问："还痛吗？"

汤佳渔："好多了，你要洗漱吧？这里只有卧室有一个卫生间，我给你拿把新牙刷。"

陈嘉衍："好。"

汤佳渔以前买牙刷时多买了两把，但她一时想不起来放在哪里，耽搁了一点时间才找到。她把牙刷递给陈嘉衍，便去厨房做早餐。

简单地烤了吐司，汤佳渔又煎了两个鸡蛋，倒了两杯牛奶。

听到陈嘉衍出来的脚步声，她叫住他："我做了早餐，一起吃一点儿？"

陈嘉衍点点头，他的手机这时候响了起来。

汤佳渔把早餐端到餐桌上，就听到他说："我改签了时间，会晚点儿回去，你们先走吧。"她动作不由得一顿。

陈嘉衍看着她的背影，说了两句便挂断了电话，他朝餐桌走去，看了她一眼，她已经在默不作声地低着头吃早餐。

陈嘉衍也没说话。

两人安静地吃完早餐，汤佳渔端着餐盘放到水池里，旁边伸过另一只手，将另一份餐盘放到水池里。

汤佳渔转了个身，她背靠着料理台，看向他：“如果那天没有刚巧碰到，你是不是不打算告诉我你来苏城了？”

陈嘉衍垂下眼看她，轻轻蹙起了眉：“你是这样想的？”

“不然我要怎么想？”

汤佳渔一时有些受不了他这般冷淡的态度，她抬头去亲他的下颌，亲了一会儿，见他没有什么动作，汤佳渔有些心灰意懒，她莫名觉得有几分烦躁，语气便不是太好：“你同事不是在催你吗？你走吧，我现在也没哪里不舒服了。”

他没有动，杵在原地看她。

汤佳渔一时气不过，伸手推了他一下。

陈嘉衍捉住了她的手腕，低眉看她两眼，见她眼睛有点红，他把她推到料理台上，低头吻住了她的唇。

汤佳渔的手原本还抵着他的肩膀，过了一会儿，慢慢垂了下来，揪着他身上的衣服。

陈嘉衍稍稍分开两人的距离，带着几分克制，道：“我十点的航班。”

脸上的失落很明显，汤佳渔牵住他的手，摇摇头：“现在都八点多了，我送你去机场。”

汤佳渔拿了车钥匙，先送陈嘉衍到了酒店。

车子停到酒店的停车场，陈嘉衍看了汤佳渔一眼：“你要上去吗？”

“好啊。”

陈嘉衍的酒店房间在七层，电梯右手边的第三间房。他拿着房卡打开门，汤佳渔跟了进去。

酒店的电视机柜上放着两瓶矿泉水，汤佳渔看着他的背影，问：“这能喝吗？”

陈嘉衍转头："你喝吧。"

他开始着手收拾行李，把床头柜上的数据线和洗面奶等物品收入黑色双肩包里。

汤佳渔喝着矿泉水四下环顾，她看到了烟灰缸里有两个烟头，看起来应该是昨晚抽的。陈嘉衍收拾好东西，从卫生间出来，就瞧见她的目光落在烟灰缸上。

汤佳渔没就此发表什么意见，只是抬头看他："可以走了吗？"

陈嘉衍点头，两人到楼下办退房手续。前台让人去检查陈嘉衍的房间，过了一会儿，她说："陈先生，你喝了瓶矿泉水，加上房费，一共两百四十元。"

陈嘉衍拿出手机结了账。

汤佳渔说："原来酒店的矿泉水一瓶要十块，让你破费了。"

陈嘉衍偏头看她："十块而已。"

汤佳渔朝他笑了笑："不贵吗？"

"还好。"

自从那天送走陈嘉衍后，汤佳渔跟他又有半个月没见面。直到梅溪要过七十大寿，汤佳渔才回了一趟曼城。

汤佳渔回去那天，没有告诉陈嘉衍，是丁遥开车来接她的："你回来的事，和陈弟弟说了吗？"

"还没。"

丁遥握着方向盘，看着前方的路况，说："所以，自从一个月前你回来那次后，你们就没再见过面了？"

"这期间还见过一次。"

丁遥下意识地转头看她："什么时候？"

汤佳渔提醒她："注意开车。他陪导师来苏城开会，我们碰到了。"

丁遥收回视线，追问："陈弟弟现在对你是什么态度？你那天发条信息就走了，人家没生气？”

汤佳渔皱了下眉：“虽然他没表现出来，但我看得出来，他其实还是有点情绪。”

“那你们现在算是和好了？”

“不算。”汤佳渔玩着手机。

丁遥：“那你打算怎么办？”

汤佳渔笑了下：“重新追他啊。”

“祝你好运，朋友。”

汤佳渔这次回来，没有再订酒店，而是回了自己的那套房子。在回来前一天，汤佳渔就托丁遥找了保洁阿姨做了卫生，进门时屋子里已经开了窗通风，并没有一股久未居住的霉味。

丁遥说：“等会儿一块儿去吃个午饭？”

“好，我先把东西放一下。”

梅溪的生日是在第二天，她这人不爱高调，过生日也就是自家人一块儿吃顿饭。

在汤佳渔来曼城的前一晚，梅溪就给她打了电话，让她到时候回来一趟，说梁吟蓉订了包厢，他们几个人一起吃顿饭，算是给她过寿。

吃完午饭，汤佳渔回到家休息了一会儿。下午五点醒来后，她给陈嘉衍打了通电话，他那边有点吵，汤佳渔问他：“你在哪儿？”

“准备和同事去吃饭。”

汤佳渔“哦”了一声，带着几分失落道：“我回曼城了，还想约你吃饭呢。”

话音落下，汤佳渔听到他那边有人喊了他一声，声音比较粗犷：“嘉衍，你在干吗呢？赶紧上车呀。”

他似乎把手机拿远了点儿，汤佳渔听到他的声音突然变得遥远：“稍等，讲个电话。”

汤佳渔打算挂电话了："那我就不打扰你了。"

陈嘉衍喊住了她，思忖了片刻，说："你要过来吗？"

汤佳渔有些迟疑："都是你同事，我一个陌生人过去，会不会影响你们？"

"没事儿，你过来吧。"陈嘉衍说，"我把地址发给你。"

陈嘉衍吃饭的地方距离汤佳渔的住处不太远，就半个小时的车程。汤佳渔拦了辆出租车，因为不是下班的点，一路畅通无阻，二十五分钟后，她便到了那家餐馆。

她下车后，给陈嘉衍发了条信息，说她已经到了楼下。

还未到一分钟，汤佳渔便收到了陈嘉衍的回复："等我一会儿，我下来接你。"

这家餐馆是幢两层的小楼，汤佳渔没有乖乖地在楼下等，抬脚往里走，才上了两级台阶，就迎面撞上下来接她的陈嘉衍。

他今天穿的是白色的衬衣和深色的西裤，袖子挽了起来，长身玉立。

汤佳渔快步走了上去，仔细打量了他几眼："你喝酒了吗？"

"没有。"

汤佳渔点头。

陈嘉衍领着汤佳渔一进包厢，一道略带几分惊奇的声音便响了起来。汤佳渔下意识地看了过去，觉得这人有点眼熟，好像是那天在清吧和陈嘉衍在一起的那个男生。

林耿新怪叫道："美女，你认识嘉衍啊？"

汤佳渔笑笑，点了下头。

桌上有人说："怎么，林耿新，你见过这位美女？"

陈嘉衍拉开他旁边的位置，让汤佳渔坐下。林耿新抬手碰了碰陈嘉衍，困惑道："怎么一回事啊，嘉衍？你俩认识啊，你上次怎么不说？"

陈嘉衍轻描淡写道："以后再跟你解释。"

何蔓看了一眼坐在陈嘉衍旁边的女生，也觉得有点眼熟，好像是上次匆匆从陈嘉衍家里跑出来的那位。

身边有女同事凑过来，说：“这个姑娘不会是陈嘉衍的女朋友吧？”

何蔓笑了笑：“不知道，没听说过他有女朋友。”

同事下了定论：“看着两人关系不太一般，即便不是男女朋友，估计也是在暧昧中。哎，蔓蔓，你可得加把劲儿啊，别让人捷足先登了。”

何蔓扯起嘴角，牵强地笑了笑。

吃得七八分饱后，大家聊起天来。在座的都是医生，聊的自然是医学上的话题。汤佳渔插不上嘴，就在旁边默默地吃菜。

这时有人把话题转到了汤佳渔身上，问她在哪里工作，又问她有没有男朋友。

有个女生轻嗤了一声，说问这话的人没眼色，陈嘉衍都带她来了，这不是明摆着的事嘛。

汤佳渔浅浅一笑，放下筷子，回应：“我还是单身。”

桌上的人不由得看向她，就连陈嘉衍也看了她一眼，汤佳渔似是没察觉到他的眼神，接着说：“不过有喜欢的人，现在正在追他。”

有人八卦地问这人是不是陈嘉衍，汤佳渔笑笑不语。

吃完晚饭，有人提议转场去 KTV。

汤佳渔和陈嘉衍落后人群一步，她刚才在桌上喝了点酒，这会儿晚风一吹，散了几分酒意，她伸手揪住陈嘉衍的衬衫袖子。

陈嘉衍脚步一停，偏头看她。她喝了酒，脸颊有点红，眼睛里亮晶晶的，看他的目光很专注。

汤佳渔清了清嗓子，缓缓道：“弟弟，我能追你吗？”

陈嘉衍盯着她看了片刻，半晌后，他撇开目光，看了一眼对面的路灯，然后视线又忍不住落回她的脸上，低声说：“随你。”

03

晚风温柔地拂过，两旁昏黄的路灯绵延成两条线。

汤佳渔抬手拢住被风吹乱的长发，故意说：“‘随你’是什么意思，是能够追你的意思吗？”

陈嘉衍看着她，半晌后，淡淡地反问道：“如果我说不能，你就不追了？”

汤佳渔佯装为难：“毕竟强扭的瓜不甜。”

陈嘉衍皱着眉：“谁说的？”

汤佳渔抬起脸看他，用商量的语气问道：“那你好追吗？我追人技术一般，你能好追一点吗？”

陈嘉衍应声：“嗯。”

汤佳渔忍不住笑了起来，见他耳根有点红，她正色几分，道：“陈嘉衍，我会好好追你的。”

陈嘉衍没有接话。

林耿新见两人没跟上，回头喊了声：“你俩还去不去啊？”

陈嘉衍一只手插在裤兜里，问她：“去吗？”

汤佳渔笑着说：“去吧，毕竟是你的同事。我不是要追你吗？总得给你的同事留下好印象。”

陈嘉衍眼睛含笑。

两人去了 KTV，不过没有待到太晚，差不多十点，陈嘉衍和汤佳渔便离开了。

陈嘉衍没喝酒，毕竟他明天还要去医院上班，他开车送汤佳渔回家。

汤佳渔坐在副驾驶座上玩着手机：“明天我外婆过生日，你会回来吃晚饭吗？”

陈嘉衍看着前方的路况，顿了一下，道：“会，我请了半天的假。不过吃完晚饭，就得回医院上夜班。”

汤佳渔敛睫，轻轻“嗯”了一声：“我后天早上就得回苏城。”

陈嘉衍说：“到时候要是时间来得及，我送你去机场。”

汤佳渔无所谓：“不用，你不是要上晚班，那样太累了，我自己打车就可以。”

陈嘉衍没再多说什么，开车送汤佳渔到她的住处楼下。

汤佳渔推开车门，回头看了他一眼：“那我上去了。”

陈嘉衍按下车窗，朝她点点头。

梅溪生日当天，梁吟蓉公司有事，就让陈启和开车去镇上接梅溪。

汤佳渔和陈启和也有一年没见了，陈启和开玩笑道：“自从你去苏城工作后，陈叔叔这里倒是来得少了，怎么，是不是和嘉衍不对付？”

汤佳渔笑笑说：“我倒是想回来，不过工作太忙了，走不开。”

陈启和：“听你妈妈说，你现在是在你师兄开的律所工作？”

“嗯。”汤佳渔说，“长宇律所。”

陈启和说：“倒是知道这个律所，你师兄是不是叫宁宇？”

汤佳渔有些讶异：“对，陈叔叔怎么知道？”

陈启和：“两年前，公司有跟长宇律所合作过，我见过你师兄几次。”

汤佳渔点点头，没接话，转移话题：“嘉衍怎么会学医？我以为他会和您一样经商呢。”

“他有自己的规划，我向来不干涉他。”陈启和无奈一笑，“也干涉不了。”

“我以为他是那种不用你们操心的孩子，就像学校里的好学生。”

“他学业上确实没让我和他妈妈操一点心，但其实他主意正得很，就学医这事儿，叔叔也劝过让他读个金融什么的，当时家里不少长辈劝他，但都被他四两拨千斤地打了回来。只要是他认定的事儿，没人能劝动他改变主意。”

陈启和说到最后，又似想起了什么，问道：“佳渔，嘉衍的女朋友你见过吗？”

汤佳渔莫名有几分心虚，面上却不露丝毫异样：“没见过，怎么了？”

陈启和叹了口气：“前两年他爷爷奶奶来的时候，他不是说有女朋友了吗？去年过年的时候，我就顺口说让他带女朋友来玩，他却说分手了。现在的年轻人谈恋爱，还真是一天一个变化啊。”

汤佳渔笑笑，没有接茬，她拿起手机给陈嘉衍发了条信息：“我和陈叔叔在一起，他说了点你以前的事。”

她刚发完信息，立马收到了他的回信。

陈嘉衍：“他说我什么了？”

汤佳渔：“说你小时候不大听话，主意很正。”

陈嘉衍回了个笑脸。

汤佳渔心里愉悦：“你现在不忙了？”

陈嘉衍：“刚好是午休时间，你现在在哪儿？”

汤佳渔：“和陈叔叔一块儿去接我外婆。”

两人聊了些有的没的，直到陈嘉衍的休息时间结束才停止。

接到梅溪后，陈启和让司机直接开车去饭店，到市里时刚好五点。

汤佳渔同梅溪一块儿下车，陈启和说：“嘉衍和你妈妈在来的路上，我们先去包厢坐一会儿。”

汤佳渔点头应好。

梅溪摸了摸她的手腕，嗔怪她变瘦了。

汤佳渔有些哭笑不得，安抚道：“真没瘦，还长了几斤。您要是不信，等会儿吃完饭，我称给您看。”

然而梅溪不好糊弄，她说：“吃完饭，可不得重几斤。”

汤佳渔不再犟嘴，乖巧地说：“那我今晚多吃点儿。”

陈嘉衍和梁吟蓉是前后脚进来的，汤佳渔那会儿正和梅溪说话，听见开门声，她下意识地转过头。

陈嘉衍与她对视，又神色自若地挪开视线。他朝梅溪笑笑，叫了声：“外婆。”

梅溪亲切地应声：“嘉衍，刚下班吗？”

“是。”

陈嘉衍拉开椅子坐下，和汤佳渔隔了一个空位。

汤佳渔拿起手机，给陈嘉衍发了条信息：“不是说下午请了半天假吗？”

她发完信息，就放下手机去看陈嘉衍。

陈嘉衍从裤兜里拿出手机，看到汤佳渔的信息，他低头回复。

过了一会儿，汤佳渔的手机屏幕亮了。

陈嘉衍：“和同事换班了，晚上不用值夜班。”

汤佳渔：“是为我换的班吗？”

陈嘉衍：“嗯。”

汤佳渔刚要回他的信息，梅溪倒了杯水放在她面前：“别光顾着玩手机。”

汤嘉渔乖乖放下手机，端起杯子喝水。

吃完晚饭后，梅溪和梁吟蓉等人一起回去，陈启和让陈嘉衍送汤佳渔一趟。梁吟蓉瞟了两人一眼，有些欲言又止，最后还是什么也没说。

汤佳渔上了车，看向陈嘉衍：“我们上次分手后，我妈有跟你说什么吗？”

陈嘉衍一顿，这还是汤佳渔第一次提及两人分手后的事儿，他说：“没有，梁阿姨没有问过我们之间的事。”

汤佳渔“哦”了一声。

陈嘉衍不想再提这件事，于是问道：“你明天几点的航班？”

“早上八点的航班。”

陈嘉衍说：“我明早送你去机场。”

汤佳渔没有拒绝，毕竟他为了她都调了班。

04

车子停在楼下，陈嘉衍推开驾驶座一侧的车门。

汤佳渔看见他这动作，轻声说：“我还以为你今天也不愿意上去呢。”

陈嘉衍转头看她一眼：“上回和这次的情况不一样。”

汤佳渔说：“那会儿心里对我是不是有气？”

“你要听实话？”

“嗯。”

陈嘉衍嘴唇动了动：“是有点生气。”

汤佳渔探身凑过去，亲了下他的嘴角：“那这样呢，能消气了吗？”

陈嘉衍笑了。

两人走到电梯口，电梯正在下行，还要再等一会儿。

汤佳渔歪头看他，说：“今天我和陈叔叔去接我外婆，陈叔叔说去年让你带女朋友回去，你告诉他，你们分手了。”

陈嘉衍握着她的手：“那个时候我们不是分手了？”

汤佳渔含糊地“嗯”了一声，刚好此时电梯门开了，两人默契地不再提及这个话题。

这还是两人分手后，陈嘉衍第一次来这套房子，他说不上来有什么感觉，只是在看到她时，至少心里不会再觉得空落落的。

汤佳渔开门，拿过鞋架上的拖鞋递给陈嘉衍。陈嘉衍低头换上，汤佳渔回头看他：“你要喝什么吗？”

“水就好。”

汤佳渔应声，拿了烧水壶准备去烧开水。

陈嘉衍走到她的身边，接过她手里的水壶：“我来就好，你去坐着。”

“那我先去卸个妆。”

汤佳渔洗完脸出来，一杯水已经放在了餐桌上，陈嘉衍正在阳台讲电话。她拿起水杯，温度刚好可以入口。

汤佳渔喝完半杯水，才见到陈嘉衍挂断电话从阳台进来。

她问：“谁的电话？”

“林耿新打来的。”

汤佳渔点头，看着陈嘉衍朝她走近，拿手指抹了下她耳边碎发上的水珠：“有点泡沫，没擦干净。”

汤佳渔“嗯”了一声，却没伸手去擦，而是朝他靠近了些。陈嘉衍只好伸手抹去她碎发上的水珠。

汤佳渔昨晚忘记调闹钟，第二天还是陈嘉衍叫醒她的。因为时间不太够，她连早餐都没来得及吃。

陈嘉衍在开车去机场的路上，到星巴克给汤佳渔买了杯咖啡和一个可颂面包。

面包才吃了一半，汤佳渔便将它放回纸袋里，说：“我吃不下了。”

陈嘉衍抬起下巴点了点中央储物台，道：“放着，等会儿我来吃。”

汤佳渔点点头，毫不客气地将剩下的面包放了上去。

车子到达曼城机场时，距离她的航班起飞时间只剩四十分钟。陈嘉衍等会儿还得去医院上班，汤佳渔就没让他送进去。陈嘉衍也没有坚持，只叮嘱她，到了苏城给他发条信息。汤佳渔探身靠近他，亲了下他的脸颊，他原本紧皱的眉头顿时舒展开来。

陈嘉衍将手绕到她脖子后，按着她的脑袋，让她更贴近几分。亲吻片刻后，他低声说：“等元宵节的时候，我去看你。”

汤佳渔退开，笑着“嗯”了一声。

回到苏城后，汤佳渔打了辆车回住处。

在车上，汤佳渔给陈嘉衍发了条信息，告诉他，她已经到苏城了。

陈嘉衍很快回复：“好，我也到医院了。”

汤佳渔只请了两天半的假，因此下午她还得去一趟律所。没想到下午一到律所，她就得知过段时间她得陪宁宇飞一趟南市，去参加一个投标。

光弗科技公司是近几年比较出名的公司，公司业务主要集中在无人机这一块。这次他们放出风声，表示要把法律事务外包给律所，有不少律所都蠢蠢欲动。毕竟光弗科技近几年的发展势头不错，很多律所都想分得这样一块蛋糕。

长宇律所也有意参加这次的投标，这次除了汤佳渔，还有几位资历较深的律师一起去，看得出来宁宇很看重这次的投标。

因为出差时间刚好在元宵节前一天，两人自然不能一起共度。

元宵节当天，汤佳渔特意订了一束白色的玫瑰送到陈嘉衍工作的医院。

午饭的时候，汤佳渔接到了陈嘉衍的电话，他开门见山地问："那束花是你送的吗？"

汤佳渔笑了笑，没有隐瞒："你猜到了？"

陈嘉衍："嗯。"

汤佳渔："你同事没问是谁送的吗？"

"问了。"

汤佳渔端起玻璃杯，喝了一口水："你是怎么回答的？"

陈嘉衍扬唇："说是女朋友送的。"

"那我是追到你了吗？"

陈嘉衍轻笑了一声："追没追到，你不知道吗？"

汤佳渔收敛了笑意，语气又不免低落下来："元宵节不能一起过，你会生气吗？"

陈嘉衍诚实道："情绪多少会有点，不过你是在忙工作，我能理解。"

汤佳渔心思微动："以后的节日，我们都一起过。"

陈嘉衍眉眼温柔下来："好。"

汤佳渔正要说什么，听到那边有人叫陈医生，然后陈嘉衍似乎把手机拿远了点，汤佳渔听到他回答那人"好，我这就来"。

汤佳渔不舍地问："是不是要去忙了？"

“要去查房。”

汤佳渔：“好，那我先挂了。”

挂了电话，汤佳渔就看到宁宇走进餐厅，朝她这一桌走来。他调侃道：“一大早就给男朋友打电话？”

汤佳渔和陈嘉衍和好的事儿宁宇是知道的，汤佳渔拿着叉子叉了块鸡蛋，说：“元宵节不能陪他一起过，当然得哄哄他咯。”

宁宇拉开椅子坐下，靠着椅背，勾起嘴角道：“是我的错，这单要是拿下，这个月末给你加奖金。”

“奖金就算了，放我两天假吧。”

宁宇看向她：“打算拿这两天假期陪男朋友？”

“嗯，毕竟我们是异地恋。”

宁宇突然好奇起来：“你男朋友是做什么的？”

“医生。”

宁宇回想了一下，评价道：“你男朋友看起来还真挺适合当医生的，家里条件不错？”

汤佳渔抬眸：“嗯，他爸爸你还认识。”

宁宇挑了下眉，饶有兴致道：“是谁？”

“陈启和，认识吗？”

“陈总啊，有过业务的合作。”宁宇说，“没想到你男朋友是陈总的儿子。”

汤佳渔放下叉子，拿起纸巾擦了擦嘴角：“陈叔叔对你评价不错。”

“是吗？”宁宇好整以暇道，“那你觉得我怎么样？”

汤佳渔敷衍道：“年轻有为，一表人才。”

宁宇脱口而出：“那怎么不见你看上我？”

汤佳渔一愣，抬眼去看宁宇。

宁宇笑了笑，做了个手势："别紧张，开个玩笑，你不会当真了吧？"

汤佳渔表情一松："没当真，你也不是我喜欢的类型。"

宁宇伸手轻敲了下桌子，开玩笑道："这个月的工资还想不想要了？"

汤佳渔识趣地拍马屁："宁总，我错了，请您大人不计小人过，我上有老、下还有小男友要养。"

宁宇眉头舒展，哈哈笑了起来。

第十一章 吃醋

01

汤佳渔和宁宇都是知情识趣的人，很快就把刚才那茬打发过去，谈起了别的事。

服务员端来宁宇的早餐，汤佳渔已经吃得差不多了，于是她道：“宁总，那我就先回房间了，您慢用。”

宁宇拿起叉子，掀起眼皮看她，笑了下：“还没完了？”

汤佳渔笑了笑：“对老板客气点儿总是没错。”

宁宇无奈，笑着摇了摇头。看着汤佳渔起身，他似是想起了什么，又喊住她：“晚上贺总请吃饭，你和我一块儿去。”

汤佳渔点头说：“好。”

汤佳渔回到房间，房里干净整洁，估计酒店的阿姨来做过卫生，就连浴室里的毛巾都换了条新的。

她觉得有些口渴，于是拧开一瓶矿泉水，正打算喝，突然响起了门铃声。汤佳渔把矿泉水轻轻放回桌上，有些奇怪谁会来找她。

汤佳渔打开门，门外站着是吕师师。

吕师师是汤佳渔的师姐，和宁宇是一届的，能力不俗，在宁宇创办长宇律所后，她就来到了这里，她也是这次投标的主讲人。

相比起来，汤佳渔倒是不明白宁宇为什么要叫她来。

吕师师微笑道：“佳渔，你有卸妆水吗？我记得我带了，但在行李箱里一时没找到，可以借你的用一下吗？”

汤佳渔侧身让她进来：“有，你进来坐，我去给你拿。”

吕师师笑了笑，抬脚走了进来，打量了一眼汤佳渔的房间，问：“你去吃早饭了吗？”

汤佳渔从化妆包里拿出一瓶卸妆液，递给她：“嗯，刚吃过了，味道还不错。”

吕师师接过卸妆液，道：“谢了，我等会儿用完就送过来。”

“没事儿，我现在不着急用。”

汤佳渔送吕师师到门口，吕师师忽然停下脚步，看向她：“佳渔，这次投标结束后，我们一块儿吃顿饭？”

汤佳渔抬眸，看了吕师师一眼，她来长宇一年多，同吕师师交情并不深。不过虽然心里有几分奇怪，但她没有拒绝，点头道：“好啊。”

中午十二点，汤佳渔一行人出发前往光弗科技。

光弗科技的招标会在下午一点举行，他们订的酒店离光弗科技只有二十分钟的车程。

车上，有同事开玩笑：“宁总，这次的投标，咱们要是中了，您可得好好犒劳我们吕律师。”

吕师师笑了笑，没接话。

宁宇虽说是长宇律所的一把手，但他这人并不摆老板的架子，所以和同事之间的关系都还不错。闻言，他笑着说：“那是，要是真中了，在座的各位，年末奖金都翻三倍。”

“那我录个音，省得到时候宁总不认账。”

宁宇掏出烟盒："要不再签个协议，怎么样？"

"那还是等这个标真中了，再让您签协议，反正在座的都是证人。"

几人说说笑笑，车子很快就到达了光弗科技楼下。进了大厅，在前台签了名字，一行人被领到了休息室，休息室内已经有不少其他律所的人了。

大概等了三十分钟，所有人被带往一间光线明亮的办公室。

光弗科技的老总上台讲了几句话，便开始由各个律所的主讲人轮番开始讲述标书。

会议很长，一直到下午四点才结束。

从光弗科技出来后，众人都如释重负。

宁宇说："订了个饭店，大家一块儿去吃饭，这两天辛苦各位了。"

众人齐声道："谢谢老板。"

宁宇笑笑："我和佳渔还要去见客户，你们先去吃。"

话音落下，汤佳渔留意到吕师师的视线在宁宇脸上短暂滞留了一瞬，但宁宇似乎并没有察觉。

来到南市后，宁宇就租了一辆车。汤佳渔跟在宁宇的身后，往他停车的方向走，她说："其实，你可以让吕师姐和你一块儿去。"

"怎么，你不愿意？"宁宇替她拉开车门，"两天的假期，你不想要了？"

汤佳渔坐了进去，等宁宇绕过车头，上了驾驶座，她才缓缓道："你和吕师姐是不是在一起过？"

宁宇笑了下，意味深长道："不要打探老板的隐私。"

汤佳渔闭了嘴。

贺总是个酒鬼，席上，汤佳渔替宁宇挡了几杯酒，等从饭店出来，汤佳渔已经有了几分醉意。

宁宇拿出烟盒，点了支烟，调侃："为了两天的假期，这么拼？"

汤佳渔笑着点头："嗯。"

宁宇翘翘嘴角，没再多说。他今晚也喝了酒，于是拿出手机叫了代驾。

两人坐在车上等代驾，汤佳渔喝多了酒，这会儿吹着夜风，涌上了几分睡意，很快她就靠着车窗睡着了。

宁宇低头看着手机，直到车里响起了手机铃声，不是他的。他转头，就见汤佳渔原本拿在手里的手机这会儿已经滑落在了座位上。

手机屏幕亮起，来电显示"陈嘉衍"三个字。

宁宇原本没想接，但铃声持续不断地响着，一时鬼使神差，他伸手拿过手机，按下了接听键，看了看睡着的汤佳渔，他低声说："你是她男朋友吧？她喝醉了，这会儿睡着了。"然后便挂了电话。

直到车开到半路，汤佳渔才醒来，她下意识地去找手机。

宁宇说："刚才你男朋友打来电话，我帮你接了。"

汤佳渔顿了一下，忽地抬眼看向宁宇，警惕道："你说什么了？"

"就说你喝醉睡着了。"宁宇说，"放心，你男朋友态度挺正常，应该不会多想。"

因为还在车上，汤佳渔便没给陈嘉衍回拨电话，只给他发了条微信，说陪老板应酬，喝了点儿酒，在车上不小心睡着了。

等了一会儿，她才收到陈嘉衍的信息："嗯。"

汤佳渔盯着这个"嗯"字，觉得他大概是生气了。

跟宁宇分别，汤佳渔一边刷卡进房间，一边给陈嘉衍拨了一通电话，却一直没接通。

汤佳渔没再打，她进浴室打开水龙头，刚往脸上泼了一捧水，放在床上的手机就响了起来。她忙不迭跑了出去，按下接听键，就听到陈嘉衍说："刚才在洗澡，手机没带到卫生间里。"

汤佳渔"嗯"了一声，从床头柜上抽了两张纸巾擦拭脸上的水珠，轻声问："你生气了吗？"

"没有。"

汤佳渔："我明天回去，之后会有两天的假期。"

陈嘉衍："到时候我去接你。"

两人没再多聊，毕竟时间已经很晚了，互道晚安后，就挂了电话。

汤佳渔的手机进来一条短信，是吕师师发来的，问她是否在房间，要把卸妆液还给她。汤佳渔回复她："在，你来吧。"

五分钟后，吕师师敲响汤佳渔的房门。

汤佳渔去开门，吕师师手上除了拿着她的卸妆液，还有一瓶红酒，她举了举红酒，说："一起喝点儿？"

汤佳渔看了她两眼，最后点了下头，侧身让吕师师进来。

吕师师倒了一杯酒，先喝了一口，然后她缓缓道："你知道我喜欢宁宇的事吧？"

汤佳渔没有躲避吕师师的目光，她点了下头。

吕师师轻笑，不疾不徐道："那你一定不知道，我和他睡过一次。"

汤佳渔确实不知道，她以为宁宇应该和吕师师谈过恋爱，后来因为什么分手了，却没想到事实和她的猜测有很大的出入。

"其实我喜欢他很久了，上大学的时候就喜欢他，原以为只要一直待在他的身边，他迟早能看到我的。"吕师师苦笑了下，"却没想到，他会喜欢上你。"

汤佳渔微微蹙眉。

吕师师抱歉一笑："佳渔，我没有针对你的意思，我知道他即便不喜欢你，也会喜欢上别人，但终究不会是我。"

汤佳渔没有多说，知道吕师师今晚来找她，不过是想找个人说说心里话。虽然两人交情不深，但汤佳渔对吕师师印象还不错，也就不排斥当她的倾听者。

隔天早上，汤佳渔直接上了飞往曼城的飞机，和宁宇他们不是同一趟航班。昨晚电话里，她只和陈嘉衍说之后会有两天的假期，但并没有告诉他，她今天会回曼城。

航班落地后，汤佳渔直接打车回了自己的住处，然后给陈嘉衍发了条信息，问他今天是不是在上班。

洗完澡出来，她手机上收到陈嘉衍的回信："是，怎么了？"

汤佳渔没有回复他的这条信息，在手机上叫了车，然后便拿了包下楼。

车子到达医院门口，汤佳渔下车，走到住院部楼下，正要给陈嘉衍发信息，一抬眸就看见陈嘉衍和同事正从住院部大厅出来，他身上穿着白色的大褂，微偏着头，正和身边的同事说着什么。

那位同事抬头，看到汤佳渔，他眨眨眼，然后笑着拍了拍陈嘉衍的肩膀，示意他往前看。

看到汤佳渔，陈嘉衍顿时愣了。

林耿新识趣道："我先去食堂了。"

陈嘉衍没看他，只"嗯"了一声。

汤佳渔站着原地，看着他走近，她勾起嘴角，道："惊喜吗？"

陈嘉衍眉头微扬，看得出来，他心情很好，他说："不用上班吗？"

"跟老板要了两天假，过来陪你补过节日。"

陈嘉衍笑了笑，问："午饭吃了吗？"

"还没。"汤佳渔摇头。

陈嘉衍看她一眼："要不要去食堂吃？"

汤佳渔蠢蠢欲动："可以吗？"

"可以。"

去往食堂的路上，汤佳渔打量了陈嘉衍两眼，直白道："你穿白大褂还挺好看的。"

陈嘉衍牵过她的手，没有接话。

汤佳渔："有没有病人给你介绍对象？"

陈嘉衍看她："是有人介绍，但我告诉他们，我有女朋友了。"

汤佳渔随口道："要不我给你买个戒指，你戴着，这样人家一看到你的戒指，大概就不会再给你介绍对象了。"

陈嘉衍盯着她看了片刻，喉结微滚，想说些什么，最后还是作罢。

02

陈嘉衍带汤佳渔去员工食堂时，林耿新他们还没吃完午饭，见到两人，他抬手招了招，让两人坐他们那一桌。

陈嘉衍侧过头，问："要不要去和他们坐？"

"可以啊，那不是你同事吗？"

陈嘉衍领着汤佳渔过去，让她坐下，自己先去窗口打饭。

这一桌都是熟面孔，上次吃饭的时候汤佳渔基本都见过。

何蔓朝汤佳渔笑了笑，态度和善："汤小姐今天不用上班吗？"

汤佳渔一笑："请了两天假。"

林耿新开口："特意请假来看陈嘉衍的？"

汤佳渔直言不讳："是啊。"

林耿新笑了笑："上回在清吧碰见，我原本还想要你的联系方式来着，幸好没上去要。"

何蔓看向林耿新："你们还见过一次？"

"嗯，就前几个月，有一次我和嘉衍在清吧碰见了佳渔。"

何蔓若有所思。

陈嘉衍打好饭菜端了过来。

何蔓看过去，问："嘉衍，院里组织去泡温泉，你去吗？"

陈嘉衍皱了下眉："再看吧。"

林耿新这时开口："佳渔你有空的话，到时候也一起来。"

何蔓无辜道："主任没说可以带家属吧？"

林耿新无所谓地说："还不是一句话的事，再说咱们主任不是挺喜欢嘉衍？应该没什么问题。"

何蔓勉强扯起一抹笑容。

吃完午饭，陈嘉衍还要继续去上班，也不方便让汤佳渔待在医院陪他。陈嘉衍将人送到医院门口，看她坐车走了，才回到科室。

在车上，汤佳渔给丁遥发信息，约她晚上一块儿吃饭。

丁遥很快回复："你在曼城？"

汤佳渔："请了两天假，给陈嘉衍补过节日。"

丁遥："我五点半下班，到时候见。"

汤佳渔和丁遥吃到一半的时候，陈嘉衍打来电话，问她在哪儿。

汤佳渔按了接听键："在和丁遥吃饭，你下班了吗？"

"嗯。"

汤佳渔诧异道："你不是说要值夜班？"

陈嘉衍顿了下，解释道："和同事调了班。"

汤佳渔说："你还没吃晚饭吧？过来吧，孟骁等会儿也会来。"

"好。"

挂断电话后，汤佳渔给陈嘉衍发了定位。

陈嘉衍来的时候，孟骁也刚到。其间，孟骁提议吃完去打球。陈嘉衍手搭在汤佳渔身后的椅背上，摇头："今晚不去了，过两天再打。"

孟骁下意识道："为什么不去？"

陈嘉衍没有回答，丁遥抬手撞了下孟骁的胳膊："佳渔就只有两天假，你就别缠着人陈弟弟打球了。"

孟骁这才意识到什么，他笑着叹了一口气："得，那我今晚也不打球，在家陪老婆了。"

结完账，汤佳渔牵着陈嘉衍的手，问："你是开车来的吗？"

陈嘉衍"嗯"了一声。

汤佳渔又故意问："为什么不和孟骁去打球？"

陈嘉衍目光锁着她的眼睛："你不知道因为什么？"

"不知道。"

陈嘉衍转头看她一眼："想陪你。"

汤佳渔伸手搂着他的腰，踮着脚去亲他的下颌，待还要去亲他的嘴角时，陈嘉衍偏头避开，语气带着几分隐忍："在街上呢。"

汤佳渔盯着他，反问："在街上就不能亲吗，弟弟？"

她的目光里带着一股挑衅，大有种"你敢说是，我便扭头走人"的意思。陈嘉衍垂眼看了她片刻，然后低头在她嘴角亲了口，很快便又退开。

特别短促的一个吻，恍若蜻蜓点水。

他耳根有点红，汤佳渔探身凑近，眉眼微弯："你耳朵有点儿红。"

陈嘉衍正要开口，便觉得耳廓一热，她柔软的唇轻轻碰了上去，然后便退开。

他扣紧了她的手指，垂下眼睫看她，目光有点儿深邃。

汤佳渔面色自然地移开目光，问："你的车停在哪里？"

陈嘉衍深吸一口气，收敛心神："就在前面。"

车子停到陈嘉衍家楼下的停车库，陈嘉衍拿出钥匙开门，汤佳渔盯着他的背影说："上次我来这里找你，可是等了四个小时，我差点儿就走了。"

陈嘉衍手指微顿，回头看她一眼："那怎么没走？"

汤佳渔："想见到你啊。"

陈嘉衍嘴角微勾，没有接话，把门打开。

汤佳渔换上拖鞋，路过客厅时，看到茶几旁边的垃圾桶里扔着一束玫瑰，估计买来已经有些时间了，花瓣有点枯萎。

汤佳渔随口道："怎么还有花呢？"

陈嘉衍随意扫了一眼，没说话。

汤佳渔猜到了什么，眼里闪过一抹促狭："是给我买的吗？"

陈嘉衍倒也不遮掩，点了点头。

"元宵节那天买的？"

"嗯。"

汤佳渔怔了片刻，心里莫名生出几分柔软。她看着垃圾桶里的花，忽然有点后悔那天答应和宁宇去出差。她开口，语气里有几分遗憾："这还是你第一次要送我花呢。"

陈嘉衍说："下次还可以再送。"

"那说好了。"

隔天，汤佳渔醒来时已经是十点，陈嘉衍已经去上班了。汤佳渔洗漱一番，从冰箱拿出牛奶和吐司，将就着吃完了早餐。填饱肚子后，她将两人昨晚换下的衣服扔到洗衣机里清洗。

做完这一切，汤佳渔给陈嘉衍发了条信息："你回来的时候，能帮我去商场买套护肤品吗？"

陈嘉衍："好，要什么样儿的？"

汤佳渔找了图片发给他，陈嘉衍又发来信息："早饭吃了没？"

汤佳渔："喝了点儿牛奶，吃了一片吐司。"

陈嘉衍昨天晚上有问过汤佳渔要吃什么，他到时候去楼下给她买，但汤佳渔说她醒了自己会去楼下买早餐，陈嘉衍也就没给她准备。

陈嘉衍："中午想吃什么，我中午回去吃饭，给你带外卖。"

汤佳渔："你不是只有一个小时的休息时间吗？"

陈嘉衍："我想见你。"

汤佳渔捧着手机，笑着躺倒在床上，然后给他发了条信息："爱你，老公。"

医院里，陈嘉衍拿着手机，看到这条信息，耳朵有些发烫，他低头笑了笑，把手机放回裤兜里。

陈嘉衍中午还是开车回去了一趟。林耿新原本约他一块儿到食堂吃午饭，被陈嘉衍拒绝了："我今天回去吃。"

林耿新："哥，只有一个小时的休息时间呢。"

陈嘉衍："我知道。"

林耿新幽幽道："热恋中的人就是不可理喻。"

陈嘉衍回来的时候，除了带了外卖和汤佳渔要的护肤品，还给汤佳渔买了点水果。

吃完午饭后，陈嘉衍把外卖盒子收拾了。

汤佳渔洗了点草莓，她自己先咬了一口，然后再喂给陈嘉衍。

陈嘉衍低头，拿唇碰了下她的耳朵，低声说："你能不能再说一次？"

汤佳渔一时没有反应过来："什么？"

"你今天发给我的最后一条信息。"

汤佳渔弯着眉眼抬起头，贴近他的脸，在他耳边低声说了那两个字。

03

两天的假期很快就结束，汤佳渔回到苏城又开始了忙碌的工作。

上回的投标结果已公示，长宇公司成功中标，倒是不枉众人那半个月昏天黑地地准备投标方案。

在招标结果公示的第二天，宁宇便抽空飞了一趟南市，与光弗科技公司签订了合同。汤佳渔和吕师师因为上次的夜谈，关系亲近了不少，偶尔吕师师也会和她约饭，或者在去楼下买咖啡的时候顺便给她带一杯。

汤佳渔回苏城后，陈嘉衍来看过她一次。两人没见面的时候，偶尔会打视频电话，汤佳渔有时候会在视频的时候故意穿一些性感的小裙子，说一些话逗他。陈嘉衍常常被她撩得面红耳赤，偶尔受不了就挂视频电话。

十一月份的时候，汤佳渔进了一次医院。她身体向来很好，但一年前因为工作没怎么按时吃饭，胃便有了小毛病。

汤佳渔没把她住院的事告诉陈嘉衍，毕竟他这阵子也忙，正准备签约博导，接下来又要开始第二次科室轮转。

丁遥到苏城出差的时候来看过她一次，汤佳渔当时正躺在病床上玩手机，丁遥问："你不准备把你住院的事儿告诉陈弟弟吗？"

"他最近很忙，反正过两天我就出院了，还是别让他再跑一趟。"

汤佳渔这阵子和陈嘉衍视频的时候，都能看到他眼下淡淡的青影，看起来似乎十分疲倦，汤佳渔看得都有些心疼他，觉得医生真不是人干的活。

丁遥倒也没有再劝，但陈嘉衍还是知道了她住院的消息。他来的那天，刚好宁宇也在病房里，见陈嘉衍进来，宁宇非常识趣地说律所还有点儿事，他先走了。

宁宇出去后，汤佳渔看向陈嘉衍，语气带着几分愉悦："你怎么知道我在医院啊？"

陈嘉衍淡淡道："我和孟骁打球的时候，丁遥姐说漏嘴了。"

汤佳渔看了他两眼，觉得他情绪不佳，不知道是不是因为宁宇。她说："我没告诉你我住院的事儿，你生气了吗？"

陈嘉衍看她一眼，反问道："我不该生气吗？"

汤佳渔轻声解释："其实我想过告诉你，不过没什么大问题，只是动了个小手术，而且我看你最近也很忙，想着下午就能出院了，不想让你再跑一趟。"

陈嘉衍深吸了一口气，抬眼看着她，语气不太好："所以，你宁愿让你老板陪着你，也不愿意让我陪你？"

汤佳渔皱了下眉："他就是凑巧过来的。"

"他是不是喜欢你？"

汤佳渔一愣，陈嘉衍见到她这个反应，便清楚自己猜得没错。他想起那天他给她打电话，也是宁宇接的，电话里宁宇说她喝醉睡着了，陈嘉衍分不清那一刻他心里闪过的是什么情绪，他觉得他抓不住她，又有点嫉妒那个能在她醉酒的时候待在她身边的男人。

他压抑着情绪，声音低沉："你说过会好好追我的。"

"对，他是喜欢我，但我拒绝了他。"汤佳渔伸手去牵他的手，"你相信我，好吗？"

"你来曼城的那天，其实没想过要见我，要不是在清吧意外撞见了，你压根就没想过要来找我，是不是？"

那天汤佳渔确实没准备好去见他，她自己也不清楚如果没在清吧见到陈嘉衍，她会不会去找他。

汤佳渔迟疑了。

陈嘉衍把她的沉默当成默认，他点了点头，下颌微微绷紧："你是不是从来就没喜欢过我？"

汤佳渔倏地抬头："你是这样想的？"

病房里的气氛一触即发，却又迟迟没有人打破这份僵硬，直到护士来提醒两人办理出院手续。

陈嘉衍面色恢复如常，唯有眼角残留的一点红还能看得出他此前剧烈的心理波动。他应了声"好"，然后看向汤佳渔，克制着情绪，道："我先去办理出院手续，你在这里等我。"

汤佳渔没回答，陈嘉衍看了她两眼，走出了病房。

办完手续，两人走出医院时气氛还是有点微妙。

送汤佳渔回去的路上，陈嘉衍接到了一通电话，是林主任打来的，让他回医院，某家工厂粉尘爆炸，急需医护人员。

陈嘉衍挂了电话，看向汤佳渔，说："林主任让我现在回曼城，医院需要人手。"

汤佳渔点了下头。

尾声

回家

01

那天之后，汤佳渔和陈嘉衍并没有断了联系，他们偶尔会在微信上聊几句，但也只是几句，这对陈嘉衍而言并不好过。

科里组织去泡温泉，陈嘉衍原本想推掉去一趟苏城，但他导师林伯霖也会去，陈嘉衍也就不好推辞了。

一行人开车去小谭山，陈嘉衍不免想到了和汤佳渔来小谭山的那次，她醉酒后主动吻了他，她大概永远不会知道，那天她那个别有用心的吻对他来说意味着什么。

他和她的感情是不对等的，永远是他付出的比她多得多。

其实那天吵架的时候，陈嘉衍想说一句“你永远也不会知道我有多喜欢你”，但他忍住了，他觉得没必要。

林耿新坐在副驾驶座上，随口问了一句：“你怎么不喊佳渔也来玩儿呢？”

陈嘉衍没有回答。

林耿新瞧出了端倪，惊讶地说：“别是和佳渔吵架了吧？”

这次的出行，何蔓也在。

晚上泡完温泉，一群人在院子里吃烧烤、喝酒。林伯霖今天很开心，陈嘉衍也就陪着他多喝了几杯，毕竟是他的恩师。只是因为他的心情不怎么好，喝酒的时候，难得没有顾忌，最后直接喝多了。

何蔓能察觉到陈嘉衍今晚的心情不太好，她猜测他应该是和汤佳渔吵架了，毕竟他今晚拿着手机翻看了好几遍微信。

何蔓进西中大附属医院实习那天，是她第一次见到陈嘉衍，然后便喜欢上了他。最开始，她只是肤浅地喜欢他的长相，后来相处中，觉得这人真有教养，不免又被他的品行教养所折服。虽然何蔓知道他有女朋友，但她觉得还是可以争取一下，毕竟两人又没结婚。

大厅里的人走得差不多了，看着闭着眼靠在沙发上的陈嘉衍，何蔓起身朝他走近。

没想到她刚低头凑近他，手腕便被抓住，何蔓一下子僵住了。

陈嘉衍睁开眼盯着她，目光里带着一种审视，脸色透着几分冷淡。

何蔓还是第一次见他露出这样的表情，她愣了两秒，笑容有些凝滞，心虚道："他们都回房间了，我只是想叫醒你。"

陈嘉衍松了手，从沙发上站起，将手机揣回裤兜里。

何蔓看着他的背影，突然叫住了他，语气温柔地道："嘉衍，你是和汤小姐吵架了吗？我看你今晚的心情不是很好，你可以和我聊聊。"

陈嘉衍皱了下眉，侧过脸看她，没什么情绪道："这是我和我女朋友之间的事儿，我为什么要跟你聊？"

陈嘉衍说完那句话后，没去管何蔓什么反应就回了房间。

把手机丢在床上，他走进卫生间，打开水龙头冲了把脸，人清醒了不少。出了卫生间，视线落在床上的手机上，陈嘉衍抿了抿嘴角，犹豫了一会儿，还是拿过手机给汤佳渔发了条信息："过两天我去找你。"

等了一会儿没有收到回复，陈嘉衍看看时间，告诉自己这么晚了，估计她已经睡下了。

汤佳渔确实睡着了。

第二天醒来看到陈嘉衍的那条信息时，汤佳渔还愣了一会儿，回神后，她直接给宁宇打了个电话，说要请两天假。

宁宇在电话里调侃她："又要去找你男朋友？"

汤佳渔振振有词："还不是因为你上次接了那通电话，说起来，我俩会吵架还是你导致的。"

宁宇在那端笑："这又扯我身上了？行，你都这么说了，这个假我批了。"

汤佳渔敷衍地说了声"谢谢老板"，便挂了电话。她其实知道，她和陈嘉衍这次会吵架，说到底还是两人自身的问题。

汤佳渔拿出手机订了最近的一趟航班，随后掀开被子下床，到卫生间去洗漱，稍微收拾了一番，连早饭都没来得及吃，便打车去了机场。

回市区的时候，何蔓没来坐陈嘉衍的车。

林耿新坐在副驾驶座上，打开一瓶运动饮料，纳罕道："这次何蔓怎么跑去坐许天平的车了？"

陈嘉衍开着车，没搭腔。

林耿新瞎猜："她是不是跟你表白了，你拒绝了她？"

陈嘉衍应声："嗯。"

林耿新皱着眉，摇着头说："你说何蔓想什么呢，明知道你有女朋友，还跟你告白。"

把林耿新送到医院后，陈嘉衍又开车回到住处，他今天不用去医院上班，有半个下午的休息时间。

从电梯出来时，陈嘉衍一眼就看到了蹲在门口的人，他脚步一停，愣了两秒，然后快步朝她走去，把人拉了起来，然后紧紧地抱住了她。

汤佳渔依偎在他的怀里，瓮声瓮气道："我看到你的信息就买机票过来了。”

陈嘉衍低头看她：“来了多久了？”

“等你三个小时了，还好比上回少了一个小时。”汤佳渔故意说，“你要是再晚一个小时回，我就走了。”

陈嘉衍抬手轻轻抚过她的脸颊，说：“那我去找你。”

汤佳渔小声说：“那看在我等了你三个小时的份上，你能别生气了吗？”

陈嘉衍顿了一下，道：“我没有生气。”

汤佳渔目光灼灼地望着他：“那你是在吃醋吗？”

陈嘉衍盯着她看了片刻，淡淡地“嗯”了一声。

“宁宇是跟我暗示过，但我拒绝了，而且他也不是多喜欢我，顶多就是对我有好感，懂吗？我已经告诉过他了，我很喜欢我的男朋友，很喜欢，很喜欢！”汤佳渔停了停，抬头看他，缓缓道，“如果我们结婚，你会不会安心一点儿？”

陈嘉衍愣了一会儿，他的目光锁在她的脸上，似是在辨别她这话的真实性。良久，他才说：“你是认真的？”

汤佳渔点头：“你不愿意吗？”

陈嘉衍摇头：“不是。”

这时对面传来开门声，有个男生走了出来，看了两人一眼。

陈嘉衍牵过她的手：“先进去再说。”

汤佳渔点点头。

陈嘉衍掏出钥匙开门，两人走了进去，他反手关上门，两人的声音同时响起。

“你还没告诉我你的答案呢？”

“我们什么时候去领证？”

汤佳渔勾起嘴角：“你这么着急啊？”

陈嘉衍的耳根有点红，他清了清嗓子，看着她，等待她的答案。

汤佳渔伸手环住他的腰："你来定。"

陈嘉衍垂着眼："明天，好不好？"

汤佳渔没想到他会这么着急，她迟疑了一下，然后说："好，听你的，不过陈叔叔他们知道了怎么办？"

陈嘉衍皱了皱眉："领完证我会告诉他。"

"为什么不在领证之前和他说。"汤佳渔似是想到了什么，试探道，"还是你怕陈叔叔不答应，我会不跟你去领证？"

陈嘉衍低声问她："你会吗？"

"不会。"汤佳渔亲他的喉结，"我刚才不是告诉你，我很喜欢你了吗？"

陈嘉衍拿唇碰了碰她的额头，没说什么。

两人相拥了一会儿，汤佳渔突然说："我饿了，陈嘉衍，我今天没吃早饭就来找你了。"

陈嘉衍松开她，问："我给你去做，你想吃什么？"

"随便吧。你等会儿还要去医院吗？"

"不用。"陈嘉衍看着她，"不过晚上要去值班。"

汤佳渔"嗯"了一声，打开冰箱拿了一瓶牛奶，打算先垫垫肚子。

想着汤佳渔还在饿肚子，陈嘉衍只简单地下了两碗汤饺。

饺子端上桌时，汤佳渔已经喝完了一瓶牛奶。不知道是不是饿久了，已经过了那个劲儿，汤佳渔没吃几口就吃不下了，她把碗里剩下的两个饺子舀到陈嘉衍的碗里。

陈嘉衍抬眼："不合胃口？"

"不是。"汤佳渔摇头，"我刚才喝了一瓶牛奶，其实已经差不多饱了。"

陈嘉衍轻轻点头，然后说："我五点半就得去医院，可能不能陪你一块儿吃晚饭了。"

汤佳渔："没事啊，我可以和丁遥一块儿吃。"

"好，到时候让孟骁哥送你回来。"

汤佳渔一笑："干吗，怕我跑了吗？"

他语气认真："嗯。"

汤佳渔心里的某个地方忽然就软了一块，她凑近亲了亲他的下颌，说："傻不傻啊你？"

陈嘉衍目光下移，落到她的红唇上。片刻后，他伸手捏着她的下巴，去吻她的唇。

良久，唇分。汤佳渔开玩笑道："我要是怀了你的孩子，陈叔叔他们大概就不会说什么了。"

陈嘉衍往后一靠，道："即便他们不同意，也不会改变我的决定。"

陈嘉衍上夜班前开车送汤佳渔到与丁遥约好的餐馆后，便直接去了医院。

丁遥奇怪道："陈弟弟怎么不一起吃饭？"

"他今晚要值班，医院里的人等着他交班。"汤佳渔说。

丁遥把菜单递给汤佳渔："我已经点了几道，你看着再点点。"

汤佳渔接过菜单，挑了几样自己爱吃的，就听丁遥问："这次又是请假回来的？"

"嗯。"

"看来你上司人不错，现在的资本家不要求你天天睡在公司就算好的了。"

汤佳渔笑了下，没搭腔。她转移话题，语气平静地扔下一颗炸弹："我和陈嘉衍打算明天去领证了。"

丁遥正在喝水，闻言顿时被呛到了，她咳嗽了两声，才瞪大眼睛看向汤佳渔："佳渔，今天不是愚人节吧？你跟我开什么玩笑？"

"没开玩笑。"

丁遥见汤佳渔神色认真，不像是逗她的意思，她被噎了下，然后说：“你确定？”

“嗯。”

丁遥这会儿也冷静了下来，问：“你俩谁提议的？”

汤佳渔指了指自己。

丁遥：“你疯了啊，不怕梁阿姨知道吗？”

汤佳渔蹙眉：“陈嘉衍说他来解决。”

“行吧。你们这速度也太快了，都赶在我和孟骁的前头了。”

“要不你们也明天去领证。”汤佳渔还有心思开玩笑。

丁遥拒绝：“我才没你俩这么疯。奇怪了，陈弟弟为什么会答应你？你向他求婚，这我能理解，毕竟我了解你，但陈弟弟不像是会做这种事的人。”

汤佳渔撑着下巴，若有所思道：“我有时候怀疑陈嘉衍可能很早就喜欢我了。”

丁遥扬眉：“可你不是说，你们只在谢师宴那天见过一面？”

汤佳渔摇摇头，又觉得自己有点神经过敏，想太多了，她说：“是啊，所以我只是怀疑。”

两人吃完晚饭，孟骁来接丁遥，顺便开车送汤佳渔回去。

路上，丁遥和孟骁说了陈嘉衍和汤佳渔明天要领证的事儿，孟骁一笑，看向丁遥说：“宝宝，你看，要不明天我们也一起领了得了。”

“想得美，你都还没给我买戒指呢。”丁遥白了他一眼。

02

汤佳渔刚到家，洗个手的工夫，就接到陈嘉衍打来的电话。她按了免提，陈嘉衍听到水流声，问她在干吗。

汤佳渔低声道：“在洗澡。”

对面似乎愣了下，然后，汤佳渔听到他声音不太自然地说：“那我先挂了。”

汤佳渔忍不住轻笑出声：“骗你的，我在洗手。你呢，现在医院不忙了吗？”

“不忙。”

汤佳渔关了水龙头，走出卫生间，说：“想我吗？”

“嗯。”

汤佳渔笑了下，故意撺掇他：“要不你旷工回来得了？”

陈嘉衍状似认真地考虑了下，正欲开口，就听到她说：“我开玩笑的，你好好上班，我真的要去洗澡了。”

陈嘉衍想了想，说：“浴巾在阳台，记得锁好门窗。”

“好。”

陈嘉衍挂断电话，思忖片刻后，又转而给许天平拨了通电话。

汤佳渔洗完澡出来，刚走出卧室，就听见门口传来钥匙转动的声音，她心下不由得一紧——陈嘉衍不是在值夜班吗？

陈嘉衍打开门，看见汤佳渔如临大敌的表情，连忙安抚道：“不怕，是我。”

汤佳渔松了一口气，神色微缓：“不是说要值夜班吗？”

陈嘉衍轻描淡写道：“和许天平调了班。”

汤佳渔莞尔，上前要去抱他。

陈嘉衍没让她抱，握住了她的手腕：“我刚从医院回来，等我先洗个澡。”

汤佳渔愤愤地抽回手，佯装抱怨：“你就是这点烦人。”

陈嘉衍笑了笑，走进卧室。

汤佳渔和丁遥在打电话，丁遥在那端问她：“你的户口本在哪里？”

“在我身上。”汤佳渔听着卫生间里传来吹头发的声音，有些心不在焉地回答。

丁遥笑了下：“那你们领完证，我们下午一块儿吃顿饭，当给你俩庆祝？”

汤佳渔开玩笑道：“领完证，我得和陈嘉衍去见陈叔叔，还不知道会怎样呢。”

“那你还结？”

浴室里吹风机的声音不知道什么时候停了，汤佳渔没注意到，她蹙着眉头，说：“喜欢他呗。你知道，因为我妈，我对婚姻没抱过什么期待，也不怎么看好婚姻，但如果结婚的对象是他，我觉得似乎也可以接受。”

丁遥在那端啧啧感叹。

陈嘉衍出来的时候，汤佳渔已经挂了电话。他刚洗完头，估计没吹好，头发看起来有些蓬松，让人怪想摸一把的。

汤佳渔正有点蠢蠢欲动，就听陈嘉衍问：“你的户口本在哪儿？”

“在我身上。”她反问，“你的呢？”

“也在我这里。”

汤佳渔下意识道：“你刚才回去拿的？”

陈嘉衍摇头，低声解释：“不是，前两天弄个资料，刚好需要户口本复印件，后来就一直放在了我这里，忘了送回去。”

他掀开被子上床，说：“明天领完证去买戒指？”

汤佳渔摇头：“先去见了陈叔叔再说吧。”

见陈嘉衍点头，汤佳渔眼珠一转，故意逗他：“你叫声姐姐来听听？”

陈嘉衍看了她一眼，然后凑到她耳边说了两个字，只是他说的并不是“姐姐”。

汤佳渔愣了愣，眉眼微弯，嗔道：“你怎么这么会啊。”

第二天还不到七点，汤佳渔就被陈嘉衍叫醒。汤佳渔没睡饱，难免有起床气，也就没什么好脸色。

陈嘉衍并不介意她的态度，他已经把昨晚换下的衣服扔到洗衣机里清洗了，趁着汤佳渔洗漱的工夫，他又去了楼下买早餐。

汤佳渔刚化好妆，陈嘉衍便拎着早餐回来了，她打了个哈欠，道："我困死了。"

陈嘉衍亲了亲她："领完证，我再送你回来补眠。"

"不是还要去见陈叔叔吗？"

陈嘉衍停顿了下，道："我先去见他，和他谈好了，再带你去。"

汤佳渔自然明白陈嘉衍这样做的原因，她笑道："你是怕陈叔叔会迁怒我吗？"

陈嘉衍应声："嗯。"

汤佳渔笑笑，没有拒绝陈嘉衍的安排。

车子停在民政局门口，汤佳渔总有种高中时背着家长老师偷偷干坏事的错觉，她看向陈嘉衍，笑着说："现在后悔还来得及。"

陈嘉衍抬眼看她，目光微动："你后悔了？"

汤佳渔摇头："我为什么要后悔？"

陈嘉衍耳根有点红，他伸手握住她的手，笑了一下。

民政局里除了他们，还有一对情侣，也是来领结婚证的。他俩在旁边等了一会儿，汤佳渔说口渴，想喝水，陈嘉衍便去车上拿水。

在办结婚证的那对情侣中的女方看了汤佳渔一眼，说："你老公好帅啊。"

汤佳渔听到"老公"这个称呼，难得愣了下，虽然她自己也这样叫过，但从别人嘴里说出来的终究是不太一样。

汤佳渔回神，笑道："你老公也不赖啊。"

女生好奇道："你们谈了几年啊？"

汤佳渔："一年。"

女生面露惊讶，说："那你们感情一定很好，才一年就闪婚。我俩高中的时候就认识了，我一直暗恋他，直到大学才在一起，到现在快八年了。”

办完结婚手续出来时已经是十点。

汤佳渔看着手中的两本红色结婚证，心里有点不太真实的感觉。

她把结婚证递给陈嘉衍：“你来保管？”

陈嘉衍接过，盯着看了好一会儿才放入口袋里。

到了住处楼下，汤佳渔转过头看着陈嘉衍，迟疑道：“真不要我跟你一起去吗？”

“不用。”陈嘉衍摸了摸她的手，“别担心。”

汤佳渔还是不太放心，叮嘱了一句：“陈叔叔要是动手的话，你躲远一点。”

陈嘉衍眉头舒展：“知道了。”他探身过去，伸手替她解开安全带，“去楼上休息吧。”

汤佳渔点点头，打开车门，下了车。

陈嘉衍看着她进了楼，才把车子开走。刚才去给汤佳渔拿水时，他就给陈启和发了条信息，说有事要跟他说。

陈嘉衍回家的时候，梁吟蓉正在厨房洗水果，见他进门，说了一句：“你爸在楼上书房等你。”

陈嘉衍点了下头，然后看向梁吟蓉：“梁阿姨，你也来书房吧，我有事要和你们说。”

梁吟蓉神色微变，心里已有几分预感，她点点头，抽了两张纸巾擦干净手，同陈嘉衍一块儿上楼。

陈启和在书房里看文件，见陈嘉衍进来，他从书桌后面站起来，奇怪道：“你有什么事要和我谈，这么正式？”

陈嘉衍从兜里掏出两本结婚证，放在书桌上：“我和佳渔今天领证了。”

陈启和拿茶盏的动作一顿，他抬头看了自个儿子一眼，把茶盏重新放回桌上，伸手拿过那两本结婚证，翻看了下，然后面色铁青地看着陈嘉衍：“这算是怎么一回事？”

陈嘉衍面无波澜，说：“我前年谈的女朋友就是佳渔。”

陈启和打断他：“嘉衍，我一直觉得你对自己的事有自己的规划，所以从小到大也没有干涉你太多，没想到你现在都二十几岁了，竟然叛逆起来，给我搞这一出。你要是一开始好好跟我说，我倒是会同意，现在弄这一出，你是打算先斩后奏吗？”

陈嘉衍不为所动：“这事儿我只是通知你们一声，你们的意见对我来说没什么意义。”

陈启和怒目圆睁，一时气上心头，随手拿起桌上的茶盏砸到陈嘉衍的身上：“你现在翅膀硬了，是不是？！”

茶盏砸到陈嘉衍的肩头，里面还未喝完的茶水洒了陈嘉衍一身，他身上的白色衬衣很快就被茶水浸湿。

梁吟蓉连忙拉住陈启和，劝道：“好好说话，你跟孩子动什么手。”

陈嘉衍走上前，将那两本结婚证放到裤兜里，朝着梁吟蓉道：“阿姨，抱歉，没有事先通知你。”

对上陈嘉衍的眼神，梁吟蓉一时也有几分心虚，她讪讪地笑了下：“说这话做什么，你快去换件衣服，顺便看看有没有烫到。”

陈嘉衍走出书房，他原本没想换衣服，但怕穿着这一身回去汤佳渔会多想，想了想，他还是折回自己的房间里，拿了件黑色的圆领卫衣换了。

书房里，陈启和怒火难平，胸腔剧烈起伏着。

梁吟蓉拍了拍他的手臂，让他坐下：“其实嘉衍和佳渔谈恋爱的事儿我一年前就知道了，当时我还找过佳渔，后来他俩分手了，我想着他们应该也不会再在一起，就没跟你提过这事。”

陈启和说：“那个时候你就知道了？”

“我以为佳渔是闹着玩儿的，不过是为了报复我才和嘉衍谈恋爱。”梁吟蓉停顿了下，便又继续道，“我以为她这次也是闹着玩的，现在看来是我弄错了。”

陈启和道：“所以上回佳渔摔了腿，你才不愿意让她来家里？”

梁吟蓉叹了口气，点了点头。

03

说是回来补觉，但汤佳渔其实压根就没睡着，听到客厅传来开门声，她掀开被子就跳下了床。

陈嘉衍把钥匙放在餐桌上，看到从卧室出来的汤佳渔，抱歉道：“我吵醒你了？”

汤佳渔摇头：“我根本就没睡着。”

陈嘉衍点点头，拧开一瓶矿泉水。

汤佳渔上下打量了他一眼：“你怎么换衣服了？”

陈嘉衍低头看了一眼身上的衣服，言简意赅道：“弄脏了，所以换了一件。”

汤佳渔自然不会相信，追问：“怎么弄脏的？”

陈嘉衍眉头轻皱：“能不说吗？”

“不能。”

陈嘉衍无奈地叹了口气，如实说：“我爸把茶盏砸在我身上，衣服弄脏了点。”

汤佳渔蹙眉，伸手要去掀他的衣服：“有被烫到吗？我看看。”

陈嘉衍捉住她的手，轻轻捏了捏，然后摇了摇头：“没事儿，那茶水不烫人。”

“你怎么都不会躲啊。”汤佳渔抬起头看他，“我不是告诉你了吗？要是陈叔叔动手，你就躲远点儿。”

陈嘉衍笑了下：“他心里有气，总得让他发泄一下。”

汤佳渔皱起眉头，有些担心：“陈叔叔很生气吗？”

“他只是气我没跟他打招呼，就和你去领证了，大概是觉得我没有把他这个做父亲的放在眼里。”陈嘉衍安慰她，“没事儿，估计过几天他的气就消了。”

汤佳渔无精打采地“嗯”了一声，然后说：“丁遥说晚上请我们吃饭，就当庆祝我们领证了。”

陈嘉衍点点头，见她眼下有淡淡的黑眼圈，他拿指腹轻轻抚了抚，说：“还有点时间，你去休息一会儿。”

“你和我一起睡会儿？”

陈嘉衍看她一眼：“好。”

陈嘉衍回来了，汤佳渔松了口气，这会儿有心情补觉了。

两人躺在床上，她靠在陈嘉衍的胸前，说：“我妈有说什么吗？”

“没有，阿姨没说什么。”

汤佳渔道：“当初我摔伤了腿，我妈其实不大愿意我住你家里，你知道为什么吗？”

陈嘉衍的下颌贴着她的额头，声音低低的，顺着她的话说：“为什么？”

“我妈和我爸离婚后其实找过一个对象，当时两人都要结婚了，但是被我搞黄了。那个男人也有个儿子，比我大一岁。那个时候，我为了膈应我妈，就故意跟那人的儿子约饭什么的，我妈大概看出了我的意图，后来就和那人分手了。”

陈嘉衍没出声，只是低头亲了下她的头顶。

汤佳渔眼里有一瞬间的酸涩，轻声说：“其实我这个人很糟糕，我不知道你为什么会喜欢我。一开始我也没想对你做什么，只是那天是我爸的忌日，我妈却完全忘记了，那个时候，我才动了勾引你的心思。后来你对我太好了，我就想着要不还是算了。当时醉酒跟你说那些糊涂话，其实就是为了让你离开，没想到第二天我去找你，你会答应我。”

汤佳渔抬起头，盯着他的眼睛，试探道：“陈嘉衍，你是不是喜欢我很久了？”

陈嘉衍垂着眼，对上她的视线，见她眼里亮晶晶的，似乎带着某种期待，他喉结微滚，顿了片刻，才说：“嗯。”

汤佳渔：“你是在谢师宴那天就对我一见钟情了吗？”

“我们第一次见面，不是在谢师宴那天。”

汤佳渔疑惑道：“那是什么时候？”

陈嘉衍淡声道：“你高三生日那天，我爸开车去你的学校接你，那次，我也在车上。”

汤佳渔沉默片刻，才想起来确实有这么回事。那天梁吟蓉去学校接她，她因为前几天和梁吟蓉吵了架，不愿意去吃饭，还和梁吟蓉在校门口吵了一架。

汤佳渔问：“所以，你是那个时候喜欢上我的？”

陈嘉衍笑了下，轻描淡写道：“算是吧。”

汤佳渔笑了笑，故意说：“可那个时候我的身边不是还有一个男生吗？”

陈嘉衍皱眉，脸色不太好看：“嗯，我知道你以前谈过两次恋爱。”

汤佳渔有些诧异，亲了亲他的眼皮，小声解释：“那个时候只是为了刺激我妈，就跟小孩子过家家似的，最亲密的动作大概也就是牵牵小手。”

陈嘉衍摸了摸她的后脑勺：“我知道。”

汤佳渔似乎想起了什么，翻起旧账：“那你谢师宴那天，也是故意不叫我姐了？”

陈嘉衍：“你只是比我大两岁，又没有大多少。”

汤佳渔勾起嘴角笑了下，她闭着眼往他身上靠了靠，说：“我真有点困了，先睡了，等会儿你叫我起来。”

陈嘉衍应声："好。"

过了一会儿，身边传来均匀的呼吸声。

陈嘉衍看了一眼汤佳渔的睡颜，想起几年前他第一次见到汤佳渔那天，是个炎热的夏日，他坐在后座上，感受着车载空调源源不断的冷气。

车窗外，校门口不断有学生进出，汤佳渔就在其中，她穿着四中的校服，白色的上衣和灰色的百褶裙，留着齐耳的短发，明眸皓齿。

后来，他常常会梦见她，也梦见那条灰色的百褶裙。

汤佳渔迷迷糊糊地睡了三个小时，醒来时陈嘉衍没在床上。她刚要掀开被子起床，就听客厅传来开门声。

她打开房门走出去，边打哈欠边问："你什么时候醒的？"

陈嘉衍："两个小时之前。"

汤佳渔"嗯"了一声。

睡了一觉，她感觉喉咙有些干渴，正想要去倒水喝，就被陈嘉衍握住了手腕："先试个东西。"

"什么？"汤佳渔抬头看他。

陈嘉衍清了清嗓子，脸色不太自然地从裤兜里掏出一只四方小盒子。

汤佳渔的目光落在他无名指上一枚简单的银色戒指上，朝他笑了笑："你刚才去买的吗？"

陈嘉衍脸色温柔，低低地"嗯"了一声。

汤佳渔低头，看着他慢慢打开盒子，拿出另一枚银色戒指。很简单的一个款式，但是她喜欢的。

陈嘉衍握着她的手，慢慢把戒指套入她的无名指。汤佳渔莫名觉得眼睛泛起了湿意，两人领证时确实带了点儿冲动，但眼下看着陈嘉衍给她戴上戒指，她又生出了几分感动。

汤佳渔目不转睛地看着手上的戒指："你怎么知道我手指的尺寸？"

陈嘉衍诚实道："趁你睡着的时候量的。"

汤佳渔凑近他，亲了亲他的嘴唇，说："谢谢，我很喜欢。"

陈嘉衍勾起嘴角，揽过她的腰，低头含住了她的嘴唇。

直到汤佳渔放在卧室的手机响了起来，是丁遥打来的电话，说她和孟骁准备出发了，问他俩出门了没。

汤佳渔回道："准备出门了，等会儿见。"

挂了电话后，两人稍微收拾了下，便出了门。

丁遥选了一家日料店，是家开了十几年的老店。他们推开包厢的门时，孟骁和丁遥已经到了。

瞥见两人手指上的戒指，孟骁翘起嘴角："恭喜啊，二位。"

陈嘉衍笑了下，含蓄地说了声："谢谢。"

中途，丁遥和汤佳渔去洗手间。

刚才顾忌陈嘉衍在，丁遥没问太多，出门后她看了一眼汤佳渔手指上的戒指，问："梁阿姨知道吗？"

汤佳渔反问："领完证陈嘉衍就回去了一趟，她能不知道吗？"

"那他们什么反应？"

"陈叔叔发了火，觉得陈嘉衍没跟他说一声就背着他去领证，多少有点生气，不过也可以理解。"

丁遥点头："也是。那你们接下来打算怎么办？"

汤佳渔无所谓地说："走一步看一步呗，反正证都领了，不可能再离了吧。"

丁遥笑了笑，说："我估计陈嘉衍他爸爸可能会找你。"

陈启和确实给汤佳渔打了一通电话，约她见面，不过那是一周后的事。那天，汤佳渔在苏城向宁宇递交了辞职信，宁宇看着她无名指上的戒指，笑道："你回去两天，这进展飞速啊。"

汤佳渔看了一眼手指上的戒指，说："是啊。"

宁宇沉默片刻，说："你是因为上次在南市，我和你说的那些话才想辞职的？"

汤佳渔否认："倒也不是，毕竟我和陈嘉衍领证了，再这么异地相处下去也不太好。"

"那就要你做出让步？"宁宇挑了下眉头，"就不能他来苏城？"

汤佳渔微微蹙眉："他现在还在读博，过不来。"

宁宇盯着汤佳渔看了一会儿，半是认真半是玩笑道："汤佳渔，如果我说我突然有点后悔那天让你回曼城了，你怎么想？"

汤佳渔不以为意："宁师兄，你其实并没有多么喜欢我，顶多有好感而已。"

宁宇轻笑，默认了般拿过桌上的辞职信，扬了扬："我批准了。"

汤佳渔真心道："谢谢。"

汤佳渔从律所开车回到住处楼下，还未下车，便接到陈启和的电话。那端，陈启和的态度与往常无异，只说他来苏城办事，问她是否有时间和他一块儿吃顿午饭。

汤佳渔拿着手机贴在耳边，说："好，我现在开车过去。"

陈启和说的地方，离汤佳渔的住处有一个小时的路程，汤佳渔开车过去，因为堵车还耽误了半个小时。

陈启和穿着黑色的西装，看得出来是刚谈完正事的。见汤佳渔进来，他给她倒了杯茶，和蔼地道："想吃什么你自己点，叔叔怕不合你的口味，没点。"

汤佳渔应声，随意点了几道菜。

等服务员出去后，陈启和才说："佳渔，你知道叔叔找你来是为了什么事吧？"

汤佳渔点头。

陈启和语气温和：“你也不必太紧张，叔叔不是不开明的人。叔叔对你没什么意见，只不过是觉得你俩领证这事儿多少有点冲动。”

汤佳渔态度谦恭：“这事儿确实是我们没考虑到您的感受，不好意思，陈叔叔。”

陈启和抬了下手：“叔叔现在只是想告诉你我的态度，既然你俩已经领证了，叔叔也就不反对了。过两天你要是回曼城，就和陈嘉衍一起回来吃饭。这小子，自从那天我拿茶盏砸了他之后，就再也没回来过，你帮叔叔劝劝他。”

汤佳渔弯唇：“好。”

吃完晚饭后，汤佳渔回到家里。她给陈嘉衍拨了通电话，他没接，汤佳渔想他可能在忙，就没再继续打。

洗完澡出来，她手机上有两通未接来电，都是陈嘉衍打来的。汤佳渔按了回拨键，没过几秒，就被接通。

汤佳渔解释：“我刚才在洗澡。”

“嗯。”

他那边的声音有点吵，汤佳渔听到关门声，接着那头安静了下来。

汤佳渔在床头坐下，道：“我刚才和陈叔叔见面了。”

“他和你说什么了？”

他的语气听起来有点紧张，汤佳渔故意逗他：“给我拿支票，让我离开你呗。”

他似乎笑了一声，然后汤佳渔听到他低声问：“那你收了吗？”

“没有。”汤佳渔一本正经道，“出价太少。”

陈嘉衍把话题拨回正轨：“我爸和你说了什么？”

“他说我们已经领证了，他不会再多说什么，还让我们到时候一块儿回去吃饭。”

陈嘉衍“嗯”了一声。

汤佳渔又说：“我辞职了。”

陈嘉衍顿住了，继而问：“是为了我吗？”

“我们已经领证了，要是还分隔两地，好像也不太好。”汤佳渔接着说，“再说，我和宁宇一起工作，你心里估计也不太舒服。”

陈嘉衍沉默片刻，淡淡道：“那天我给你打电话，他接的，说你在睡觉。我确实有点吃醋，但这是你的工作，你不必因为我改变什么。”

汤佳渔心思微动：“我就是想能天天见到你，难道你不想每天醒来都看到我吗？”

陈嘉衍低声回答：“想。”

第二天，汤佳渔开始着手处理房子里的物品，她要把一些东西打包寄回去。住了一年，她的个人物品不少，零零碎碎的都收拾起来，堆满了好几只纸箱。

丁遥打来电话，问她什么时候回曼城。

汤佳渔坐在一堆纸箱当中，说：“明天吧。”

“要我来接你吗？”

“不用，陈嘉衍会来接我。”

“行吧。”

两人聊了几句，也就挂了电话。

汤佳渔从地板上起来，准备倒杯水喝，门外响起了按铃声。汤佳渔觉得有些奇怪，谁会在这个时间点来找他，她狐疑地打开门，就见门外站着陈嘉衍。

汤佳渔有些激动，扑到他的怀里，环着他的腰，仰脸看他，问：“你怎么来了？”

他身上还带着冬日里的寒气，眼里含着笑，亲了亲她的嘴角，一字一句道：“来接你回家。”

番外

暗恋

2016年，盛夏。

陈嘉衍接到陈启和的电话，问他什么时候回家。陈嘉衍那会儿还在宿舍，他按了接听键，淡淡道："过一周就回去，有什么事吗？"

陈启和道："也没什么，佳渔这一阵子来我们家住了，你梁阿姨也忙，如果你能早点回家，也方便照顾她一下。"

陈嘉衍眸光微动，问："她怎么来我们家了？"

"佳渔摔伤了腿，前几天刚动了个手术。我想着她姥姥住在镇上，不方便照顾她，就让她来家里住。你和她是同龄人，这样她待在家里也不会那么无聊。"

那通电话后，陈嘉衍便决定第二天回家。

赵晔得知他提早回来，特意开车去西中大接他，还嚷嚷着："怎么这么早就回来了？前两天问你什么时候回家，你不是说学校有点事儿，还要过一周？"

陈嘉衍靠着副驾驶座，用两个字打发了他："有事。"

好在赵晔并没有打破砂锅问到底，没追问他有什么事。

陈嘉衍长舒一口气，感受着车里的丝丝冷气，转头看向外面灼热的夏日街景。

他第一次见汤佳渔时，也是个炎热的夏日，只是那时她并没有注意到他。

那天是汤佳渔的生日，他爸开车去她学校，打算接她一起吃顿晚饭，给她过生日。

还未见面时，陈嘉衍便从梁阿姨口中听过汤佳渔的事迹，说她逃晚自习，和小混混去网吧玩儿，等等，诸如此类的事不胜枚举。所以那天去四中的路上，他确实带着几分好奇。

他们到四中校门口时，距离放学还有五分钟。

陈嘉衍坐在后座上心不在焉地玩着手机，时不时地抬头看一眼紧闭的校门。

大概过了一首歌的时间，放学铃声响起，原本静谧的校园顿时变得喧嚣起来。

学生们纷纷从大门出来，却一直没见到她的身影。直到人流逐渐变得稀疏，她才慢悠悠地走出校门，她的身边还跟着一个男生。那个男生留着寸头，看起来有点痞气，还时不时地凑到她面前说着些什么，后来她估计烦了，半羞半恼地伸手拍了那男生肩头一巴掌。

梁阿姨出声喊了她的名字，她转头看过来，目光扫过了他，陈嘉衍有那么一瞬间下意识地绷直了身体，但下一刻，他便意识到她没有看到他。陈启和的这辆车贴了防窥膜，他可以看见她，但她一定发现不了他。

她和梁阿姨似乎闹得不太愉快，两人不欢而散。梁阿姨上了车，面色难掩怒意，但也只是语气疲惫地说了一句："走吧。"

当晚，陈嘉衍便做了一个梦。梦里，她上了车，同他一起坐在后座上，她转头看向他，神采奕奕地问他叫什么。

梦里，陈嘉衍只是一直盯着她，他试图说话，但发不出声音，他心里十分焦急，可是无论他怎么努力，还是说不了话，最后他只能眼睁睁地看着她消失在车里。

陈嘉衍惊醒了过来。

这是一个稀奇古怪的梦，陈嘉衍醒来后，并没有将它当一回事。

临近年关，陈启和要去镇上给梅溪拜年。他也不知道他那时在想什么，在陈启和问他去不去的时候，他脱口而出："去。"

只不过那天陈嘉衍并没有碰见她，回家的路上，他情绪有些低落。

那天睡着后，他再一次梦见了她，只是这个梦有些难以启齿。

醒来的时候，陈嘉衍说不上是什么心情，有点恶心，也觉得自己有点龌龊。他下床，去卫生间冲了个澡。

后来，每到过年，陈嘉衍都会随陈启和一块儿去镇上拜访她外婆，只是从来没有碰见过她。

直到他高中毕业，摘下了曼城的理科状元，陈启和打算给他办个谢师宴。

陈嘉衍其实不怎么想办，但他心里隐隐地冒出了一个想法——他要是办谢师宴，她也许会来。

谢师宴那天，她确实来了。那天她穿了件绿色的荷叶袖长裙，头发披散在肩后，化了个淡妆，嘴上涂着梅子色的口红。

只是陈嘉衍从梁阿姨那里得知，她谈了一个男友。没等到他收拾好心情，他就被陈启和拉着去敬酒了。敬到她那一桌时，陈嘉衍心脏怦怦直跳，面上却强作镇定，佯装随意地将目光落在了她身上。她与他对视，目光中透露出几分打量的意味，又掺杂着一丝揶揄。

陈嘉衍对她微微颔首，并没有叫她姐。

他不愿意叫她姐。

车子停到院子里的时候，赵晔推醒了他："你那么困啊，昨晚干什么去了？"

陈嘉衍没有理会赵晔的调侃，他推开车门，下了车。

赵晔骂了声，亦步亦趋地跟了上来。

陈嘉衍掏出钥匙开门，没有理会在身后喊热的赵晔。

门被推开，陈嘉衍看到了盘腿坐在地板上的汤佳渔。她身上是一件吊带长裙，领口处的布料有点空，里头没有穿内衣。

陈嘉衍伸手拦住了要挤进来的赵晔，开口说了第一句话："我有朋友要进来，你要不要穿上外套？"

她很快便意识到他话里的意思，陈嘉衍捕捉到她脸上泛起了点点红晕，他看着她点了下头，拿过沙发上的灰色外套，囫囵套上。

看她穿戴整齐了，陈嘉衍这才放赵晔进门。

后来的几天，陈嘉衍一直克制着没在她面前表露任何内心的情绪，两人的相处倒也正常。

直到她因为忘记带钥匙，来实验室找他那天。

回去的车里，她拿着手机回信息。陈嘉衍猜测她是在同许炀聊天，却不好贸然开口询问。正胡思乱想间，他听她主动开了口，问他许炀是不是女生缘很好。

他不是爱评价朋友生活方式的人，那天他却一反常态地说了许炀在感情方面比较随意的话。在听到她说许炀不是她喜欢的类型时，他悄悄松了一口气。

汤佳渔住在家里的那段时间，陈嘉衍有想过该如何让她注意到自己，却一直不得其法。

直到去小谭山游玩那天。

童小斐给他递来烤串，他别开脸，躲开了童小斐递来的羊肉串，语气不太耐烦地说了句："不用。"

童小斐闷闷不乐地咬着唇。

陈嘉衍顾不上照顾童小斐的情绪，他下意识地转头去看她，她正在和施霖聊天，并未注意到这一幕，他松了口气的同时，心里又涌上了一股说不清道不明的情绪。

所以在烤完羊肉串后，他走到她旁边的位置坐下。她给他递来纸巾，他那点沉郁的情绪瞬间便消散了。

其他人受不了室外的炎热，都躲进室内吹空调，院子里只剩下他们两个人。

酷暑难消，陈嘉衍感觉到汗湿的衣服贴上了后背，黏腻难受，心里却甘之如饴，只觉得和她在这里坐上一辈子也没关系。

他嘴唇动了动，试图和她说些什么，却没想她抢先一步开口："童小斐是不是喜欢你？"

陈嘉衍大脑空白了一瞬，回过神来，他试图掩饰，于是否认了。

可她似乎并不相信，只是朝他笑了笑，说他看起来也没那么乖，然后又问他是不是很难追。

难追吗？

陈嘉衍没想过这个问题，他原本想说"你追的话，也许很容易"，但这话说出口就太轻浮了，所以他只是说要看人。

不知道她有没有听出他的意思。

那天晚上，一群人在他房间玩游戏，她喝醉了主动吻了他，陈嘉衍觉得她对自己似乎也有了那么点兴趣，正振奋间，她却在第二天将这件事忘得一干二净。

他隐隐能察觉到她似乎把自己当成了一种消遣。

陈嘉衍的心情就像坐过山车，起起伏伏，希望与绝望在他心里不断交织，直到她再次喝醉，说出了那样的话。

他是真的生气，觉得她太欺负人，还是她已经看出了他的心思，才这么耍着他玩儿？

过后，陈嘉衍逐渐冷静了下来，他试着转换了一下思维，又觉得可以借此机会和她慢慢相处，直到她真正喜欢上自己，再去改变两人的关系。

没想到从小谭山回去后，她却直接搬回了她自己的住处。收到她信息的那一刻，他的情绪一下子跌到谷底。

回到家里，他接到了她的电话。

她问他："陈嘉衍，你是在生我的气吗？"

他说了没有。

后来两人相处的过程中，她问过他很多次，你是在生我的气吗？你有没有生我的气？你在生气吗？

陈嘉衍都说没有，也确实如此，他即便当下对她有些怒气，但撑不了两天，就会消气。

除了得知她从那个吻开始，便一直都是在故意撩拨他。

陈嘉衍说不上什么感觉，觉得被欺骗，又觉得她怎么这么没心肝啊。他对她那么好，他从来没有对一个人这么好过，可她就像焐不热的石头。

和她吵了一架后，他从她家里出来。浑浑噩噩中，赵晔打来电话，叫他去吃夜宵。

在徐记烧烤，赵晔点了包浆豆腐。看到包浆豆腐的那一刻，陈嘉衍心脏抽痛得厉害，好像有一只手在肆意揉捏着他的五脏六腑，而他无能为力。

以前赵晔和施霖闹分手，喝过酒后，痛哭流涕地耍酒疯。陈嘉衍那时是局外人，只觉得多少有点夸张，直到和她分手，他才真切地意识到那种难受的确是存在的。

那晚，他情绪不好喝多了，赵晔说他喝醉的时候，喊了她的名字，他还说"现在没在一起了"。那只不过是他酒意上头后说的话，却没想到两人真的没在一起了。

分开的这一年，陈嘉衍有想过去找她，在她回来的前几天，他就想过，连机票都订好了。却没想到，还没等他去苏城，他就碰见了她，只是她没看见他。

那天，他是去机场接小姨的，小姨注意到他的目光，还笑着调侃他："怎么，看到前女友了？"

陈嘉衍淡淡地摇了下头，没有多说。

后来在清吧碰见她，她一直盯着他看，目光直接而大胆，就像她第一次看到他光着上身去阳台拿衣服时的那种目光。

她似乎从来都不害羞，和他在一起时，也总爱逗他。

她跟着他回去，又给他买了蛋糕，为他煮长寿面，却在第二天又飞回了苏城。

陪导师去苏城开会之时，陈嘉衍决心冷落她一阵子，却没想到又在无意间碰见了她。在见到她时，他内心的防线就已经岌岌可危。在她打来电话说自己不舒服时，防线更是直接崩了盘。他火急火燎地开车去找她。

在开车去她家的路上，有人出了车祸，那条街上的车子堵成了长龙。他坐在车里想，算了，他根本就无法对她甩脸色，就这样吧，谁让他从一开始便被她拿捏得死死的。

后来，她说要好好追他，他没有回答，虽然他心里的小人早已举了白旗投降。

他怎么可能会让她追他呢，毕竟他暗恋了她那么久，即便她未曾察觉。

独家番外

只有你一个

回到曼城后，汤佳渔和梁吟蓉的关系渐趋和缓。

一开始，梁吟蓉还有几分不自在，后来相处久了，两人之间的那点隔阂也开始慢慢消融。

陈启和有意将曼城市中心附近的一套房子拿给两人做婚房用，但因为那套房和两人工作的地点都隔得太远，所以他俩一直住在陈嘉衍医院附近的那套房子里。

虽然那里有点小，但对他俩来说已经绰绰有余了。

汤佳渔拿出钥匙，打开房门，随口问道："你以前说，你不常住在家里，是一直住在这套房子里吗？"

陈嘉衍"嗯"了一声，把刚买来的几盒冰激凌放进冰箱。

汤佳渔从身后搂着他，探头瞥了眼，见冷冻柜里放着的几乎都是朗姆酒葡萄干口味的冰激凌，道："怎么没买草莓味的？"

陈嘉衍回头："你不是不喜欢吃那个味道的？"

"没啊。"汤佳渔疑惑，"你怎么会认为我不喜欢吃草莓味的？"

陈嘉衍关上冰箱门，解释道："你刚来我家那会儿，不是让我给你买过一次冰激凌？我看见草莓味的冰激凌被你扔到了垃圾桶里，便以为你不喜欢这个口味。”

汤佳渔思忖了两秒，才想起他说的是哪件事。那天，他送去医院拆石膏的她回家。回家后，她和梁吟蓉拌嘴，没心情再吃东西，于是把吃了一半的冰激凌扔了。

汤佳渔：“那天我和我妈吵了两句，没什么心情再吃冰激凌，就扔了。”

“你和阿姨为什么吵架？”

“我妈问我栏杆上的烟灰是不是我弄的。”

陈嘉衍笑着说：“所以，你是不是和阿姨说那烟灰是我弄的？”

汤佳渔有点被看穿的尴尬，点了点头：“我问她，就不能是你弄的吗？她说你不抽烟。”

陈嘉衍又是一笑。

汤佳渔又说：“那会儿我真怀疑你是我妈的儿子。”

陈嘉衍无奈一笑：“别胡说。”

“我随口一说的。”汤佳渔换了话题，“明天你的博士毕业典礼，陈叔叔他们赶得回来吗？”

陈嘉衍倒了杯水，道：“他们不回来了，昨晚我爸给我发了消息。”

汤佳渔“啊”了一声，伸手要去摸他的脸：“哎，小可怜。”

陈嘉衍躲开她的手，笑道：“你参加就够了。”

“那你同学要是问起我是谁，你要怎么介绍？”

“如实说。”陈嘉衍又道，“我结婚了这件事，我们专业的同学差不多都知道了。”

汤佳渔有些意外，毕竟陈嘉衍不是那种喜欢秀恩爱的人。

陈嘉衍低声说：“许天平说的。我戴着戒指去上班被他看到了，他问我，我就直说了。”

“他是不是被吓了一跳？”

陈嘉衍想起许天平当时的神色，也有点想笑：“差不多。我后来还请他们吃了一顿饭，这事儿才算过去。”

“那你回答我个问题。”

陈嘉衍挑眉：“什么？”

汤佳渔盯着他，迟疑道：“你现在会不会有那么一瞬间觉得我们结婚太早了？”

陈嘉衍认真地看她，静默半晌后，点了点头：“是有点太早了，也有点太匆忙。”

汤佳渔脸色微变，伸手要去打他：“喂，陈嘉衍，你什么意思？是后悔了吗？”

陈嘉衍反手握住她的手，牢牢地握在掌心：“就是觉得太委屈你了。”

汤佳渔愣了两秒，嘴角微微翘起：“我才不觉得委屈。你不要因为看到孟骁给丁遥精心布置了求婚现场，就觉得委屈我了，我真没什么感觉，那些仪式对我来说没那么重要。因为我妈，其实我对婚姻从来没抱什么期望，只不过遇见了你，才有了结婚的想法。”

陈嘉衍呼吸微重，嘴角碰了碰她的额头：“好。”

第二天一早，陈嘉衍先醒来。

他去楼下买了早饭回来时，汤佳渔刚好洗漱完从卫生间出来。

她刚洗过脸，脸上还挂着水珠，陈嘉衍抽了两张纸巾递给她：“今天不化妆吗？”

汤佳渔说：“弟弟，你还真是不了解女人。去自己老公的毕业典礼，哪个女人会不打扮一番？”

陈嘉衍看她：“我又不了解别的女人，我只有你一个……”

他的话音突兀地止住，汤佳渔逗他：“一个什么啊？”

陈嘉衍不太自在：“只有你一个女人。”

汤佳渔心里瞬间就美滋滋了。

两人吃了早餐，陈嘉衍先开车去学校。

汤佳渔打算等会儿和丁遥一块儿去西中大。昨晚汤佳渔和丁遥聊天，说到陈嘉衍的毕业典礼，又说陈叔叔和梁吟蓉无法到场，她一个人去多少有些冷清，撺掇丁遥也一起去。

汤佳渔讲得可怜巴巴，丁遥无情地拆穿她："宝贝儿，你老公是参加毕业典礼，不是参加选秀好吗？要什么人气。"

汤佳渔："那你就说去不去吧？"

丁遥："我明天反正也闲着，去吧。"

到了八点，丁遥开车来接汤佳渔。

汤佳渔说了个地址："先去这个花店取一束花。"

丁遥侧头，问："送给陈嘉衍的？"

汤佳渔"嗯"了一声。

丁遥看着她脸上的笑容，忍不住也跟着笑了。

西中大在曼城的西区，离汤佳渔的住处还是挺远的，要一个小时的车程。两人到达西中大时，已经快十点了。

学校里停了不少外来车辆，丁遥开车找了好久才找到一个车位。两人下车不久，汤佳渔就接到了陈嘉衍的电话，问她到哪儿了。

他那边有点吵，汤佳渔提高音量回答："在图书馆这边。"

陈嘉衍说："毕业典礼在东区的操场，我去接你。"

汤佳渔："不用，你在操场等我吧，我和丁遥自己过去。"

挂了电话，汤佳渔和丁遥拉着路过的同学问了问。顺着那同学指的方向，两人走了快十分钟才到达操场。

操场上摆了一排椅子，已经有不少穿着博士服的毕业生站在操场拍照。

汤佳渔拿出手机，正要给陈嘉衍发信息。

丁遥就用胳膊肘碰了碰她，示意她看向前面："你老公来了。"

汤佳渔闻言抬头。陈嘉衍身上此时还是白色的衬衣和西裤，在那些穿着红黑相间博士服的人中间显得特别出众。

陈嘉衍走到汤佳渔身前，低头笑看她："我还怕你找不到。"

汤佳渔抱着一束玫瑰，问："你怎么不穿博士服？"

"太热了，等会儿再穿。"

丁遥很有眼力见儿，示意："我去那边逛逛，你俩先聊。"

等丁遥走远了，陈嘉衍看了看她手中的玫瑰，眼里含笑："送我的？"

汤佳渔把花递给他，反问："不然送给谁？"

陈嘉衍一只手抱着玫瑰，另一只手与她十指相扣，说："我带你逛逛？"

汤佳渔紧了紧手指，说："还是等毕业典礼结束再逛吧，先找个位置坐一会儿，我脚跟有点儿疼。"

陈嘉衍垂眸扫了一眼她脚上的裸色高跟鞋："鞋子不合适？"

汤佳渔皱眉道："嗯，刚买来的，今天才穿，好像有点磨脚跟。"

陈嘉衍松开她的手，直接蹲下身子。汤佳渔吓了一跳，刚要伸手拉他起来，他干燥的手指就落在她的脚后跟上。

汤佳渔心下一紧，担心被他的同学看到破坏他的形象，催促道："你起来呀。"

陈嘉衍没理会，将花轻轻放在一旁，手指托着她的鞋："手搭在我肩膀上，我看一下伤势。"

他脱掉她的高跟鞋，看见她的脚后跟已经磨破了皮，依稀有一丝血迹。陈嘉衍给她穿好鞋子，将花拿起来又塞进她怀里："先找个位置坐下来，我去给你买创可贴。"

汤佳渔无所谓："不用买，也不怎么疼。可能是第一次穿，多穿会儿就好了。"

陈嘉衍眉目未动，叫来丁遥陪她。

买了创可贴回来，陈嘉衍又旁若无人地蹲在她身旁给她贴上。

周遭不时有目光投来，汤佳渔脸上发烫："你快去准备等会儿的发言吧。"

陈嘉衍直起身，视线落在她脸上，轻声说："你害羞了？"

汤佳渔伸手要拍他，被陈嘉衍攥住亲了亲。陈嘉衍说："我先去换上博士服。"

汤佳渔轻轻"嗯"了一声。

半个小时后，毕业典礼正式开始。台上是西中大的校长在致辞，观众席一片黑压压的毕业学子。

汤佳渔和丁遥坐在家属席位，丁遥玩着手机，问："你老公什么时候发言？"

"还得等一会儿。"

丁遥又感叹道："我刚才逛了一圈儿，西中大帅哥还挺多的。"

汤佳渔失笑："别让孟骁听到了。"

丁遥挑了挑眉："听到了也没事。"

话音刚落，汤佳渔便听到主持人说了"陈嘉衍"三个字。观众席发出一片喧哗声，汤佳渔下意识地看向台上，陈嘉衍已经换上了博士服，头上戴着博士帽，正往台上走。

丁遥将手机收回，抱胸说："别说，陈弟弟穿这一身挺帅的。果然人长得好看，穿什么都好看。"

汤佳渔抱着手里的玫瑰，一脸自豪："我老公穿什么都帅。"

这时，汤佳渔旁边的学生区域传来低低的说话声。

女生甲："那是陈嘉衍吧？"

女生乙："好帅啊，他有没有女朋友？"

女生甲嘟囔："不知道，好像没听说过。"

女生乙忽然“哎”了声：“他手指上戴的是不是戒指，怎么戴在无名指上了？该不会是结婚了吧？”

女生甲：“不是吧？没听说过，应该是戴着玩儿吧。”

女生丙突然说：“是结婚了。我的一个朋友和他是同学，说他结婚了，老婆还挺漂亮的，他们专业的同学差不多都知道了。”

女生乙叹了口气，哀怨道：“唉，为什么好看的帅哥都英年早婚！”

看着台上那道颀长的身影，汤佳渔眼里的笑意逐渐加深。

陈嘉衍似察觉到她的目光，不动声色地朝她的方向瞥来一眼。汤佳渔弯了下嘴角，冲他比了个“耶”的手势。陈嘉衍脸上立即露出淡淡的笑意，随即他掩饰似的清了清嗓子，伸手调了下话筒的高度，开始发言。

听着他清越的声音，汤佳渔突然出神了，心想，幸好自己没有错过他。